Raw Cafe

Für Yuma und Olive

SARAH PANKOW

Raw Cafe

Bibliografische Information der Deutschen Nationalbibliothek:
Die Deutsche Nationalbibliothek verzeichnet diese Publikation in
der Deutschen Nationalbibliografie; detaillierte bibliografische Daten
sind im Internet über dnb.d-nb.de abrufbar.

TWENTYSIX – der Self-Publishing-Verlag
Eine Kooperation zwischen der Verlagsgruppe Random House und
BoD – Books on Demand, Norderstedt
© 2020 Sarah Pankow
Cover Design von Brenda Jaramillo.
Satz, Herstellung und Verlag:
BoD – Books on Demand, Norderstedt

ISBN: 978-3-7407-5054-1

Vorwort

Alles wirkliche Leben ist Begegnung. Alles, was ich über das Leben weiß oder mir einbilde, über das Leben zu wissen, habe ich von anderen Menschen gelernt. Ich habe das allerdings erst spät verstanden, musste viele, zum Teil schmerzhafte Erfahrungen machen, um zu dieser Erkenntnis zu gelangen. Die Wahrheit ist, dass mir auch heute die meisten Menschen sehr suspekt sind. Ich verstehe sie nicht, ihre Illusionen, ihre Masken, ihre sich selbst und andere verarschenden Spielchen. Ich habe das System der Selbstverarschung schnell durchschaut und aus dieser frühpubertären Cleverness heraus ein zeitweise recht überhebliches und selbstverherrlichendes Verhalten an den Tag gelegt. Ich erinnere mich, dass ich mich oft Gleichaltrigen, und, was für eine muslimische Gesellschaft sehr ungewöhnlich ist, sogar Älteren überlegen gefühlt habe. Die Menschen lassen sich so schnell von gesellschaftlichen Normen und Vorschriften einsperren, lassen sich freiwillig ihrer Freiheit berauben und sind zum großen Teil sogar glücklich darüber. Sie freuen sich, wenn ihnen jemand sagt, was sie tun sollen und wie sie es tun sollen. Dann brauchen sie sich keine eigenen Gedanken zu machen und haben dennoch das Gefühl zu etwas nützlich zu sein. Das ist einfach und angenehm. So haben es die Menschen gern. Ich kann mir nicht helfen, aber derlei Verhalten löst bei mir Verachtung aus. Wozu haben wir denn unser eigenes Gehirn? Auf der einen Seite, das Geschwafel von einzigartigen, individuellen Lebewesen, jeder anders als die anderen, jeder mit einer besonderen, unvergleichlichen Persönlichkeit. Auf der anderen Seite ein Gesellschaftssystem, das unweigerlich dazu führt, diese Einzigartigkeit zunichtezumachen, die unterschiedlichen Persönlichkeiten einander anzugleichen. Natürlich wird es anerkannt und mit Glück geschätzt, sich einen Teil seines speziellen Charmes zu bewahren, aber eben nur solange dieser nicht dem als allgemeingültig anerkannten Code eines gesellschaftlich korrekten und zivilisierten Verhaltens in die Quere kommt. Zu dieser wesensvernichtenden Assimilation gibt es unterschiedliche Mechanismen. Auf der einen Seite die Belohnenden; man wird mit gesellschaftlicher Anerkennung oder gar Bewunderung belohnt, wenn man die Vorgaben eines anständigen Lebens souverän erfüllt. Wenn man etwas Vernünftiges studiert, einen angesehenen Beruf ausübt und dabei erfolgreich ist, wenn man ein zumindest nach außen glücklich erscheinendes Eheleben führt, wenn man ein paar Kinder aber auch wiederum nicht zu viele davon hat und diese immer modisch kleidet, ihnen die Gesichter eincremt und sie vergnügt draußen spielen lässt, ohne, dass sie sich dabei schmutzig machen, wenn man ein schickes Häuschen mit Garten hat, ein oder besser zwei moderne Autos mit deutschen Motoren, ein paar Reisen zu angesagten Urlaubsdestinationen unternimmt, ja dann kann man sich ungeniert mit den Worten »Ich habe es geschafft« schmücken und sich an den anerkennenden aber auch nicht ganz neidfreien Blicken seiner Mitmenschen erfreuen. Verstärkt wird der Drang, diesen fast überall auf der Welt als erfolgreich anerkannten Lebensentwurf umzusetzen, neben der belohnenden durch eine bestrafende Strategie. Schafft man es nicht, sich den hübschen Vorgaben unterzuordnen, findet man sich einem enormen gesellschaftlichen Druck ausgesetzt, der die Nerven strapaziert und deren Belastbarkeit auf eine harte Probe stellt. Man hat mit Gefühlen der Angst, der Scham, der Unsicherheit und mit Zweifeln zu kämpfen. Die Kombination dieser beiden Strategien drängt die Menschen in die Enge und lässt kaum ein Entkommen zu. Nur wenige hinterfragen das System überhaupt und von denjenigen, die es doch tun, geben die meisten früher oder später dem Druck nach, der durch das ständige Schwimmen gegen den Strom entsteht. Sie gelangen irgendwann an den Punkt, an dem sie ein bequemes Zurücklehnen, ein »Endlich ist er zur Besinnung gekommen« der Gesellschaft dem unerbittlichen Kampf gegen die Masse vorziehen, die in großen Teilen nicht aufhört, einen zur Vernunft bringen zu wollen und in kleinen Teilen, einem diese großartige, wahrhaftige Freiheit des Seins nicht gönnen will. Einige aber, wenige, hören die Stimme in ihrem Inneren so laut, klar und deutlich, dass sie ihr blind folgen können und nicht anders können, als ihr zu folgen. Für sie ist das Schwimmen gegen den Strom kein unermüdlicher Kampf, sondern ein kraftgebender Akt. Überhaupt kämpfen sie nicht gegen, sondern für etwas – und das kann nur kraftgebend sein. Sie stellen sich nicht gegen die Gesellschaft, sie akzeptieren die Wege der anderen Menschen, aber sie kennen ihren eigenen Weg und sie gehen ihn bedacht und bewusst, stehen gerade für ihre Ideale und verfolgen sie vehement. Sie schöpfen Energie aus dem Streben nach ihrer eigenen Wahrheit und dem Schaffen ihres individuellen Lebensentwurfs. Sie erkennen, dass ein Handeln im Einklang mit ihrem tiefen inneren Wissen von einer Festigkeit und Überzeugung ist, die durch Ablehnung und Herabwürdigung nur noch wächst, anstatt geschwächt zu werden. Scham und Zweifel sind etwas für Leute, die sich ihrer selbst nicht sicher sind und deren Handeln nicht auf einer tausendprozentigen inneren Überzeugung fußt. Sie entstehen da, wo man nicht wirklich mit den gesellschaftlichen Vorgaben übereinstimmt, aber auch nicht so recht weiß, wer man eigentlich selbst ist, was man will, wofür man steht. In einer solchen Situation ist es am einfachsten, sich dem vorhandenen System zu fügen und aus der daraus resultierenden Stabilität Halt zu gewinnen. Dies ist jedoch eine Illusion, die ins Schwanken gerät, sobald die äußeren Strukturen wegfallen oder Veränderungen unterworfen sind. Der wirkliche, unzerstörbare Halt kann nur aus dem Inneren kommen, aus der Verbindung zu sich selbst, der Verwurzelung in Mutter Erde, der Einheit mit dem Universum. Es lohnt sich also, den schwierigen Weg zu gehen, den zu sich selbst. Ich habe mich schon früh dafür entschieden. Es war ein harter Weg, nicht immer lustig, aber ich habe keine Sekunde daran gezweifelt, dass er es wert ist, alle Strapazen auf sich zu nehmen. Ich möchte eins im Vorfeld klarstellen: mein Weg hat nichts mit dem heutzutage glorifizierten spirituellen Bullshit zu tun. Ich entschuldige mich für meine ungehobelte Ausdrucksweise, aber ich habe es nicht so mit trendbasierten Lebensentwürfen. Ich stehe auf Echtheit und die hat nie etwas zu tun mit massentauglichen Erscheinungsformen und Verhaltensmustern. Und doch können sie nah beieinander liegen. Ich kenne eine beeindruckende Frau, die mich diesbezüglich viel gelehrt hat. Es gibt nicht viele Menschen, die frei genug sind, sich ihren eigenen Weg zu erdenken, geschweige denn stark genug, diesen zu gehen. Daher bin ich immer sehr skeptisch, wenn jemand mit spirituellem Geschwafel daherkommt und gesellschaftskritische Reden schwingt, die nach auswendig gelernten Vorträgen klingen. Wie gesagt, ich halte das für Bullshit. Jedenfalls größtenteils. Meistens steckt nicht viel dahinter. Natürlich ist die Leistung, die Inhalte unzähliger Bücher auswendig zu lernen, in ihrem Ausmaß nicht zu unterschätzen, aber die Genialität der beschriebenen Gedanken gehört dann nie der Person, die sich damit schmückt. Ich ziehe einen eigenen genialen Gedanken tausend auswendig gelernten klugen Worten vor. Um ehrlich zu sein, kann ich nur dann mit Ideen und Vorstellungen etwas anfangen, wenn sie ebensolchen eigenen Gedanken entspringen. Also war ich vorsichtig, als ich Gaia kennenlernte. Sie gab mir am Goethe-Institut Individualunterricht, nachdem ich aufgrund persönlicher Differenzen den Gruppenkurs verlassen hatte. Ihr Betreten des Raumes schien wie ein Auftritt: Stolz und elegant schritt sie hinein und ihre Anwesenheit veränderte sofort die Atmosphäre und erfüllte die Luft mit Leben und Spannung. Ihre Bewegungen waren von einer stolzen Sicherheit, ihr Blick war klar und doch schien sie nicht im Geringsten arrogant zu sein. In ihren Augen funkelte das Wissen um ein verschollenes Geheimnis, von dem ich mehr wissen wollte, und ihr Lächeln war selbstbewusst und doch irgendwie verlegen, was sie gleichzeitig aufreizend und niedlich aussehen ließ. Mein Interesse wurde vor allem durch dieses mysteriöse, undurchschaubare Flimmern, das sich hinter ihrer Erscheinung verbarg, geweckt. War da wirklich etwas oder handelte es sich um einen Trick der weiblichen Verführungskunst? Allerdings schien sie keine Anzeichen zu machen, mich verführen zu wollen. Vielleicht war es aber auch gerade das? Zugegebenermaßen war ich ein wenig verwirrt und neugierig, dem Geheimnis auf die Sprünge zu kommen. Es interessierte mich viel mehr als der Deutschkurs, sodass wir uns schon bald in einem Café trafen und dort angeregte Gespräche führten, statt den Unterricht fortzusetzen. Eines Tages ließ sie eines ihrer Moleskine im Café liegen. Ich nahm es mit nach Hause und las es mir durch. Ihre Eintragungen ähnelten unseren Unterhaltungen sehr. Es gelang ihr immer wieder, an meinen fest verankerten Überzeugungen zu rütteln und mich dazu zu verführen, hinter den Schleier einer illusionären Realität zu blicken, von der ich dachte, ich hätte sie längst durchschaut. Das, was ich dort sah, würde ich gern der Welt mitteilen, aber ich glaube, das kann sie selbst viel besser. Vielleicht wird sie es irgendwann tun.

Es stellte sich schnell heraus, dass Gaia sehr gebildet und intelligent ist. Sie konnte mich in Grund und Boden reden mit ihren klugen, zum Teil sehr weisen Ansichten und Erkenntnissen und es fiel mir nicht leicht herauszufiltern, was wirklich ihren eigenen Gedanken entsprang und was nur aus schlauen Büchern geklaut war. Ohne das Gegenteil beweisende Fakten ging ich erst einmal von Diebstahl aus und fand es trotzdem erstaunlich interessant, dem Diebesgut zu lauschen. In der Regel lässt sich so ein Delikt ziemlich schnell aufdecken. Der Täter weiß meistens keine Antwort auf Fragen, die mehr als nur ein bloßes Wiederholen des auswendig gelernten Inhaltes erfordern. Gaia hingegen konnte mich an dieser Stelle eines Besseren belehren und durch ihre ungeheure Auffassungsgabe und einzigartige Interpretationsfähigkeit beeindrucken. Ich war nicht immer einig mit ihr, was oft zu hitzigen Auseinandersetzungen führte, aber darum geht es meiner Meinung nach auch gar nicht. Wenn man sich immer mit anderen Menschen einig ist, dann ist es höchste Zeit, die eigene Weltsicht zu hinterfragen, denn offensichtlicher kann es nicht werden, dass man im System gefangen ist. Andere Ansichten und Meinungen können durchaus sehr bereichernd sein. Man muss nur in der Lage sein, sich diesen gegenüber zu öffnen und sie mit offenem Herzen anzuhören, auch und gerade dann, wenn man sie nicht teilt. Gaia zitiert gern Philosophen und Poeten und eines der Zitate lautet: »Wenn du sprichst, wiederholst du nur, was du eh schon weißt. Wenn du aber zuhörst, kannst du unter Umständen etwas Neues lernen.« Ich habe vergessen, von wem dieses Zitat stammt und finde es auch gar nicht so wichtig. Wichtig war für mich, zu sehen, dass diese junge Frau schon so viel von dem versteht, was sie da zitiert und viel wichtiger, dass sie auch danach lebt, besonders was das obige Zitat anbelangt. Aber sie hört nicht nur zu, sie kann auch reden, besonders dann, wenn sie etwas bewegt. Dann leuchtet ein Feuer in ihren Augen und sie fängt an zu brennen. Das kann sehr schön anzusehen sein, manchmal aber auch gefährlich werden. Wie das mit Feuer eben so ist. Wenn sich der Sturm legt, ist sie ruhig und gelassen, ruht in sich selbst, hört bedacht zu und scheint mitunter in einer fernen Welt zu sein, wenn sie einem Gedanken nachhängt, ihm folgt an einen unbekannten Ort in sich selbst. Es scheint genau dieser Ort zu sein, an dem sie die eigenartigen, teils faszinierenden, teils aufwühlenden Erkenntnisse findet. Dieser Tatsache verdankt sie ihre geistige Freiheit, ihre Bodenständigkeit und Offenheit gegenüber Neuem. Sie lebt den Moment und vertraut dem Leben. Das verleiht ihr eine anziehende Ausgelassenheit und Unbeschwertheit und macht sie gleichzeitig stark und mutig. Und doch ist da dieser Hang zum Nacheifern eines auf Trends basierendem Lifestyles, den sie im Prinzip so verachtet. Sie ist eine von Widersprüchen geprägte Frau, die einen Scheiß darauf gibt, was gerade angesagt ist und es lächerlich findet, wenn andere sich davon beeinflussen lassen und es dennoch gleichzeitig, wenn auch unbewusst, manchmal selbst tut. Sie belächelt die gesellschaftliche Selbstverarschung gegen die sie selbst nicht gänzlich immun ist, obwohl sie sie so klug durchschaut hat.

Gaia erzählt Geschichten von dem Gesetz der Anziehungskraft. Ich denke, sie hat auch darüber wieder zu viele Bücher gelesen. Dennoch hat sie den Sinn verstanden und präzise zusammengefasst. Wir alle bestehen aus Energie und je nachdem, wie wir unsere Energie nutzen, was wir damit anstellen, ziehen wir andere Energien an, und zwar die, die unseren eigenen entsprechen. Ich habe dafür nicht so hübsche Worte gefunden wie sie, aber das ist meiner Ansicht nach die Kernbedeutung oder zumindest das, was davon bei mir hängen geblieben ist. Ich konnte mich vielfach in meinem eigenen Leben davon überzeugen. Ich erinnere mich zum Beispiel an eine Situation, in der meine Energien sehr aggressive Formen annahmen. Zugegebenermaßen lasse ich mich schnell von Idioten im Straßenverkehr stressen. Die meisten Menschen wissen einfach nicht, wie man

Auto fährt. Einer dieser Idioten hat mich geschnitten, als ich zu spät dran und genervt war und kurz nachdem ich ihn aufs Übelste beschimpft habe – wenn ich Auto fahre ist meine Ausdrucksweise besonders ungehobelt – wurde er angefahren und hatte eine schöne fette Beule in seinem schicken Wagen. Ich zog an ihm vorbei und genoss meine Schadenfreude. Heute sehe ich ein, wie albern und unreif derlei Verhalten ist, aber ich stehe dazu, dass ich häufig eine genussvolle Freude beim Anblick von Unglück und Schaden anderer empfunden habe. Ein paar Tage nach dieser Angelegenheit bin ich selbst in einen blöden Unfall geraten und habe einen ähnlichen Schaden an meinem Auto davongetragen. Man kann das natürlich auch als Zufall abtun, aber ich habe schon zu oft solche Erfahrungen gemacht, um dabei nicht eine höhere Macht zu vermuten.

Ich glaube an Gott oder wie auch immer man ihn nennen mag. Von Gaia weiß ich, dass die Ureinwohner Lateinamerikas in der Gottheit eine Energie sahen, die Männlichkeit und Weiblichkeit in sich vereint. Mir gefällt diese Idee, auch wenn ich nicht hundertprozentig zustimme. Das Konzept einer Gottheit ist etwas Übermenschliches und übersteigt somit meine Vorstellungskraft. Ich muss es auch gar nicht verstehen können. Am wenigsten verstehe ich, dass die Menschen immer meinen, es verstehen zu müssen. Sie denken, nur wenn sie es mit ihrem Verstand in eine vorgefertigte Kategorie einordnen können, ist es auch echt. Das ist doch Bullshit. Wenn es tatsächlich einen Gott gibt, der diese Welt, der ja dann wahrscheinlich sogar das ganze Universum erschaffen hat, von deren Entstehung und Beschaffenheit wir, wenn überhaupt, einen Bruchteil mit den nicht voll ausgeschöpften Möglichkeiten unserer kleinen Gehirne erfassen können, dann ist doch die einzig logische Schlussfolgerung, dass wir den Schöpfer zumindest in diesem Leben auf Mutter Erde nie gänzlich begreifen können. Wir machen uns im Gegenteil ein Bild von ihm, das in unser selbsterschaffenes Schubladensystem passt, damit wir es bei Gelegenheit herausholen und stolz herumzeigen können, was wir uns da tolles zusammengereimt haben.

Bedauerlicherweise ist das ja nicht nur mit Gott so, sondern mit so ziemlich allem. Die Menschen trauen sich nicht, sie selbst zu sein, aus Angst vor Ablehnung oder gar Verspottung ihrer individuellen Ausdrucksweise. Ich liebe Menschen, die echt sind. Menschen, die in Verbindung zu ihrem tiefen inneren Wissen stehen und ganz natürlich ihr authentisches Selbst leben; die ihre Abgründe kennen und ihr Mitgefühl pflegen, die den Mut aufbringen, sich den Herausforderungen des Lebens zu stellen, und stark genug sind, daran zu wachsen und immer wieder aufzustehen. Die meisten Menschen sind leider nicht so. Sie informieren sich gut, welche Meinung man haben sollte, um anerkannt zu werden, fast so als wäre die eigene Meinung eine Uniform, die man sich anzieht, und gehen damit stolz in der Welt umher, ohne zu merken, dass sie nichts als Lügen verbreiten. Da kann es natürlich schnell passieren, dass sie selbst zu diesen Lügen werden und durch diese Schleier von Lügen eine verzerrte Weltsicht erschaffen. Durch diese wiederum steigt das Bedürfnis, sich mit hübschen Lügen zu schmücken. Das ist ein Teufelskreis. In Deutschland kann man dies gerade wunderbar anhand der Flüchtlingskrise beobachten. Ich gebe zu, dass die Situation aus dem Ruder geraten ist und kann auch verstehen, dass sie folglich Besorgnis erregt. Allerdings finde ich es bedauerlich, wie schnell die Menschen die Klarheit in ihrem Geist verlieren, sofern sie denn überhaupt in der Lage sind, diese zu erlangen. Wie schon so oft in der Geschichte der Zivilisation, die mit demographischen Veränderungen zu kämpfen hat, machen sich derzeit Gerüchte breit, die Flüchtlinge seien eine Bedrohung der finanziellen Sicherheit. Wegen ihnen bleibe zu wenig Geld für Rente, Familien und Arme übrig. Diese Gerüchte bieten eine hübsche Rechtfertigung für kriminelle Protestaktionen. Die politischen Hintergründe und verabschiedeten Gesetze, die tatsächlich zu Engpässen der nötigen Gelder führen, sind weitgehend unbekannt und schlichtweg zu komplex, sich mit ihnen näher zu befassen. Fremde Eindringlinge in den eigenen Sicherheitsbereich für jegliche Unannehmlichkeiten verantwortlich zu machen, ist da deutlich einfacher. Da diese Lügenmärchen zusätzlich noch von großen Teilen der Gesellschaft akzeptiert und transportiert werden, braucht man sich auch nicht weiter zu schämen, diesen Unsinn zu verbreiten, sondern kann stolz und unüberlegt an den Hassparolen teilnehmen. Dadurch entsteht eine Auftriebswirkung, denn die sich gegenseitig Lügen erzählenden Wutbürger bestätigen einander in ihren auf Erzählungen basierenden Fehlvorstellungen und heben die nicht vorhandene Kohärenz ihres sinnlosen Geschwafels durch die Multiplikation mit sich selbst auf. Das gilt natürlich nicht nur für die armen ängstlichen Gastgeber, die doch eigentlich nur ihre Ruhe haben möchten, sondern auch für die Flüchtlinge selbst, die erwarten, im Schlaraffenland anzukommen und sich dann gegenseitig in ihrer Empörung über die unmenschlichen

Zustände der Flüchtlingsheime hochschaukeln. Im Endeffekt gleichen sich diese Meinungen darin, dass sie keine sind, zumindest keine eigenen. Sich eine eigene Meinung zu bilden, ist anstrengend und kann darüber hinaus dazu führen, dass man schräg angesehen wird. Das mögen die Menschen nicht und es interessiert sie auch nicht, dass es außerdem eine Integrität schafft, die einem Kraft und Stabilität schenkt, die dem Leben einen Sinn und eine Form gibt. Sofern sie das überhaupt erkennen, finden sie es zwar eigentlich toll, trauen es sich jedoch nur selten zu. Denn es erfordert Mut, Stärke und Energie; Attribute, die den meisten Menschen nur aus Erzählungen bekannt sind, da sie nicht wissen, dass wir alle sie in uns tragen. Das ganze Universum ist in uns und wir müssen uns alles abverlangen. Stattdessen labern die Menschen anderen nach dem Mund, richten sich ihr Leben nach gesellschaftlichen Vorgaben ein und sind zufrieden, wenn ihre Imitation weitgehend fehlerfrei gelingt. Das Lügengerüst, in dem sie sich ihr Leben aufgebaut haben, geben sie so an kommende Generationen weiter, denn sie sehen es ja nur von innen und erkennen daher seine abstruse Form nicht. Würden sie heraustreten aus dem Gerüst, dann könnten sie sehen, wie lächerlich es ist, sein Leben dem Dienst an einem arbiträren System zu opfern und sich für die Werte und Vorstellungen anderer zum Narren zu machen. Sie glauben, was sie tagtäglich sehen, sei die Realität und verstehen nicht, dass es nichts als ein Theaterstück ist, bei dem sie jederzeit die Möglichkeit haben auszusteigen. Genauso ist es mit unserem Geist. Unsere komplette Bildung ist darauf ausgerichtet, den Geist zu fördern und zu entwickeln. Das ist einerseits gut und andererseits einseitig. Es führt dazu, dass wir Menschen uns mit unserem Geist identifizieren und verwechseln. Das kann gefährlich werden. Sicher, wenn wir einen Gedanken nur lange und oft genug denken, dann geht er irgendwann in unser Bewusstsein über und wird somit ein Teil von uns, aber es liegt in unserer Macht, die Gedanken zu reflektieren und zu hinterfragen, bevor wir sie annehmen. Denn, und das ist wahnsinnig wichtig, wir sind nicht unsere Gedanken, wir sind nicht unser Geist. Sie sind ein Teil von uns, wie ein Muskel, den wir trainieren und nutzen können, aber es liegt an uns, zu entscheiden, wie und wozu. Ich muss keinen Gedanken zulassen, der mir die Freude am Leben raubt, genauso wenig wie ich einen Einbrecher in mein Haus einlassen muss. Ich kann alle Gedanken aus meinem Geist verbannen, die mich nicht glücklich machen. Wenn ihnen jedoch freien und unbeschränkten Zutritt in meinen Geist gewähre, dann brauche ich mich auch nicht zu wundern, wenn sie sich diesem bemächtigen und ihn zu ihren eigenen Zwecken missbrauchen. Wenn ich mich selbst mit meinem Geist verwechsle, dann sehe ich ihn nur von innen und erkenne nicht seine wahre Beschaffenheit. Begreife ich ihn jedoch als ein Werkzeug, das mir gegeben ist, um durch Wahrnehmung, Reflektion und Produktion von Ideen und Vorstellungen mit der Welt zu kommunizieren, dann kann ich ihn von außen begutachten und mit Leichtigkeit die Kontrolle über meine Gedanken zurückerlangen. Ich entscheide, welche Gedanken ich annehme und welche ich abweise und nur ich allein entscheide, ob ich einen Gedanken akzeptiere, analysiere und transformiere oder elaboriere. Wozu auch immer ich mich entscheide, wichtig ist letztendlich nur, dass ich Herr über meine Gedanken bin und nicht sie Herr über mich. Ich bin nicht meine Gedanken, ich bin das aufmerksam beobachtende Bewusstsein, das dahinter steht. Ich kann es spüren, wenn mein Geist klar ist. Stell dir mal ein leerstehendes Gebäude vor. Selbst wenn es abgezäunt ist oder vielleicht auch gerade dann, kommen mit allergrößter Wahrscheinlichkeit ziemlich bald die ersten Eindringlinge und es wird sich schnell herumsprechen, dass man dort geile Partys feiern und überhaupt einfach machen kann, was man will. Wenn du dich selbst als deinen Geist, in diesem Fall als das Gebäude, wahrnimmst, bist du also schlecht dran. Erkennst du jedoch, dass du nicht das leerstehende Gebäude bist, sondern dessen Besitzer, der achtsam über sein Eigentum wacht und gut aufpasst, dass keine unerwünschten Eindringlinge ihr Unwesen treiben, dann kannst du selbst entscheiden, wann dort welche Partys gefeiert werden und wer die Gäste sind. Sei der Wächter deines eigenen Geistes und feiere deine eigenen Partys!

1. Kapitel

Ich verstaute meinen Koffer in einem Schließfach am Hamburger Hauptbahnhof und rief Lilith an. »Hey Lil, wie sieht's aus? Bist du schon unterwegs?« »Nee, bin noch zu Hause. Anscheinend will jetzt doch keiner mehr mit. Was ist mit dir?« Sie klang ein wenig enttäuscht. »Ich bin dabei! Bin schon am Hauptbahnhof. Also von mir aus können wir vorher noch auf der Schanze was trinken gehen. Oder soll ich zu dir kommen?« Schlagartig besserte sich ihre Stimmung. »Echt? Ich war mir sicher, du würdest auch einen Rückzieher machen. Fährst du nicht morgen früh zu deinem Bruder nach Schweden?« Natürlich hatte ich ihr schon von meinen Urlaubsplänen berichtet. »Ja, ich treff mich um sieben Uhr morgens mit der Mitfahrgelegenheit. Aber ich habe meinen Koffer schon hier verstaut. Also können wir, wenn sie uns wieder mal als letzte aus dem Club schmeißen, noch irgendwo was frühstücken gehen und dann fahre ich los.« »Cool, du bist großartig!« »Danke gleichfalls! Also dann in einer halben Stunde vorm Schanzenpark?« »Perfekt, bis gleich.«

Am Ende waren wir doch noch eine große Gruppe im Uebel & Gefährlich und tanzten zu Beats im Park die Nacht durch. Der Bunker war komplett voll und irgendwann begann der Schweiß von der Decke zu tropfen. Natürlich durfte die Wollmütze als unverzichtbares Accessoire der eingefleischten Hip Hopper trotzdem nicht fehlen. Unter den locker sitzenden Tanktops blitzten die eintätowierten Schriftzüge hervor. Mit Bierflaschen in der Hand wurden lässig die neuesten Moves präsentiert. Ohne den nötigen Alkohol im Blut war dieser Anblick kaum zu ertragen, aber ich gab mich einfach der Musik hin, genoss den Rausch und wurde so Teil der Menge und bewegte mich mit der vom Bass zuckenden Tanzfläche. Euphorisch feierten wir die großartige Performance der DJs und gerieten in Ekstase als Überraschungsgast DJ M den krönenden Abschluss lieferte. Für Gespräche war es inzwischen zu laut und zu spät und so überbrückte ich die längst fällige Tanzpause wild knutschend mit einem heißen Brasilianer. Lil und ich tanzten weiter bis grelle Lichter die dunkle Atmosphäre durchbrachen und sich die letzten Gäste verschwitzt in der Schlange vor der Garderobe sammelten. Der Fahrstuhl brachte uns runter in das kühle Morgengrauen, wo wir wohlig erschöpft über das verlassene Heiligengeistfeld zum Bahnhof St. Pauli liefen. Auf der Autofahrt zur Fähre schlief ich glücklich ein.

Am nächsten Tag ging ich mit meinem Bruder wandern. Durch ein einfaches Holzgatter neben rot und blau gestrichenen Schwedenhäusern, die an Michel aus Lönneberga oder die Kinder von Bullerbü erinnerten, gelangten wir in den Wald hinter seinem Haus. Auf einem Sandweg liefen wir an einem Fluss vorbei, dessen Schönheit mir gleich ins Auge stach. Er war sehr dunkel und tief, aber gleichzeitig glänzte das klare Wasser auf seiner Oberfläche und verlieh der Atmosphäre etwas Mystisches. Sich aus einem Wasserfall speisend, rauschte er wild und schnell an uns vorbei und war doch gleichzeitig ruhig und friedlich in sich. An seiner Seite gingen wir tiefer in den Wald hinein und atmeten dankbar dessen saubere, kühle Luft. »Ist das nicht schön Ezra? Ich liebe diese wunderbar frische Luft«, scherzte ich, unsere Mutter nachahmend. Wir lachten und erinnerten uns, wie wir als Kinder mit unseren Eltern durch diesen Wald spaziert waren. Es gibt nichts Schöneres in der Kindheit, als in der freien, wilden Natur zu spielen und die Welt zu entdecken. »Erinnerst du dich noch, als wir auf den Taberg gestiegen sind?« »Ja klar, der Ausblick dort ist atemberaubend!« Wir beschlossen, bis dorthin zu wandern und dann auf den Berg zu steigen. »Die Natur wird mir fehlen«, seufzte ich beim Anblick der Reinheit und Ursprünglichkeit der Umgebung. »Gibt es denn in Abu Dhabi gar keine Natur?« »Naja, die Wüste halt und ein paar künstlich angelegte Parks und Grünflächen. An der Corniche, einer Promenade, die im Stadtzentrum am Wasser entlang geht, sieht es auf den Fotos ganz schön aus. Aber mit einem richtigen Wald kann man das wohl eher nicht vergleichen.« Ich hatte mir im Internet Fotos angesehen und ein paar Texte überflogen, aber eigentlich wusste ich so gut wie gar nichts über die Vereinigten Arabischen Emirate. Ich habe schon in vielen Ländern gelebt, ohne mich im Voraus über die dortigen Lebensverhältnisse zu informieren. Ich liebe es, total unvoreingenommen loszuziehen und alles selbst zu entdecken. Bislang hat das auch immer bestens funktioniert. In diesem Fall hätte ich wohl aber doch vorher ein wenig mehr über Land und Leute lesen sollen. »Wahrscheinlich nicht, aber es ist doch auch schön, mal etwas ganz anderes, neues zu entdecken. Das liebst du doch so!« Er sprach mir aus der Seele. »Ja, das stimmt. Das ist ja der Grund, aus dem ich mich auf die Stelle beworben habe. Die Neugier auf eine komplett andere Kultur. Ich bin mir sicher, dass mir Lateinamerika und Südeuropa viel besser gefallen, aber da war ich ja schon so oft und kenne schon so viel. Jetzt habe ich Lust, etwas Neues kennen zu lernen. Naja, und natürlich die Festanstellung. Der Job am Goethe-Institut in Hamburg hat mir zwar wahnsinnig viel Spaß gemacht, aber es war auch anstrengend, sich ständig selbst um alles kümmern zu müssen, hinterher zu sein, dass man genug Stunden bekommt. In Abu Dhabi brauche ich mir da keine Sorgen zu machen.« »Ja, das ist echt super. Mich nervt es auch zum Teil, dass ich keinen festen Vertrag habe. Auf der anderen Seite, genieße ich die Freiheit, die das mit sich bringt. Ich weiß gar nicht, wie ich das sonst mit meinem Training hinkriegen sollte.« »Da hast du natürlich auch wieder recht. Auch Selbstständigkeit hat ihre Vorteile. Bei mir ist das Gute, dass ich immer erst abends unterrichte. Die Kursplanung kann ich machen, wann ich will, also habe ich morgens genug Zeit, um Laufen zu gehen. Trainierst du denn im Moment für einen Marathon?« »Ja, ich laufe im Oktober in Frankfurt mit. Papa und ich fahren zu Alex und dann laufen wir zu dritt.« »Cool! Und was strebst du für eine Zeit an?« »Kommt drauf an, wie's in der Vorbereitung läuft. Auf jeden Fall unter 2:30.« »Nicht schlecht.« »Und du?« »Ich bin in letzter Zeit viel zu selten zum Laufen gekommen. Ich habe so viel gearbeitet. Aber jetzt will ich wieder loslegen. Mal schauen, vielleicht laufe ich nächstes Jahr den Marathon in Dubai. Du kannst ja auch kommen, dann laufen wir zusammen!«

»Mal gucken, ich würde ja gern kommen, aber im Moment sieht es finanziell nicht so gut aus. Die Hochzeit und die Flitterwochen waren ganz schön teuer.« »Ja, mal gucken, wenn es nächstes Jahr nichts wird, dann halt übernächstes. Mein Vertrag geht über zwei Jahre.« »Ja, übernächstes Jahr komme ich bestimmt.« Wir waren inzwischen am Taberg angekommen und stiegen schnellen Schrittes die dunkle, von Baumwurzeln durchzogene Erde hinauf. »Läufst du hier auch manchmal rauf?« »Ja, manchmal mache ich ein paar Sprints hier, ist'n gutes Höhentraining. Dadurch bin ich anderen Läufern bei Steigungen oft überlegen.« »Ich müsste das auch mal öfter machen, ist leider meine Schwäche.« Während wir weiter auf den Berg stiegen, bewunderte ich meinen Bruder dafür, dass er auf einer so steilen Strecke sprinten konnte und nahm mir vor, auch wieder häufiger zu trainieren. Ich freute mich, dass ich endlich wieder mehr Zeit hatte. Oben angekommen, setzten wir uns auf einen großen Stein und genossen den herrlichen Ausblick. Weit und breit nichts als Bäume und in der Ferne bunte Holzhäuser. Eine Idylle wie aus dem Bilderbuch. »Vermisst du Hamburg manchmal?«, unterbrach ich gedankenvoll die Stille. »Ja schon. Mir fehlt manchmal das große Kulturangebot, die vielen Veranstaltungen. Aber so oft habe ich das ja eh nicht genutzt.« »Stimmt. Aber was ist mit Stadtpark, Alster, Hafen?« »Nicht so sehr, wie ich dachte. Ich finde inzwischen die Wälder und Seen hier in Jönköping viel schöner.« »Echt? Also ich finde es auch wunderschön hier, aber ich glaube auf die Dauer wäre es mir zu eintönig, zu langweilig.« »Du bist ja auch ganz anders als ich. Du brauchst viel mehr Action, bist ständig unterwegs.« »Ja, so sehr ich die Ruhe und Entspannung hier liebe und mir keinen besseren Ort vorstellen könnte, um abzuschalten, runterzukommen und neue Energie zu tanken, könnte ich, glaube ich, nicht so leben. Zumindest noch nicht.« »Ich liebe die ruhige Atmosphäre hier und das Kleinstadtflair. Es gefällt mir, dass alle sich kennen. Dadurch fühle ich mich mehr zuhause als im anonymen Hamburg. Natürlich vermisse ich Mama und Papa und meine Freunde, würde gern mehr Zeit mit ihnen verbringen. Aber so weit ist es ja auch nicht nach Hamburg und ich habe das Gefühl, wenn ich da bin, genieße ich es viel mehr als damals. Es ist ein viel intensiveres, wertvolleres Zusammensein, wenn man weiß, dass man sich nicht so oft sieht. Findest du nicht?« »Doch, mir geht es genauso.«

Später ging ich allein zu dem Fluss Hassafall zurück und setzte mich am Ufer zwischen Moos und Steinen an einer Stelle nieder, die mich einlud, zu verweilen. Nachdem ich eine Weile dem rhythmischen Lauf des Wassers zugesehen hatte und davon wie hypnotisiert war, kreuzte ich meine Beine zu einem Lotussitz und schloss langsam meine Augen. Ich atmete tief ein und spürte, wie der Sauerstoff der Bäume meine Lungen mit Leben erfüllte. Ich atmete wieder aus und ließ meine Gedanken ziehen. Gedanken daran, dass ich in den vergangenen Monaten viel zu wild gelebt hatte und dringend ein bisschen Ruhe bräuchte. Gedanken daran, dass ich wieder viel mehr laufen wollte. Gedanken daran, wie es wohl in Abu Dhabi werden würde. Ein Gedanke nach dem anderen floss aus mir heraus und das strömende Wasser des Flusses nahm sie mit auf seine Reise. Ich nahm die Stille in mir wahr, die ruhige, friedliche Wachsamkeit. Sie hatte mir viel zu sagen, doch sprach sie ohne

Worte. Ich hörte genau zu und gab mich achtsam ihren Klängen hin. Wie ein Kind in den Armen seiner Mutter, wiegte ich mich in Sicherheit und gab mich ganz der Geborgenheit ihrer Umarmung hin. Alles war gut. Sie trug mich fort aus der bekannten Umgebung und brachte mich an einen Ort ganz anderer Beschaffenheit, eine Sphäre der Unbeständigkeit, in der alles sich bewegte und doch immer gleich blieb. Oder es drehte sich so schnell, dass man seine Veränderungen nicht wahrnehmen konnte. Alles floss ineinander und bildete einen kaleidoskopischen Himmel. Als ich wieder in meinem Körper ankam und langsam die Augen öffnete, sah der Wald wie verzaubert aus, die Farben waren intensiver. Die Struktur der Steine, die Einkerbungen der Baumrinde, die vielen verschiedenen Formen und Einzelheiten der Blumen, die Bewegungen der Tiere, alles war von einer magischen Kraft bestimmt. War es genau diese Kraft gewesen, die mich davongetragen und nun wieder zurückgebracht hatte? Ich wusste es nicht und ich wusste auch nicht, wie viel Zeit ich an diesem geheimen Ort verbracht hatte. Vielleicht eine Minute, vielleicht einen ganzen Tag. Es spielte keine Rolle. Ich wusste nur, dass ich auf jeden Fall dorthin zurückkehren müsste. Zuerst einmal kehrte ich jedoch zu meinem Bruder nach Hause zurück. Wir mussten noch Sachen packen, denn wir hatten für das Wochenende einen Camping-Ausflug geplant.

In Gränna angekommen, bauten wir unsere Zelte an einer schattigen Stelle zwischen zwei Bäumen auf. Noch bevor wir unsere Taschen ausgepackt hatten, gingen wir im Wald eine Runde laufen, um die Gegend zu erkunden. Es war ein großer Spaß. Es ist immer ein großer Spaß mit meinem

Bruder laufen zu gehen. Aber dieses Mal war es besonders ausgelassen und fröhlich. Wir sprangen über Zäune, hüpften über Baumwurzeln als wären wir Rehe, sprinteten Treppen hoch und jagten einander über Felder. Natürlich hätte ich nie eine Chance gegen Ezra gehabt, aber es war ein spielerisches Jagen. Einmal fing er mich und wir stürzten lachend zu Boden und kitzelten uns gegenseitig. Wir kletterten in ein verlassenes Baumhaus und sahen auf einer Lichtung einen Elch. Alles duftete nach Unbeschwertheit und Freiheit. Beschwingt von diesem freudigen Lauf und erfrischt von einer kalten Dusche, fehlte uns nichts als ein bisschen was zu essen und zu trinken. Wir schmissen den Grill an und holten unsere vorbereiten Speisen raus. Unsere traditionelle Superfoodbattle hatte uns zu einem Quinoa-Salat und selbstgemachten Kale Chips mit Avocado-Dip inspiriert. Zum Nachtisch gab es Chia Pudding und frische Blaubeeren. Aber auch ein kühles Bier und ein paar Steaks durften nicht fehlen. Wir hatten den ganzen Tag noch nichts gegessen und verschlangen genussvoll unsere Gourmetkreationen. Inspiriert durch meine spirituelle Erfahrung am Fluss und die heitere Stimmung, die, wie so oft nach einem guten Lauf, Körper, Seele und Geist durchströmte, fragte ich Ezra: »Glaubst du an ein Leben nach dem Tod?« Ich wusste, dass er seit seiner Auswanderung nach Schweden sehr religiös geworden war, aber wir hatten nie wirklich über dieses Thema gesprochen. Plötzlich wurde er nachdenklich und starrte gedankenverloren auf den See. Er antwortete mir nicht. Später sprachen wir noch über ein paar belanglose Dinge, um die unangenehme Stille zu durchbrechen, aber es blieb ein merkwürdiger Nachgeschmack. Ich konnte in dieser Nacht kaum schlafen, da mich die unbeantwortete Frage und weitere damit zusammenhängende Fragen nicht losließen. Lange lag ich auf dem Rücken wach im Zelt, an die Decke starrend, und hing den Gedanken nach, die in meinem Kopf Karussel fuhren. ›Warum hat er nicht geantwortet? Will er nicht, dass ich weiß, woran er glaubt? Oder weiß er es vielleicht selbst nicht? Ich muss es wohl einfach selbst herausfinden. Es scheint, je mehr ich lerne, desto weniger weiß ich. Vielleicht ist es aber auch gar nicht wichtig, was wir wissen, schließlich ist unser Geist kein Gefäß, das gefüllt werden muss. Wenn wir ihn auffüllen, dann tragen wir viel zu viel mit uns herum, werden von unseren eigenen Gedanken kontrolliert, hin- und hergeworfen, gefangen genommen. Wir müssen uns aus diesem Gefängnis befreien, alles von uns abwerfen, unseren Geist anzünden wie ein Feuer. Nur so können wir völlig präsent sein im jeweiligen Moment und das Leben in uns aufsaugen. Vielleicht ist das Geheimnis des Lebens, alles in der Gewissheit zu tun, dass es aus einem Grund geschieht und dass es einen Sinn ergibt und aus dieser Gewissheit Kraft und Vertrauen zu schöpfen, durch diese Kraft und dieses Vertrauen Entschlossenheit und Überzeugung zu gewinnen, mit dieser Entschlossenheit und Überzeugung seinen Geist anzuzünden, zu brennen und sich mit Menschen zu umgeben, die in die Flammen blasen, so dass sie lustig und fröhlich umhertanzen und Licht und Wärme verbreiten.‹ Ich dachte an das Zitat von Descartes: »Ich denke, also bin ich.« Es schien mir, als gäbe es einen Haken daran. Und ich überlegte weiter ›Müsste es nicht viel eher ich nehme wahr, also bin ich heißen? Unsere Wahrnehmung formt uns. Meine Wahrnehmung wird dadurch geschärft, dass ich den Moment lebe und dem Leben vertraue. Wenn ich weiß, wer ich bin und das Gesetz der Natur, das Weltwissen in mir spüre und durch mich wirken lasse, dann nehme ich wirklich wahr und dann bin ich. Dazu ist es mitunter nötig, alles loszulassen, was wir bislang in unserem Leben gelernt und gehört haben, denn mit allergrößter Wahrscheinlichkeit haben wir es von jemandem gelernt, dessen kopiertes und imitiertes Wissen wieder nur auf kopiertem und imitiertem Wissen basiert. Dieses hat ausgedient und wir brauchen dringend neue Erkenntnisse, aber um zu diesen zu gelangen, müssen wir uns von den alten frei machen, müssen wir neue Menschen werden. Das meiste von dem, was uns erzählt wurde, sind Lügen. Solange wir an diesen festhalten, können wir uns nicht verändern. Das Leben kann nur durch Transformation bestehen, alles, was stehen bleibt, stirbt. Seit ich verstanden habe, dass ich in einem Gefängnis aus meinen gesellschaftlich, kulturell und spirituell konditionierten Gedanken lebe, die mich in der Entfaltung meiner Persönlichkeit als Teil allen Seins einschränken, habe ich nach Weisheiten gesucht, die stark genug sind, die Gefängnisgitter aufzubrechen. Doch wie sollte eine Weisheit, die, wie alles andere in meiner Welt, auch aus mir entstanden ist, stark genug sein, ein ganzes Konstrukt aus tief verankerten Gedanken zu zerstören? Auch dies ist nur ein Gedanke und die Gedanken werden niemals sich selbst zerstören. Der Weg aus dem Gefängnis ist so einfach, dass man ihn leicht übersieht: die Mauern, die uns einschließen, lösen sich in Luft auf, wenn wir aufhören, die Gedanken, aus denen sie bestehen, zu denken. Wir können die Gedanken nicht bekämpfen, denn sie sind aus uns selbst heraus entstanden. Wir müssen sie annehmen als unser Werk und erkennen, dass sie verfälscht, manipuliert und kontrolliert werden und uns eine verquere Sicht auf uns selbst und die Welt vermitteln. Nichtsdestotrotz können sie nur dann unsere Wahrnehmung verschleiern, wenn wir das zulassen. Schauen wir uns die Gedanken jedoch ganz genau und unvoreingenommen an, dann können sie uns viel lehren und uns den Weg zu unserem wahren Selbst weisen. Und dieses wahre Selbst ist nie Opfer, sondern immer Herr der Gedanken. Es kann sie gehen lassen und das Gefängnis verschwindet.‹ Irgendwann schlief ich dann doch ein.

Am letzten Tag unseres Urlaubs brach ein starkes Gewitter aus. Der Himmel färbte sich pechschwarz und es begann wie aus Eimern zu gießen. Trotz der vermeintlichen Gefahr rief mich der Strand und ich musste gehen. Ich warf mir meine Laufsachen über, schlüpfte in die Schuhe und machte mich auf den Weg. Der Strand war nicht weit von unserem Zelt entfernt. Der von Steinen gesäumte Waldweg dorthin hatte sich bereits in einen reißenden Fluss verwandelt und meine Füße waren klitschnass, als ich den See erreichte. Ich ließ meine Schuhe im Sand stehen und lief barfuß los durch das immer wilder werdende Unwetter. Der Himmel brüllte energisch und schüttelte die Baumkronen hin und her. Wütend schlug mir der Hagel ins Gesicht. Es tat weh, aber es war ein süßer Schmerz, wie bei einer harten Massage, die einen gleichzeitig aufschreien und in genussvoller Hingabe seufzen lassen will. Es war wie ein spielerischer Kampf zwischen der Natur und mir, bei der unsere leidenschaftlich aufschäumenden Energien sich miteinander messen wollten. Ein Kampf, bei dem man sowohl gegeneinander als auch miteinander kämpft. Der Schauplatz war furchteinflößend, dennoch spürte ich die Fürsorge der Natur, die mich aufforderte, all meine Energien zu mobilisieren und mir im Gegenzug ihren Schutz bot. Unweit von mir schlugen Blitze ins Wasser ein und ließen dieses herrliche Naturschauspiel für Sekunden in all seiner Pracht aufleuchten. Weit und breit war außer mir keine Menschenseele zu sehen und ich fühlte mich ganz allein auf dieser Welt mit der wilden Bestie Natur, die mich in einem Atemzug hätte verschlingen können und mir doch immer wieder ihr Leben einhauchte und mich herausforderte, ihre enorme Kraft auch durch meinen kleinen Körper wirken zu lassen, den sie aufblies, als wäre er das ganze Universum. IHREN Regen fühlte ich auf meiner Haut, IHREN Sand nahm ich unter meinen Füßen war, IHR Wind blies von allen Seiten wild um mich und ich war das Wasser und die Erde und die Luft und in mir ihr Feuer. Das ist der Frieden der Wildnis. Nie könnte ich diesen tiefen inneren Frieden, diese unbändige Energie und wahnsinnige Liebe spüren, wenn ich bei Sonnenschein am Strand liege und einen Cocktail trinke. Das ist Erholung, ruhige Entspannung, angenehme Zufriedenheit, aber sie hat kein Feuer, sie schüttelt mich nicht, berührt nicht meinen inneren Kern, an dem ich das Leben in seiner reinsten Form wahrnehme, an dem ich das Leben in seiner reinsten Form bin.

2. Kapitel

Ich legte mich aufs Sofa und schlug meine Beine übereinander, als mein Handy klingelte. »Hey Gaia, wie sieht's aus? Bist du schon unterwegs?« fragte mich Lilith. »Nee, ich bin noch zuhause. Mir ist heute irgendwie nicht nach Party. Was ist mit dir?« »Ich geh auf jeden Fall hin. Das Konzert wird der Hammer, das solltest du dir nicht entgehen lassen.« Sie hatte mir schon vorher von der mexikanischen Rockband Molotov vorgeschwärmt, doch die Songs, die ich mir auf YouTube anschaute, waren nicht so wirklich mein Ding. Außerdem befand ich mich noch im Entspannungsmood der Urlaubstage und mein Körper signalisierte mir, dass ihm ein Extra an Erholung nicht schaden könnte. »Ich habe in Schweden gemerkt, dass ich ein bisschen Ruhe brauche. Ich habe dieses Jahr einfach viel zu viel gefeiert und gearbeitet.« »Du brauchst ja nicht lange zu bleiben. Lass uns doch vor dem Konzert noch ein Stück Kuchen an der Alster essen und dann sehen wir weiter. Wer weiß, vielleicht hast du danach doch noch richtig Lust, zu feiern.« Ich hätte zwar nicht gedacht, dass es tatsächlich so kommen würde, aber ihr Kuchenargument überzeugte mich. Wir kauften uns im Café Gnosa Torte to go – sie Mohnquarktorte und ich Rhabarbertorte – und setzten uns damit auf eine Parkbank an der Alster. Während ich ihr von meinen

Erlebnissen in Schweden berichtete, sahen wir Torte mampfend den Segelbooten und Kanus auf dem Wasser zu. Es war ein Traum! Ich fragte mich, ob ich wohl je wie Ezra einen anderen Ort auf dieser Welt mehr lieben könnte als meine Heimatstadt Hamburg. Als es dunkel wurde, schlenderten wir langsam die Lange Reihe entlang in Richtung Markthalle. Dort angekommen, hatte sich bereits eine große Menschenmasse vor dem Eingangsbereich versammelt. In dem Getümmel suchten wir nach Jens, einem Freund von Lil, der, auch wenn sein Name dies nicht unbedingt erwarten ließ, Chilene war. Jens wiederum suchte dann nach Martin, einem anderen Freund der beiden, der aus München kam aber eine Zeit lang in Chile gelebt hatte. Und Martin hielt Ausschau nach ein paar mexikanischen Freunden, die sich das Molotov-Konzert selbstverständlich nicht entgehen lassen konnten. Nach einigem Hin und Her hatten sich endlich alle gefunden. Dann waren sowohl Lil und Jens als auch deren Freund Martin auf einmal weg und ich stand allein mit drei Mexikanern in der Markthalle und dachte in dem Moment, dass ich vielleicht doch lieber hätte zu Hause bleiben sollen. Ich kann manchmal ganz schön unsozial sein. Doch den Dreien gelang es durch ihre humorvolle Art, das Eis zu brechen und ich überwand meine anfängliche Lustlosigkeit und scherzte schon bald mit. Einer gefiel mir besonders gut – dummerweise hatte ich bei der Vorstellung nicht richtig hingehört und konnte mich daher nicht an seinen Namen erinnern – und ich ärgerte mich, dass ich mich nicht etwas mehr zurecht gemacht hatte. Ich bemühte mich, das mangelnde Styling durch mein Lächeln wettzumachen und es schien ganz gut zu gelingen. Wir verstanden uns auf Anhieb bestens und trotz meiner deutschen Verschlossenheit unterhielten wir uns sofort über Gott und die Welt. Ich berichtete ihm von meiner Stelle in Abu Dhabi und er mir von seinen Erfahrungen als Architekt in Dubai. Ich erzählte ihm von meiner Meditation am Fluss in Schweden und er mir von seiner Masterarbeit – er hatte an der HafenCity Universität einen zweiten Master in Sustainability and Urban Regeneration gemacht – über einen Fluss in Mexiko. Wir beide hatten schon in vielen verschiedenen Ländern gelebt, studiert und gearbeitet. Trotzdem waren wir uns auch einig, dass unsere Familien die wichtigsten Menschen für uns seien und zum ersten Mal in meinem Leben kam bei unserem Gespräch der Wunsch in mir auf, eine eigene Familie zu haben. Ich hatte das bis dahin nie in Erwägung gezogen, denn ich dachte immer, ich würde weiterhin nur reisen, feiern und arbeiten. Die Welt entdecken. Ich könnte keine Mutter und Hausfrau sein. Dazu bin ich viel zu durchgedreht, abenteuerlustig und freiheitsliebend. Und doch spürte ich auf einmal den fernen Wunsch, ein Kind zu haben. Unser Gespräch wurde von wildem Herumhüpfen zu den Beats von Molotov und ein paar Bierchen unterbrochen. Ich fragte mich längst nicht mehr, ob es eine gute Idee gewesen sei, zu kommen und auch nicht, ob ich noch den letzten Zug nach Hause erwischen würde. Dennoch erhielt ich diese Information von Lilith, die während des Konzerts wieder aufgetaucht war und jetzt gemeinsam mit den anderen auf uns wartete. »Hey Gaia, wenn ihr hier noch lange weiterquatscht, verpasst du die letzte Bahn.« Ich entschied mich, dies zu tun und bei ihr auf dem Sofa zu schlafen. Wir zogen weiter auf die Schanze und genossen in der Katze auf dem Schulterblatt die laue Sommernacht bei ein paar weiteren

Bieren. Trotz der angenehmen Temperaturen fing ich doch irgendwann an zu frieren, und Lilith half mir mit ihrer direkten Art doppelt aus: »Antonio, gib doch mal Gaia deine Jacke, sie friert!« Ich wusste nun endlich seinen Namen und eingehüllt in seine warme, nach ihm duftende Jacke, turtelten wir noch ein bisschen weiter und machten uns schließlich gemeinsam auf den Nachhauseweg. Antonio wohnte nicht weit von Lilith entfernt, so dass wir noch ein Stück zusammengingen, bis wir letztendlich voneinander lassen mussten. Auf Lils Sofa liegend verbrachte ich erneut eine schlaflose Nacht und ließ mich von den Schmetterlingen in meinem Bauch zu liebestrunkenen Gedanken inspirieren: ›Was für ein Glück ich doch habe! Und wieder einmal hat es sich als richtig erwiesen, mich einfach dem Geschehen hinzugeben und es zu zelebrieren. Ich liebe mein Leben über alles und ich kann es nur mit Feuer und Leidenschaft leben oder gar nicht. Ich habe so oft darauf geachtet, ob sich die Dinge fügen, wenn man ihnen ihren Lauf lässt und sie haben sich jedes Mal auf perfekte Art und Weise gefügt. Das Gesetz der Anziehungskraft sorgt dafür, dass sich einem genau die Gelegenheiten bieten, die einem bei der Verwirklichung seiner selbst helfen. Man muss sie nur nutzen. Und natürlich muss man die Gelegenheiten anziehen, was nur geht, wenn man seinen Geist klar auf ein Ziel gerichtet hat. Ich habe meinen Geist dann klar auf ein Ziel gerichtet, wenn ich ich selbst bin und ich bin dann ich selbst, wenn ich mit Liebe und Leidenschaft das Feuer in mir brennen lasse. Durch das, was ich tue, die Flammen aufflackern zu lassen und mit ganzer Seele so intensiv es nur geht, die Gefühle zuzulassen, sie in mich einzulassen, mich ihnen völlig hinzugeben in dem Wissen, Teil einer größeren und stärkeren Macht zu sein, gegen die ich sowieso keine Chance habe. Das Leben ist ein Abenteuer und je mehr ich mich in dieses Abenteuer stürze, desto mehr Spaß habe ich. Es geht nicht darum, möglichst wenig aufs Spiel zu setzen, sondern möglichst viel. Denn nur, indem man Risiken eingeht, entsteht Leben. Nur so kann man lernen, wachsen und gewinnen oder verlieren. Aber wenn man kein Risiko eingeht, hat man schon verloren. Wenn man aufhört, sich festzukrallen, dann merkt man, dass man schwebt, statt zu fallen. Man erlangt eine tiefe innere Ruhe und Gelassenheit. Dies habe ich oft bei meinen Läufen gespürt. Es gibt nichts, worum ich mir Sorgen machen muss; nichts, wovor ich Angst haben muss. Mein Leben ist so reich an Liebe und Geborgenheit, an Freiheit und Abenteuer, an Hoffnung und Möglichkeiten, an Schönheit und Wunder, dass es fast schon weh tut. Oh welch süßer Schmerz! Und sollte mal nicht alles glatt laufen, was nicht nur ganz normal sondern auch und vor allem wünschenswert ist, dann begegne ich der Situation mit Resilienz. Schwierigkeiten und Komplikationen spornen mich an und motivieren mich, denn ich sehe in ihnen Möglichkeiten, zu wachsen und mich weiterzuentwickeln. Sie reißen mich aus dem bequemen, komfortablen Kreis meiner Gewohnheiten heraus und das verängstigt mich nicht, sondern bietet mir die willkommene Chance, meinen Mut und meine Stärke zu zeigen, die einen essenziellen Teil meiner Persönlichkeit ausmachen und im Alltag der zivilisierten Welt viel zu selten von Nöten sind. Es gefällt mir, diese Seiten zeigen zu können. Die meisten Menschen suchen nach dem Sinn des Lebens und meinen, diesen finden zu können, indem sie versuchen, aus der Welt das Bestmögliche für sich herauszuholen. Andere wenige versuchen, aus sich selbst das Bestmögliche für die Welt herauszuholen. Das ist der Sinn des Lebens. Natürlich geht es dabei nicht darum, das objektiv Beste aus sich herauszuholen, sondern das Seine so rein und aufrichtig wie möglich. Nur so kann man das Licht durch sich scheinen lassen, die Magie durch sich wirken lassen und alles kann sich magisch fügen.‹

Das tat es dann auch. Antonio rief mich am nächsten Tag an und wir verabredeten uns zum Abendessen. Meine Mutter, die bei seinem Anruf neben mir saß, machte sich über mich lustig und fand es niedlich, mich verlegen und verliebt zu sehen. Normalerweise bin ich immer cool und lässig, Herrin der Situation. Doch nun war es anscheinend um mich geschehen. Singend und tanzend bereitete ich mich auf unser erstes Date vor. Singend und tanzend befand ich mich zu späterer Stunde im Grünen Jäger und dann passierte endlich, wonach ich mich die ganze Zeit beim Abendessen gesehnt hatte: Antonio nahm meine Hand, sah mir in die Augen und küsste mich. Im Hintergrund spielte »I Follow Rivers«. Ich verliebte mich Hals über Kopf. Einen Monat lang verbrachten wir fast jeden Tag zusammen. Ich hängte meine Pläne an den Nagel, zu reisen und Freunde zu besuchen und er verschob das Schreiben an seiner Masterarbeit. Der Hamburger Sommer ließ uns nicht im Stich und verwöhnte uns mit strahlendem Sonnenschein beim Frühstück im Café, beim Picknick im Stadtpark, beim Laufen an der Alster und Schwimmen im Freibad. Ich schwebte auf Wolke sieben und vor lauter Glücksgefühlen bekam ich schließlich das erste Mal in vierzehn Jahren auf ganz natürlichem Wege meine Tage. Seit ich sechzehn war, blieb die Periode aus, höchstwahrscheinlich aufgrund des Lauftrainings. Ich nahm die Antibabypille, um meinen Zyklus einzuleiten, aber jedes Mal, wenn ich die Pille absetzte, blieb er wieder aus. Ich hatte die Hoffnung schon fast aufgegeben, doch dann passierte das Wunder. Das erste von vielen. Mein ganz persönliches Sommermärchen neigte sich dem Ende zu und aus unserer liebeswahnsinnigen Euphorie heraus starteten Antonio und ich eine verrückte Aktion, von der wir noch unseren Enkelkindern berichten können. Wir machten mit beim Heldenlauf. Aber nicht wie normale Menschen mit vorzeitiger Anmeldung, Trainingsplan und dem nötigen Schlaf. Wir hatten unsere eigene Art, es mit dieser Herausforderung aufzunehmen. In der Nacht vor dem Lauf, gingen wir mit Lilith und Jens sowie Jaime und Sebastián, den anderen beiden Mexikanern vom Molotov-Konzert, in die Katze, tranken Bier und genossen die letzten Sonnenstrahlen. Es war einer dieser Abende, an denen alles perfekt scheint und nichts wirklich passieren könnte, das einen aus der Ruhe bringt. Irgendwann schlug Jaime vor, bei ihm zu Hause Filme zu gucken. Auf dem Weg zur Bahn blieben wir noch in der Absinth-Bar hängen und probierten uns durch das Menü. Mir gefiel besonders der Fleur de Lys. Ich hatte schon ein gefährlich geiles Level an ekstatischer Gelassenheit erlangt und war von einer unbändigen Lust erfüllt, die Nacht durchzumachen. Die Tatsache, dass Antonio und ich ein paar Stunden früher beschlossen hatten, am nächsten Morgen den Heldenlauf mitzulaufen, konnte diesem tiefenentspannten Hedonismustrip nichts anhaben. Antonio zögerte zwar ein wenig bei der Entscheidung, noch mit zu Jaime zu fahren, ließ sich dann aber auch auf das Geschehen ein und schon lagen wir Pizza essend auf dem Sofa und sahen uns psychedelische Filme an. Als hätten wir noch nicht genug getrunken, wurde dazu Bier serviert und um das schöne Programm abzurunden, gab es auch noch ein paar leckere Joints. Wir hatten längst die Sphären unserer sinnlichen Wahrnehmung transzendiert. Um vier Uhr morgens machten wir uns schließlich auf den Weg nach Hause und während Antonio in der Bahn einschlief, schrieb ich ein paar Gedanken in mein Moleskine:

Die manipulierenden Abhängigkeiten der Welt führen zur Verbreitung einer illusionären Wahrheit. Um diese zu durchbrechen, müssen wir in unser Inneres vordringen, wo bereits die Antwort auf alles existiert, denn wir selbst sind die Antwort.

Der wahre schöpferische Akt entsteht aus einer Betrachtung der Materie hinter den Erscheinungen, der Dichte des leeren Raums, des kollektiven (Un)bewusstseins, das sich hinter den Illusionen unserer Realität manifestiert. Diese Materie spiegelt sich in unseren Herzen und wartet darauf, uns die nötigen Hinweise und Schlüssel zu geben, die uns antreiben und inspirieren, die betrachteten Informationen in die Welt der Erscheinungen zu übersetzen und dadurch unser tiefes inneres Wesen auszudrücken.

In Antonios Wohnung angekommen, legte auch ich mich schließlich für zwei Stunden hin, bevor ich mit einer kalten Dusche versuchte, meinen Kopf ein wenig abzukühlen und das Hämmern darin zu beruhigen. Obwohl es nur mäßig gelang und wir beide ganz schön fertig waren, schmissen wir uns unsere Laufsachen über und machten uns auf den

Weg. Als wäre uns nicht übel genug, genehmigten wir uns bei Starbucks eine Latte und einen Schokomuffin und meldeten uns gerade noch rechtzeitig an, ehe der Lauf losging. Doch wo war der Startbereich? Wir liefen schlaftrunken und verkatert den anderen Nachzüglern hinterher. Das war die perfekte Gelegenheit, uns warmzulaufen und obwohl es bergab ging, waren wir schon ziemlich müde, als wir endlich unten an der Elbe ankamen. Hier sollte es also losgehen. Doch wo konnten wir unsere Taschen lassen? Von einem anderen Läufer erfuhren wir, dass die Taschenabgabe oben auf dem Marktplatz neben der Nachmeldung sei. Wir würden es unmöglich in den drei Minuten bis zum Start schaffen, hoch und wieder runter zu laufen, geschweige denn, dass wir Lust dazu gehabt hätten. In Antonios Gesicht konnte ich sehen, dass er inzwischen überhaupt keine Lust mehr hatte und sich fragte, was er hier bei dieser total verplanten Aktion überhaupt machte. Ich hingegen liebte solche Aktionen und fing gerade erst an, meinen Spaß daran zu finden. Schnell organisierte ich einen Helfer, der unsere Taschen mit nach oben nahm und schon ging es los. Zehn, neun, acht, sieben, sechs, fünf, vier, drei, zwei, eins, Boom! Es kribbelte in meinen Beinen und ich spürte, auch wenn der Rest meines Körpers noch nicht ganz wach war, dass sie mich nicht im Stich lassen würden. Antonio trottete verträumt vor sich hin, in einem Tempo, dass ich über eine Strecke von 21 km so nicht hätte durchziehen können. Ich verabschiedete mich also, wünschte ihm Glück und hüpfte dann – so erzählte er es mir später – wie ein Reh davon. So hüpfte ich noch ungefähr einen Kilometer weiter, bis ich mich das erste Mal ins Gebüsch verzog, damit sich mein Magen von dem drückenden Gewicht der

Pizza entledigen konnte. Mit jeder Wiederholung dieser befreienden Prozedur ging es mir besser und ich genoss den atemberaubenden Ausblick und die traumhafte Kulisse des Blankeneser Treppenviertels. Bergauf musste ich mitunter gehen, da meine Herzfrequenz sich schlagartig erhöhte und mein Kopf heiß wurde und es störte mich, nicht gut in Form zu sein. In Anbetracht der bestehenden Umstände jedoch beschloss ich, einfach mal stolz auf mich und meinen Kampfgeist zu sein und belohnte mich im Zielbereich mit einem Bier, dass ich genüsslich austrank, während ich auf Antonio wartete. Nachdem auch er ins Ziel lief, umarmte ich ihn stürmisch und störte mich nicht an seinem schweißdurchtränkten Laufshirt. Ich fand es sogar ziemlich sexy und wäre in meiner Überschwänglichkeit am liebsten gleich über ihn hergefallen. Wenn ich einmal in der Ich-will-das-Leben-feiern-Laune bin, dann auch so richtig. Antonio indes wollte einfach nur schlafen und sich ausruhen. Zum Glück konnten wir uns auf eine Kombination einigen. Ich drückte ihn so fest an mich, als wäre der nahende Abschied ein Abschied für immer. Wir gaben uns der Leidenschaft vollständig hin und gehörten einander ganz. Dabei riss das Kondom und da ich gerade meine fruchtbarsten Tage hatte, waren wir uns der möglichen Konsequenzen bewusst. Wir kannten uns noch keinen Monat lang und wussten auch nicht, wann, wie und wo wir zusammenleben würden, doch wir waren uns einig, dass wir ein Kind haben wollten und vertrauten Gott, den richtigen Zeitpunkt dafür zu wählen. Im Radio lief »I Follow Rivers« als ich sicher und geborgen in Antonios Armen einschlief. Eine Woche später in Abu Dhabi schrieb ich ihm diese Zeilen:

Hallo Antonio,

hier nun endlich wie versprochen die E-mail von mir. Ich schreibe dir auf Deutsch, um meine Gefühle besser ausdrücken zu können. Auf meiner Muttersprache gelingt es mir sicher besser als auf Spanisch, meinen Gefühlen Ausdruck zu verleihen, aber natürlich sind mir selbst auf Deutsch Grenzen gesetzt, da sich durch Worte immer nur eine Seite der Wahrheit und nie die Vollkommenheit, das Ganze, erfassen lässt, das ich für dich empfinde. Hierbei vertraue ich auf die Telepathie zwischen uns, die selbst trotz der Entfernung noch so stark ist, dass es mich immer wieder aufs Neue umhaut. Als ich dich am 2. August kennenlernte, war ich müde und kaputt von einem sich wochenlang hinziehenden Marathon aus Arbeit, Feiern und Sport gepaart mit Schlafmangel. Auf das Molotov-Konzert bin ich nur mitgekommen, weil ich in Liliths Terminkalender bereits fest eingeplant war und zugegebenermaßen war ich auch neugierig auf die Musik, die ich noch nicht kannte, von der mir aber in den höchsten Tönen vorgeschwärmt wurde. Also beschloss ich, mir die Show anzusehen und dann wieder nach Hause zu fahren. Doch dann sah ich dich. Du fielst mir sofort auf durch deinen Charme und dein außergewöhnlich gutes Aussehen. Allerdings hatte ich überhaupt keine Lust auf Flirten und war daher anfangs ziemlich abweisend. Während des Konzerts bekam ich Durst und wollte mir an der Bar ein Wasser holen, wo ich erneut auf Jaime, Sebastián und dich traf. Und dann passierte es, dein Blick traf mich tief und ich merkte, dass da einiges mehr ist als Charme und gutes Aussehen. Und dann dein Lächeln ….wow, ich war verzaubert. Von da an war das Konzert schlagartig besser, aber ich war irgendwie gar nicht mehr so sehr daran interessiert, was auf der

Bühne passierte, sondern suchte ständig nach dir, sah dir beim Hüpfen zu, war auf einmal gar nicht mehr so müde und hatte trotz meiner guten Vorsätze nichts zu trinken, Lust auf Bier. Vielleicht wollte ich aber auch einfach nur mit dir reden, was ja auch gelang. Und dann hattest du mich vollständig in deinem Bann. Es gab von Anfang an so viel Vertrauen zwischen uns, dass es sich anfühlte, als würde ich mit meinem besten Freund sprechen. Gleichzeitig war da etwas Mysteriöses, Geheimnisvolles in deinen Augen. Diese spannende Mischung aus Vertrautem und Unbekanntem zieht sich bis heute fort und macht mich auf positive Art wahnsinnig. Wir sprachen sofort über persönliche Dinge wie Familie und Kinder und du berührtest tief in meinem Inneren etwas, das weh tat, sich aber gleichzeitig gut anfühlte. Niemand hat mich je so tief berührt. Normalerweise trage ich eine Schutzschicht um mich herum, die nur schwer zu durchbrechen ist. Du hast sie sofort durchbrochen. Alles, worüber wir sprachen, offenbarte, wie perfekt wir zusammenpassen, wie wunderbar wir einander ergänzen. Ich konnte es kaum glauben, dass du genauso ein Weltenbummler bist wie ich und dass du schon in den Emiraten gelebt hast, so wie ich jetzt, dass es uns beide immer wieder in die Welt hinauszieht, obwohl wir gleichzeitig totale Familienmenschen sind. Von Anfang an konnte ich mit dir über alles sprechen. Du hast alles verstanden, auch ohne Worte. Ich hatte kein Bedürfnis mehr, nach Hause zu fahren, wollte mich nur die ganze Nacht mit dir unterhalten. Als ich schließlich irgendwann spät nachts bei Lil im Bett lag, konnte ich kein Auge zu kriegen. Ich hatte Schmetterlinge im Bauch und ein Lächeln im Gesicht und musste unentwegt an dich denken. Wie ein kleines Mädchen, das zum ersten Mal verliebt ist, habe ich

immer wieder an deiner Jacke gerochen. Wie gut du riechst!
Ich verzehre mich nach deinem Geruch, nach deiner Haut,
deinen Küssen! Dementsprechend hat meine Mutter mich
dann auch ausgelacht, als ich am Nachmittag des nächs-
ten Tages nach Hause kam. Sie kannte mich nur als coole,
männerfressende Herzensbrecherin und machte sich lustig
über mich, als ich auf einmal nervös wurde, weil du mich
anriefst. Aber natürlich freute sie sich, mich so verliebt zu
sehen, und sie sah sofort in meinen Augen, dass es echt ist.
Ich konnte es kaum erwarten, dich am nächsten Tag wie-
der zu treffen, und verbrachte einen unvergesslichen Abend
bei unserem ersten Date im Ribatejo. Dort festigte sich der
Eindruck, dass wir perfekt zusammenpassen. Wir redeten
stundenlang über Gott und die Welt und ich hätte noch ein
paar weitere Stunden dranhängen können. Als wir uns im
Grünen Jäger küssten, schwebte ich im siebten Himmel. Ich
erinnere mich weder an die Musik noch an sonst irgendwas,
ich nahm nur noch uns beide wahr, um uns herum existierte
nichts mehr.

Durch dich habe ich vollkommene innere Ruhe und Frieden
gefunden, ich habe noch nie so eine Gelassenheit empfunden.
Ich fühle mich komplett geerdet, ganz. Egal wie weit ich von
dir entfernt bin, du bist immer ganz nah bei mir, in meinem
Herzen. Ich wollte nie einen Mann, der mich beschützt, weil
ich immer dachte, ich kann mich selbst beschützen. Aber ich
nehme den Schutz, den ich in deinen Armen finde wider-
standslos an und fühle mich sicher und geborgen. Die Liebe,
die ich für dich empfinde ist das größte, tiefste, intensivste,
wahnsinnigste, erfüllendste Gefühl, das ich je erfahren habe.
Ich danke dir für all das, was du für mich bist und all das,

wozu du mich inspirierst. Du machst mich unbeschreiblich glücklich! Ich liebe dich über alles! Es würde mich unsagbar glücklich machen, ein Kind von dir zu bekommen, und wenn das jetzt ist, dann ist der Zeitpunkt perfekt, denn den richtigen Zeitpunkt gibt es nicht. Ich denke, wir haben bewiesen, dass Zeit keine Rolle spielt. Und wenn es nicht jetzt ist, dann ist das ebenso gut, denn es gibt keinen Druck, keine Erwartungen, keine Sorgen, keine Zweifel. Es gibt nur Gewissheit. Gewissheit, dass du die Liebe meines Lebens bist, »You're my river running high, run deep, run wild«. Du bist wie der Fluss, immer gleich und doch jeden Moment neu. Und obwohl das eigentlich deine Strophe unseres Liedes ist, werde ich dir folgen, egal wohin, oder du mir, oder wir beide einander und ich weiß, es wird nie langweilig sein, egal ob Routine oder nicht.

3. Kapitel

Ein Jahr später war der Liebesrausch vorbei. Wir zogen nach einem anstrengenden, nervenaufreibenden Jahr voller Höhen und Tiefen zusammen nach Dubai in unsere erste eigene Wohnung. In Abu Dhabi hatten wir in verschiedenen WGs gewohnt und neben den damit verbundenen Unannehmlichkeiten mit gesellschaftlichen Herausforderungen sowie interkulturellen Beziehungsproblemen zu kämpfen. Ich fühlte mich gefangen in den Zwängen des muslimischen Reglements und dem Druck der chauvinistisch geprägten Erwartungen eines konservativ erzogenen Latinos. Längst hatte sich herausgestellt, dass wir uns doch nicht so ähnlich waren, wie anfangs gedacht und es harter, ausdauernder Arbeit bedurfte, die Machtkämpfe zwischen unseren starken Persönlichkeiten auszufechten. Ich brauchte eine Auszeit und flog nach Israel, wo ich gemeinsam mit Ezra unsere Schwester Lotta besuchte, die dort ein Freiwilliges Soziales Jahr absolvierte. Es tat unbeschreiblich gut, mit diesen beiden wilden, freien, naturverbundenen Kinderseelen zusammen zu sein. Sie nahmen allen Druck von mir. Sie ließen mich einfach SEIN und sie ließen mich EINFACH sein. Es gibt Dinge, die nur sie verstehen. Zum Beispiel, dass es Spaß macht, im Toten Meer akrobatische Bewegungen auszuprobieren, auch wenn man sich dabei an den Salzkristallen die Beine aufritzt, und danach mit alten Zeltplanen als Schleier bestückt, Balletformationen im Sand zu tanzen. Dass es lustig ist, sich als Erwachsene eine Geheimsprache auszudenken und einfach albern zu sein. Dass es heilend und beruhigend ist, sich mitten in der Nacht ganz allein mitten in die Wüste zu legen und in den Sternenhimmel zu sehen und kein anderes Licht zu sehen als das der Sterne. Dass es erdend und befreiend ist, nackt in Flüssen zu schwimmen und barfuß durch Wälder zu laufen. Lotta zeigte uns ihren Lieblingswald und wir wanderten den ganzen Tag durch die Natur, auf schmalen Pfaden, an Flüssen vorbei, kletterten auf Bäume und über alte Ruinen. Wir zogen unsere Schuhe aus und spürten den kühlen Waldboden an unseren Füßen. Wir beobachteten mit welch tiefer Verbundenheit die Tiere ihre Bahnen zogen und staunten über die magische Verbindung, die zwischen allem bestand. Während wir durch einen Fluss wateten und weit und breit außer uns keine Menschenseele zu sehen war, erzählte ich Ezra und Lotta von den Wolkenkratzern und überfüllten Shoppingmalls in Dubai und spürte in mir einen bedrückenden Schmerz beim Gedanken daran, dorthin zurückzukehren. Wir legten unsere Kleidung am Flussufer ab und badeten im erfrischenden Wasser, dass den Druck und alle Sorgen davontrug. Ezra nahm meine Hand und zusammen gingen wir ein Stück gegen den Strom. Er hatte schon so oft meine Hand gehalten und ich seine. Manchmal habe ich das Gefühl, wir beide gegen den Rest der Welt. Auch wenn wir uns über die Jahre auseinander gelebt und voneinander entfernt haben. Der starke Bund zwischen uns, der seit Kindesbeinen an besteht, ist unzerstörbar. Ich liebe meine Geschwister gleich stark, aber auch wenn ich Lotta mehr bewundere und sie mein größtes Vorbild und meine größte Inspiration ist, so steht Ezra mir doch näher und ist seit jeher mein bester Freund. Er war immer an meiner Seite, mein Spielgefährte in der Kindheit, mein Komplize in der Jugend. Er ist mein Verbündeter, mein Zuhörer, Ratgeber, Aufmunterer, herzallerliebster Tanzpartner, Waldlaufkumpane und Superfoodbattle-Gegner. Als die Abenddämmerung einbrach, suchten wir unseren Weg aus dem Wald heraus und verabschiedeten uns demütig von dem herrlichen Naturschauspiel, dass uns Mutter Erde bot. Sich als Teil dessen wahrzunehmen und ein paar Stunden lang die Energien der Bäume und Pflanzen, des Flusses und der Tiere zu spüren und ihr Leben zu atmen, hinter die Kulissen der von Menschen erschaffenen Freakshow zu blicken, holt einen sanft zurück an seine Wurzeln, offenbart einem klar sein wahres Gesicht und lässt die Lächerlichkeit der Masken, die für das alltägliche Puppentheater gebraucht werden, erkennen. Dieser Ausbruch nimmt eine große Last von uns, denn wir begreifen, dass all das, was wir im Theater unentwegt suchen und dabei im Kreis laufen wie Hamster im Laufrad, längst da ist, immer da war, immer da sein wird. Als ich allein in der Wüste unter dem faszinierenden Sternenzelt lag, dachte ich darüber nach: ›Manchmal habe ich das Gefühl, etwas Besonderes entdeckt zu haben. Einen besonderen Satz, oder einen besonderen Platz, eine Anordnung von Wörtern oder ein Zusammenspiel von Naturgewalten, die so tief in mein Inneres vordringen, dass sie mir von dort die heißbegehrte Erkenntnis hervorbringen; die Erkenntnis des Echten und Wahrhaftigen, die sich von meinem Herzen aus in meinem gesamten Sein ausbreitet und mir die Illusionen nimmt, die nach all den Jahren der Lektüre und des Studiums der Philosophie noch immer meine Sicht auf das Leben verschleiern. Ich spüre bisweilen eine Welle, eine Energie, durch meinen Körper fließen und sie trägt ein Geheimnis mit sich. Ich versuche, dieses Geheimnis festzuhalten und es mir zu eigen zu machen. Doch dann verlässt es mich genauso schnell wie es gekommen ist. Euphorisiert von diesem zauberhaften Gefühl des Stromes in mir, suche ich begehrlich weiter, versuche hinter allem ein Stück Wahrheit, ein Stück Erleuchtung zu erhaschen, die Zeichen zu lesen und ihnen auf dem Weg zum Mysterium zu folgen. Aber diese Reise ist von Hindernissen geprägt, die ein Vorankommen unmöglich machen. Ich denke, ich bewege mich voran, doch nach nur wenigen Schritten bemerke ich, dass ich im Kreis gelaufen bin. Die wundervolle Eingebung, die mir des Rätsels Lösung zu versprechen schien, führte mich wieder zurück zu mir selbst. Ich wollte aus diesem Kreis entfliehen, seine Grenzen überschreiten hinaus in das Reich der Wirklichkeit. Bis ich es endlich begriff. Die Einsichten führten mich sehr wohl auf den richtigen Weg, sie brachten mich sehr wohl an die erwünschte Schwelle zum Reich der Wahrheit. Nur befand sich dieses Reich nicht außerhalb des Kreises, sondern tief in seinem Inneren, tief in meinem Inneren. Ich wartete also vergeblich, dass die äußeren Einflüsse, die so magisch erschienen, mir den Schlüssel aus meinem Herzen hervorholten, während diese vergeblich darauf warteten, dass ich ihnen folgte in meinen Kern. Es gibt nichts hervorzuholen, denn ich selbst bin der Schlüssel und mein Herz ist das Tor. Ich kann die Wahrheit nicht finden, solange ich Worten oder Ereignissen die Macht zuschreibe, das Mysterium in seiner höchsten Blüte enthüllen zu können. All die fantastischen Zeichen des Lebens sind Hinweise, die Licht ins Dunkel bringen können; sie jedoch zur Gottheit selbst zu machen, limitiert diese in ihrer Herrlichkeit und Allmächtigkeit. Solange ich Worten, Dogmen oder Erscheinungen nachlaufe, um durch sie die Unendlichkeit zu sehen, erhasche ich nur Fragmente des Gesamtbildes, welches meine Augen nicht in seiner Vollendung wahrnehmen können. Denn all die Worte, Glaubenssätze und Visionen beeinflussen meine Sicht darauf, sodass ich immer nur eine verschwommene Version erhalte. Der einzige Weg, diese unklaren Linien zu schärfen, ist kein Weg. Er ist ein Innehalten, ein Loslassen. Jegliche Weisheit, sie möge noch so stechend scharf sein, hat eine bewertende Funktion im Hinblick auf meine Wahrnehmung. Nur wenn diese vollkommen frei ist von allem, was ich je gehört oder gesehen habe, kann ich das Wunder erblicken. Was ich also in Gehörtem und Gesehenem suchte, ist nur durch die Überwindung dessen zu erreichen. Nur wenn ich die Notwendigkeit loslasse, die Wahrheit in einer ihrer Offenbarungen zu entdecken, kann ich sie in ihrer Gesamtheit erfassen. Dann kann ich verstehen, dass sie längst da ist, dass ich die Wahrheit bin, dass ich das Geheimnis bin. Alles was um mich herum geschieht, ist aus mir entstanden. Alle Wörter, alle Lehren, alle Ereignisse, die mir begegnen, entspringen meinem eigenen Geist und führen mich zu diesem zurück. Sie können mich also nur zu mir hin und nicht von mir weg führen. Entgegen meiner Überzeugung ich müsse mich von mir abwenden, um etwas Neues werden zu können, muss ich mich mir selbst zuwenden. Ich selbst bin der Anfang und das Ende von allem, was existiert. Eine Metamorphose setzt diese Erkenntnis des Selbst voraus.‹ Bereichert von den Ereignissen dieses wundervollen Tages schliefen Ezra, Lotta und ich ein paar Stunden tief und friedlich wie Babys und machten uns dann noch vor Sonnenaufgang auf den Weg zurück in die Wüste. Dort standen wir drei nebeneinander auf einem Hügel aus Sand und Stein und ließen uns verzaubern vom Anblick der ersten Sonnenstrahlen, die hinter der Bergkette hervorkamen und den Himmel in den herrlichsten Rot- und Orangetönen erstrahlen ließen. Wir waren tatsächlich der Anfang und das Ende von allem. Und doch gleichzeitig nur ein Sandkorn in der Wüste oder vielleicht nicht einmal das. Majestätisch erhob sich die Sonne am Horizont und hüllte die Landschaft in ihr warmes Licht. Jeden Morgen küsst sie uns wach und lädt uns ein, dieses warme Licht auch durch uns erstrahlen zu lassen. So standen wir lange da, mein Bruder, meine Schwester und ich, alle drei so unterschiedlich und jeder perfekt auf seine ganz eigene Art. Waren wir schon immer so nah beieinander gewesen oder hatten wir uns erst in diesem Leben gefunden, um einer vom anderen zu lernen und uns näher zu kommen auf dem Weg zu uns selbst? Ich wusste es nicht und würde es vielleicht nie wissen, doch ich wusste in diesem Moment, dass es gut ist, genau so wie es ist. Alles. Später sog mich die Gesellschaft zurück in ihre Fänge und ich konnte diese Gewissheit nicht mehr in ihrer Absolutheit spüren, da ich nicht verstand, wie all das, was auf der Welt passiert, gut sein sollte, so wie es ist. Aber wahrscheinlich war genau das der Fehler, dass ich versuchte, es zu verstehen. Auf dem Wege des Verstandes ist es nicht möglich, diese Wahrheit zu erfassen. Sie ist nur durch dessen Überwindung zu erreichen. Dazu gibt es verschiedene Möglichkeiten. Uri, bei dem wir die Nacht im Zelt geschlafen hatten, führte uns auf einer Tour durch die Wüste und erzählte uns, wie er seinen Job als Banker an den Nagel gehängt hatte und stattdessen Übernachtungen und Führungen in der Wüste anbot, um dem gesellschaftlichen Wahnsinn zu entfliehen und seinen verlorenen Verstand nicht wiederzufinden. Es war beeindruckend, wie gut er die Wüste kannte und was er alles über sie zu berichten wusste. Er erzählte uns, dass die Menschen zu ihm kamen und genau wie er in der Wüste ihren Verstand verlieren wollten, da sie diesen satt hätten, auch in der Spiegelung des Himmelsgewölbes im Sand ihr eigenes wahres Gesicht wiederentdecken wollten, ihr Gleichgewicht wiederfinden wollten, das sie verloren hätten, da sie sich nur den hellen Seiten des Lebens und ihrer selbst zuwendeten und die dunklen ignorierten. Er meinte, man könnte nur dann, wenn man sich in dem hellen Wüstensand niederlegte und aufmerksam das schwarze Himmelszelt beobachtete, die Anmut und das Funkeln der Unendlichkeit in den Sternen erkennen. Er sagte etwas sehr Schönes: »Genauso wie die Tiefe des Ozeans seiner Oberfläche einen stillen Glanz gibt und die Dunkelheit der Nacht dem Licht der Sterne seine Schönheit verleiht, verhält es sich auch mit unserer Seele; nur wenn wir ihre Tiefe und Dunkelheit als Teil von uns akzeptieren und leben, können unsere reinen und unschuldigen Seiten aufblühen und strahlen.« Ich stimmte ihm zu, doch fragte ich mich gleichzeitig, inspiriert durch die herrliche Wanderung im Wald, ob man diese Weisheit nicht auch von den Bäumen und dem Fluss lernen könnte. Sie haben uns so viel zu erzählen, doch irgendwann in der Geschichte der Menschheit haben wir verlernt, ihnen zuzuhören und stattdessen unsere Aufmerksamkeit den Spielen zugewendet, die wir uns ausgedacht haben. Wir haben das Sehen verlernt. Hier in der Wüste wurde mir bewusst wie nie zuvor, dass nichts von dem, was wir gebaut haben, wirklich ist. Die erhabenen Wolkenkratzer, die sich mächtig über dem Stadtbild der neureichen Gesellschaft in Dubai erheben, bestehen nur durch Bilder in unseren Köpfen. Schon bald könnte dieser Häusergarten wieder dem Erdboden gleichgemacht werden und dem Anblick ähneln, der sich vor mir erstreckte. Ich sah eine Blume und staunte, wie diese kleine, bescheidene Pflanze in ihrer Schönheit und Pracht den Prunk aller je erbauten Prahlbunker mit Leichtigkeit in den Schatten stellte. Ich dachte an das Zitat von Rumi »Was Gott der Blume sagte und sie in all ihrer Pracht lachen ließ, sagte er zu meinem Herzen und machte es tausendmal schöner.« Ein Gebet verließ meine Lippen: »Lieber Gott, ich danke dir, dass du diese wundervolle Mutter Erde erschaffen hast und mich auf ihr leben lässt. Welch anderes Paradies könnte ich mir je wünschen, als wieder in ihren fruchtbaren Boden aufgenommen zu werden, der mein Fleisch und meine Knochen gebar?« Uri unterbrach die Stille, die nach meinem Gebet den Raum erfüllte und kündigte an, dass wir nun an einer Feuerstelle das Frühstück zubereiten würden. Wir entflohen der gnadenlosen Sonne und machten es uns im Schatten eines Baumes bequem. Während Uri ein legendäres Shakshouka zubereitete, unterhielten wir uns über das Mysterium des Lebens. Wir kamen letztendlich zu dem Schluss, dass unser Vater Carlo dieses sehr weise formuliert hat mit den Worten: »Nichts Genaues weiß man nicht!«

Von Israel flog ich nach Nicaragua, um dort meinen Freund Hector zu besuchen. Es war das erste Mal in fünf Jahren, dass ich zurückkehrte und noch bevor ich von Managua nach León fuhr, genehmigte ich mir am Busbahnhof ein köstliches Gallo Pinto und freute mich über die Besonderheit der einfachen Dinge. Im Bus saß ich eng zusammengepfercht mit den anderen Fahrgästen und freute mich über die unkomplizierte Nähe der Menschen. Der Busfahrer legte Reggaeton auf und ich freute mich über die gute Laune, die sich durch schlechte Musik verbreiten ließ. Ich freute mich überhaupt über so ziemlich alles, über das ich mich unter anderen Umständen auch hätte ärgern können, aber hier in Nicaragua roch es nach fruchtbarem Boden, blühenden Pflanzen und saftigen Früchten, hier in Nicaragua waren die Menschen einfach, bescheiden, herzlich, authentisch und lebensfroh, hier in Nicaragua waren die Lebensverhältnisse ärmlich und die Natur üppig. In den Gefilden, in denen ich mich aufhielt, gab es kein Geld für Luxus und Materialismus, aber eben auch nicht die damit einhergehenden Zweifel und Sorgen. Es gab nicht viel, aber es gab genug und das war gut und echt. Zur Begrüßung empfing mich Hectors Familie in ihrem Haus zum Essen. Sie hatten eine Sau geschlachtet und wir aßen Schwarte und gegrilltes Fleisch, frisch geerntete Maiskolben, Tortilla, Bohnen, Reis, Avocado, Tomaten und Kochbananen. Ich glaube nicht, dass ich in den Emiraten oder sonst irgendwo in einem teuren Restaurant jemals so gut, frisch, gesund, lecker und ausgiebig gegessen habe. Alles kam aus dem eigenen Garten, wurde von der Familie geerntet und zubereitet. Mit Liebe. Mit Liebe zubereitet und serviert. Von einer armen Familie für eine in ihren Augen reiche Europäerin.

Ich staunte erneut, wie gastfreundlich und selbstverständlich Menschen geben, die fast nichts haben, und wie geizig und egoistisch zum Teil diejenigen werden, denen es viel zu gut geht. Eine traurige Ironie des Schicksals. In dem heruntergekommenen Haus gab es kein fließendes Wasser und nicht alle Zimmer hatten Wände und Decken. Die alten Steinmauern waren in schönen Blautönen bemalt, sahen aber inzwischen recht schäbig aus. Möbel gab es kaum, nur wenige antike Holzschränke. Außerdem ein paar Metallgestelle mit Matratzen und statt Lampen einige Glühbirnen an der Decke. Zum Duschen und Waschen wurde Wasser von einer Wasserstelle geholt. Der Garten war riesig und alles blühte und duftete. Die Familie saß um einen großen Plastiktisch herum im Schatten eines Baumes. Als ich kam, standen alle auf und begrüßten mich herzlich. Hectors Cousinen stellten sich in einer Reihe auf und stellten sich schüchtern vor. Dabei sahen sie mich voller Bewunderung an. Ich muss auf sie gewirkt haben wie eine Königin vom anderen Ende der Welt. Und auch wenn es das letzte war, was ich wollte, war es doch schön, mit solch offenem und ehrlichem Interesse in Empfang genommen zu werden. Sie liefen um mich herum, tuschelten und kicherten. Auch die Erwachsenen freuten sich über meinen Besuch und befragten mich zu meinem Heimatland und Privatleben. In den Gesichtern dieser Menschen standen Geschichten geschrieben von harter Arbeit und realen Problemen. Und doch blitzte in ihren Augen Menschlichkeit, Lebensfreude und Liebe. Es schien, als würden sie das Leben in jedem Moment nur für das wahrnehmen, was es gerade ist. Ihr Herz in den schönen Momenten tanzen lassen, ohne Gedanken an schwere Zeiten und schwierige Momente des Lebens vergeben und sie sein lassen, um sich so ihrer Last zu entledigen. Viele Menschen in den reichen Industrienation geben Unmengen an Geld aus auf der Suche nach dieser bewussten Achtsamkeit und übersehen, dass man sie vom Leben selbst lernen kann, von dem, was das Leben einem in jedem Moment bringt. Wir bemühen uns so sehr, Dinge zu erreichen, die umso weiter von uns wegrücken, je mehr wir uns um sie bemühen und doch gleichzeitig längst da sind und erst dann gesehen werden können, wenn das ständige Bemühen aufhört. Und noch etwas lernte ich von Hectors Familie: mich an den einfachen Dingen zu erfreuen. An einer blühenden Blume, an einem freundlichen Lächeln, an einer netten Geste, an einem Dach über dem Kopf, an einem Bett. Es sind diese einfachen Dinge, die das Leben lebenswert machen und ihm Sinn und Bedeutung geben. Und ich beschloss, weniger zu arbeiten und mehr Zeit mit Freunden und Familie zu verbringen. Einfach ich selbst zu sein, glücklich zu sein und meine Gefühle zuzulassen und zu zeigen. Denn es ist eine Wahl.

Am nächsten Tag fuhr ich mit Hector auf die Isla de Ometepe. Nachdem wir wieder in alten, fast auseinander-fallenden Schulbussen über die Straßen geruckelt waren und dazu Reggaeton gehört hatten, wurden wir auf der an-schließenden Fährüberquerung des Nicaraguasees von einem Platzregen überrascht. Zum Glück konnten wir unsere Rucksäcke unter einer Plane vor dem Regen sichern. Wir selbst jedoch standen unter freiem Himmel. Nass bis auf die Haut lehnten wir uns an die Reling und erblickten hinter den tosenden Wellen die Insel. Fürstlich ragten die Vulkane Concepción und Maderas in die Höhe, umringt von einem prachtvollen tropischen Regenwald. Schon dieser Anblick allein war die Reise wert. Als wir an Land gingen, hatten wir das Glück, einen weiteren Partybus zu erwischen, der uns allerdings nicht bis ans gewünschte Ziel, die Finca El Zopilote, brachte. Wir hatten diese Finca ein paar Jahre zuvor auf einer unserer Reisen während meiner Zeit als Deutschlehrerin in León entdeckt und seitdem war sie unser Lieblingsort auf Ometepe. Wenn es tatsächlich ein Paradies, einen Garten Eden gibt, dann ist es dort. Wir nahmen also gern die Strapazen des langen Weges auf uns. An der Endstation des Busses fanden wir einen Truck, bei dem wir auf der Ladefläche ein Stück mitfahren konnten. Im Stehen fuhren wir durch den üppigen Tropenwald und lauschten dem Wind, der uns ein Lied von Freiheit sang. Am Straßenrand lagen säckeweise Wassermelonen und überhaupt sah alles nach Fülle aus. Wenn wir doch nur aufhören könnten, ständig nach dem zu streben, was wir nicht haben und stattdessen unseren Blick darauf richten würden, was Mutter Erde uns großzügig schenkt, würden wir erkennen, dass wir nicht im Mangel leben, sondern in Hülle und Fülle. Schließlich gingen wir noch ein paar Kilometer zu Fuß, vorbei an ein paar kleinen, einfachen Steinhütten mit Wellblechdächern, vorbei an Sandstrand und Wasser und wieder zurück in den Wald. Das letzte Stück ging den Berg hinauf, und da es mittlerweile dunkel geworden war, holten wir unsere Taschenlampen heraus und leuchteten in die pechschwarze Nacht. Ich erinnerte mich an die Nacht in der Wüste und wunderte mich, wie tiefschwarz die Dunkelheit sein kann, wenn man sich weit genug von künstlichen Lichtquellen entfernt und es doch gleichzeitig keine Furcht, sondern ein blindes Vertrauen in Mutter Natur gibt, mit der man sich eins fühlt, sobald die von Menschen erschaffenen Barrieren wegfallen. Es sind diese Barrieren, die Angst erschaffen, da sie uns von der Liebe abkoppeln. Ich fühlte in diesem Moment eine unbändige Liebe, als wir durch die matschige Erde stapften und uns unseren Weg durch die Bäume hindurch bahnten, bis wir endlich das kleine Holzgatter zur Finca erreichten. Nach dieser anstrengenden Wanderung hatten wir uns erst einmal ein Bier verdient. Wir stießen an auf die Liebe und das Leben, tranken genussvoll unser Bier und legten uns danach in die Hängematten, wo wir noch eine Weile den Kröten und Insekten lauschten bis wir schließlich müde und erschöpft einschliefen. Mitten in der Nacht musste ich auf Toilette und lief mit meiner Taschenlampe bewaffnet den kleinen Steinweg zu der Holzhütte mit Plumpsklos entlang. Vom Teich her klangen immer noch die Krötengeräusche, die sich anhörten wie Spielautomaten. Ich staunte wieder einmal über Mutter Natur und all ihre wundersamen Erscheinungen. Als ich gepinkelt hatte und mit meiner Taschenlampe nach der Kokosschale suchte, um damit ein bisschen Sägespäne hinterher zu kippen, sah ich friedlich einen Skorpion darin sitzen. Ich entschied mich, ihn lieber nicht zu stören und holte stattdessen die Kokosschale aus dem Nebenklo. Auf dem Rückweg dachte ich darüber nach, ob Skorpione wohl auch in Hängematten klettern können, aber als ich an meinem Schlafplatz ankam, hatte ich diesen Gedanken zum Glück schon wieder vergessen. Am nächsten Morgen wurden wir von den Hähnen geweckt. Wir machten uns frischen Bio-Kaffee und stiegen damit auf den Aussichtsturm. Kaffee trinkend die Natur in mich aufzusaugen, ist eine meiner Lieblingsbeschäftigungen. Zur Stärkung aßen wir noch ein bisschen Ei mit Bohnenmus, packten für unterwegs selbstgebackene Müslikekse von der Finca ein und machten uns auf den Weg. Wir wollten einen 50-Kilometer-Lauf auf der Insel absolvieren. Es ging los über Stock und Stein, Hügel rauf und runter durch die wilde, ursprüngliche Natur. Der Lauf war ein Hochgenuss. Wir waren beide fit und energiegeladen und hüpften durchs Gestrüpp wie Gazellen. Die Morgenluft war frisch und rein und wir atmeten das Leben in tiefen Zügen. Nach der Hälfte der Strecke überredete mich Hector, einen kurzen Stopp an einem Wasserfall zu machen. Wir stiegen den Berg hinauf und stürzten uns ins kühle Nass. Das Wasser war arschkalt, aber es war eine angenehme Erfrischung und wir ließen dankbar das herabstürzende Wasser unsere Rücken massieren. Als wir fertig gebadet hatten, setzten wir uns auf einen Stein und aßen ein paar Müslikekse. »Was sind deiner Meinung nach die wichtigsten Tugenden eines Menschen?« fragte ich Hector. »Mmh, ich würde sagen, die wichtigsten aller Tugenden sind wahrscheinlich Geduld, Bescheidenheit und Freiheit.« Es ist erstaunlich, wie sehr wir miteinander verbunden sind. Genau wie er, hatte auch ich selbst an Bescheidenheit und Freiheit gedacht. In Nicaragua wurden mir die Bedeutung und Wichtigkeit dieser Werte besonders bewusst. Was jedoch alle Entscheidungen und Aktionen in meinem Leben am meisten antreibt und ausmacht, ist die Leidenschaft. Ich muss für etwas brennen, um es mit ganzem Herzen und ganzer Seele zu tun und nur so kann und will ich leben. Warum Hector gerade Geduld gewählt hatte, verstand ich hingegen damals nicht. Es erschien mir nicht so wichtig, geduldig zu sein. Irgendwie haftete dieser Tugend etwas Langweiliges an. Ebenso langweilig wäre es aber wohl, wenn wir uns in allem einig wären, also nahm ich es so hin und forderte meinen Lauffreund auf, die Strecke fortzusetzen. Schließlich hatten wir noch ein ganzes Stück vor uns. Es ging genauso flott weiter wie in der ersten Hälfte, bis ich mich einen Moment von meinen Gedanken davontragen ließ und in meiner Unaufmerksamkeit über einen Stein stolperte. Ich knickte den rechten Fuß sehr unglücklich um und fuhr voller Schmerz zusammen. Hector blieb stehen und half mir auf. Er versuchte mich zu trösten und zu besänftigen, aber in meiner Dickköpfigkeit, die 50 Kilometer zu Ende zu bringen, lief ich stur weiter. Er schüttelte den Kopf und lief hinterher. Leider ging das nur ein paar hundert Meter gut und ich gab nach. Der Schmerz war zu heftig. Hector stützte mich und ich humpelte wütend und enttäuscht den Weg zurück zur Finca. An einer Bushaltestelle machten wir eine Rast und hofften, dass vielleicht ein Bus vorbeikommen würde, der in unsere Richtung fuhr. Statt des Busses erschien ein alter Mann, der mich leidend meinen Fuß begutachten sah. Er fragte, ob er sich die Schwellung mal ansehen dürfte und nachdem er dies getan hatte, wollte er direkt Hand anlegen. Mir war nicht so ganz wohl bei dem Gedanken, aber als Hector meinte, ich sollte ihm vertrauen, willigte ich schließlich ein. Er begann, meinen Fuß zu massieren und zog zuerst langsam und dann energisch seine pressenden Finger von der Mitte zu den Zehen. Es tat so sehr weh, dass ich aufschreien musste und ihn bat aufzuhören. Er versicherte mir, dass er die Verstauchung gemildert habe und ich schon bald eine Schmerzlinderung wahrnehmen würde. Obwohl ich es mir kaum vorstellen konnte, hoffte ich, er würde recht behalten. Dann kam endlich der Bus und wir stiegen ein. Ich gönnte mir und meinem Fuß ein wenig Ruhe, und ersehnte die versprochene Genesung, die jedoch leider ausblieb. Also entschied ich mich, etwas Neues auszuprobieren. Schlimmer konnte es ja nicht werden. Auf der Finca war eine Reiki-Heilerin, an die ich mich wendete. Mir war zwar anfangs nicht ganz wohl dabei, mit geschlossenen Augen dazuliegen und bei esoterischen Klängen mit Steinpendeln hypnotisiert zu werden, aber dann beschloss ich, einfach mal zu entspannen, mich auf die Behandlung einzulassen und den Heilkräften zu vertrauen. Mir wurde ganz warm und wohlig zumute und ich spürte, wie sich die Anspannung in meinem Körper löste und ich tiefer und freier atmen konnte. Ich dachte bei mir, dass es doch wenigstens eine sehr angenehme und beruhigende Erfahrung sei, wenn es schon die Entzündung nicht beseitigen könnte, als plötzlich mein rechter Fuß in die Höhe schnellte und wieder auf die Liege zurückfiel. Ich war total baff. Ich war der Meinung, dass meine Körperteile sich nur dann bewegten, wenn ich ihnen den Befehl dazu gab oder jemand mich berührte. Weder noch war der Fall gewesen. Ein paar Minuten später forderte mich die Heilerin auf, meine Augen langsam wieder zu öffnen. Mit offenen Augen blieb ich noch einen Moment liegen und setzte mich schließlich auf, um ein kurzes Feedback über meine Erfahrung zu geben. Die Heilerin erzählte mir, dass es ganz normal sei, wenn sich beim Reiki bestimmte Bereiche des Körpers bewegten, in denen die Energie nicht ungehindert fließen könne und sich folglich staute. Ich war so geflasht von diesem Ereignis, dass ich glaubte, mein Fuß wäre wieder voll funktionsfähig. Zuversichtlich stieg ich von der Liege und stellte mich mit gleicher Belastung auf beide Füße. Leider musste ich dabei feststellen, dass das wohl zu schön gewesen wäre, um wahr zu sein. Schmerzhaft zog ich den rechten Fuß zurück und humpelte genauso hilflos aus dem Behandlungszimmer, wie ich hinein gekommen war. Doch über Nacht schien der gelöste Energiefluss weiter zu wirken und schon am nächsten Morgen war das Wunder tatsächlich geschehen. Ich konnte wieder fast normal laufen und der Schmerz war auf ein Minimum reduziert. In dieser Verfassung war es mir möglich, nach León zurückzureisen. Hector blieb noch ein paar Tage auf der Finca, um dort im Garten mitzuhelfen und dabei mehr über Permakultur zu lernen. Wir umarmten uns fest und ich zog weiter. In León angekommen, ging ich in einem Internetcafé online und las eine E-mail von Antonio, die er mir zu unserem Jahrestag geschickt hatte.

Gaia,
vor genau einem Jahr hätte ich nicht gedacht, dass ich noch in der selben Nacht einen Menschen kennenlernen würde, der von da an einer der wichtigsten in meinem Leben wäre. In dieser Nacht traf ich eine spektakuläre, umwerfende Frau, die ein ganz besonderes Licht ausstrahlte, ein bezauberndes Lächeln hatte und alle mit ihrer positiven Energie ansteckte. Kurz gesagt, es war Liebe auf den ersten Blick! Sie war einfach unwiderstehlich! Es fühlte sich an, als würden wir uns schon ewig kennen. Ich hatte meine bessere Hälfte gefunden.

Der Rest der Geschichte ist bekannt. In dieser Nacht gelang es mir nicht, zu schlafen und ich dachte nur daran, dass ich sie wiedersehen müsste, um sie in meinen Armen zu halten und mit ein wenig Glück ihre Lippen zu probieren. Als dies geschah, war ich der glücklichste Mann der Welt und ich bin sicher, dass ich dies auch zeigte. Ich erinnere mich, wie die Menschen auf der Straße lächelten, als sie uns sahen. Es war ziemlich offensichtlich.

Heute, 365 Tage danach, fühle ich ein großes Loch im Herzen und es macht mich unsagbar traurig, zu sehen, wie schnell sich im Leben alles ändern kann und diese wundervolle Frau über 14000 Kilometer von mir entfernt ist und noch mal etliche gefühlte Kilometer mehr. Ich war die ganze Woche über deprimiert und kann nicht aufhören, an diesen ersten Monat in Hamburg zu denken. Alles war so perfekt und absolut nichts konnte mich von dem Gedanken abbringen, dass du die rundum ideale Frau bist. Es war einfach völlig unwichtig, wie gleich oder ungleich wir sind. Unabhängig davon war alles optimal und es gab keinen Zweifel daran, dass es zwischen uns funktionieren würde.

Heute sieht das ein wenig anders aus. Unsere Situation ist das Ergebnis unzähliger Konflikte, die es aufgrund der vielen Unterschiede zwischen uns gibt. Es gibt kulturelle Unterschiede, persönliche Unterschiede und außerdem die Unfähigkeit, uns gegenseitig zu akzeptieren, wie wir sind, und uns bestmöglich aufeinander einzulassen.

Ich möchte in dieser E-mail kein Buch schreiben, ich möchte dir einfach nur sagen, dass ich dich unendlich vermisse, so wie ich nie zuvor jemanden vermisst habe und dass ich jetzt wahnsinnig gern mit dir zusammen wäre. Ich hoffe, dass du dich entscheidest, nach Dubai zurückzukommen und wir dann ein für allemal diese Unstimmigkeiten zwischen uns aus der Welt schaffen und den in Hamburg begonnenen Weg

wieder aufnehmen können. Ich hoffe, dass dies der Weg ist,
den auch du weitherhin gehen willst!

ICH LIEBE DICH
River

Diese E-mail stimmte mich sehr nostalgisch und nachdenklich. Ich spazierte allein durch die pittoresken Straßen
und Gassen Leóns und verspürte beim Vorbeischlendern
an einem schicken Restaurant plötzlich die Lust, bei einem
Glas Wein und Kerzenschein Antonios und meinen ersten
Jahrestag zu zelebrieren, auch wenn wir eigentlich gar nicht
mehr zusammen waren. Ich bestellte mir ein Glas Malbec
und eine Portion Spaghetti mit hausgemachtem Pesto und
lauschte den beflügelnden Klängen von Guardabarranco.
Und auf einmal fühlte ich sie wieder, die unbändige, leidenschaftliche Liebe, die ein Jahr zuvor entfacht wurde.
Wie hatte ich nur so abstumpfen können, sie nicht mehr
wahrzunehmen? Ich erinnerte mich an den großartigen,
liebevollen, traumhaften Mann, der mich so verliebt gemacht hatte mit seiner offenen, freundlichen Art, seinem
intellektuellen Geist, seinen noblen Gesten und seinen gutherzigen Absichten. Ich spürte ein Loch in meinem Herzen
und vermisste ihn unendlich. Und ich wunderte mich, wie
viel in einer Beziehung kaputt gehen konnte durch Worte,
die gesagt wurden, aber nicht so gemeint waren und Worte,
die gemeint waren, aber nicht ausgesprochen wurden. Ich
ließ all diese Worte gehen und was blieb war Liebe. Vielleicht könnten wir noch einmal von vorn anfangen und
vorsichtiger miteinander umgehen? Ich wusste es nicht. Ich
wusste nur, dass ich zu ihm zurück wollte. Aber erst mal

flog ich nach Hause. Zu Hause. Nach all meinen Reisen, den vielen Jahren, die ich in anderen Ländern gelebt habe, bleibt das für mich immer noch meine geliebte Heimat Hamburg. Wenn ich das Gefühl habe, den Boden unter den Füßen zu verlieren, dann komme ich zurück an den Ort, an dem ich laufen lernte und lasse mich erden von seiner ruhigen, klaren, besänftigenden Atmosphäre. Und ich lasse mich halten von den Menschen, die mir meine Wurzeln und Flügel gaben. Meine Eltern sind bei allem Fernweh, das mich wieder und wieder in die Welt hinaus treibt, immer noch die Menschen, nach denen ich mich am meisten sehne, wenn ich allein und traurig bin, wenn ich feststecke, wenn ich Rat brauche oder auch einfach nur eine Umarmung. Nach all den Schwierigkeiten, die ich ihnen bereitet habe, habe ich immer noch das Gefühl, dass sie mich ganz genau so lieben, wie ich bin, egal was ich tue oder nicht tue, egal was ich erreiche oder verkacke. Ich brauche ihnen nichts zu beweisen und ich brauche auch nichts vor ihnen zu verstecken. Die grenzenlose, bedingungslose Liebe, die sie für mich empfinden, gibt mir Geborgenheit, Kraft, Sicherheit und Mut. Und gleichzeitig befreit sie mich. Ich kann alles gehen lassen, was mich belastet und alles loslassen, was schwer wiegt. Und ich darf albern sein, sogar lächerlich. Sie sehen mich nicht an, als ob ich bescheuert bin, denn sie wissen, dass wir alle ab und zu die Freiheit brauchen, uns zum Affen zu machen. Wir nehmen das Leben und uns selbst viel zu ernst. Zu spielen wie ein Kind lässt einen oft die Nichtigkeit der selbsterschaffenen Probleme erkennen und sie wie Seifenblasen in der Luft zerplatzen. Wir fuhren ans Meer, badeten im kalten Wasser und übten Rollen und Radschlag im Sand. Wir gingen auf den Jahrmarkt, aßen

Zuckerwatte und fuhren Kettenkarussell. Wir machten eine Fahrradtour, hielten am Spielplatz an und schaukelten wie kleine Kinder. Aber natürlich gingen wir auch in Museen, Ausstellungen und ins Theater und abends tranken wir Wein und führten lange, aufschlussreiche Gespräche. Nach und nach wurde mir bewusst, was ich wirklich wollte und ich spürte, dass der Moment gekommen sei, nach Dubai zurückzugehen. Am Abend vor meinem Rückflug ging ich mit Lilith auf den Kiez. Ich wollte noch einmal die Freiheit genießen, auf der Straße Bier trinken zu können und anziehen zu dürfen, worauf ich Lust hatte. Während ich auf Lil wartete, setzte ich mich im Park Fiction auf einen Grashügel, blickte auf die Elbe und den Hafen und ließ mich von deren Schönheit zu einem Gedicht inspirieren.

Ich will im Sand sitzen
und den Wellen lauschen
nackt ins Wasser laufen
den Vollmond anbeten
mich nachts im Wald verirren
in der Wildnis zelten
den ganzen Tag im Park rumliegen
stundenlang Bücher lesen
nie mehr fernsehen
Schokolade zum Frühstück naschen
mit vollem Mund sprechen
kein Fleisch mehr essen
ein Kind adoptieren
Gefängnisinsassen das Dichten lehren
mit fremden Männern tanzen
aus dem Rahmen fallen

mir die Nägel schwarz lackieren
Schimpfwörter benutzen
auf die Meinung anderer scheißen
vorgefertigte Rollenbilder aufbrechen
unvernünftig sein
abgesperrte Grundstücke betreten
mein Chaos pflegen
mich in ungeplante Abenteuer stürzen
laufen bis ich nicht mehr kann
nie wieder Medikamente nehmen
meinen eigenen Willen durchsetzen
mich für nichts zu schämen brauchen
keine Angst mehr haben
alles riskieren.

Ich war zufrieden mit meinem Gedicht. Es drückte meine ausgelassene Lebensfreude und abenteuerlustige Freiheitsliebe aus. Lil fand auch, dass es zu mir passte. Wir tranken im Park Fiction ein paar Bier und sahen uns den Sonnenuntergang an, bevor wir weiterzogen auf den Hamburger Berg. In Stöckelschuhen stolzierten wir am Silbersack vorbei und genehmigten uns in dieser Szenekneipe einen Mexikaner, bevor wir abwechselnd in der barbarabar, Rosie's Bar, dem Roschinsky's und Zum Goldenen Handschuh die Nacht durchtanzten. In der Morgendämmerung liefen wir die Reeperbahn entlang zur U-Bahn St. Pauli, an Pennern und Nutten vorbei, die sich vor den Sex-Clubs und Diskotheken platziert hatten und unter den glitzernden Leuchtschriftzügen ihr Glück versuchten. Es war nicht alles schön, was man hier sah, aber es war alles so echt, so roh und unmaskiert. Alles schmeckte und roch nach purem Leben.

Zu Hause angekommen, legte ich mich noch für ein paar Stunden schlafen, bevor ich zurück flog ins Schickimicki-Wunderland.

4. Kapitel

*Ich sitze hier auf dem Sofa in unserer gemeinsamen Woh-
nung in Dubai und trinke Bier. Das sollte ich eigentlich nicht
tun, schließlich habe ich eine Glutenintoleranz. Außerdem
wollte ich mal wieder etwas weniger Alkohol trinken nach
diesem doch sehr genussvollen Urlaub. Aber was geht über
ein kühles frisches Bier, während man auf dem Sofa sitzt
und die Wand anstarrt. Und den neuen großen Flachbild-
fernseher, der so klein ist. Er ist bestimmt größer als der
meiner Eltern, den ich schon immer sehr groß fand, aber
wahrscheinlich ist er Antonio zu klein, weil er nicht so groß
ist wie eine Kinoleinwand. Die Sonne scheint zum Fenster
herein. Sie ist hell und strahlend, obwohl der Himmel recht
bedeckt ist. Es ist heiß, bestimmt 50 Grad, also 25 Grad wärmer als gestern in Hamburg. Daher habe ich auch gar keine
Lust raus zu gehen, lieber bleibe ich hier auf dem Sofa sitzen,
trinke mein Bier und denke nach. Ich blicke aus dem Fenster
auf die Hochhäuser. Wir haben schöne große Fenster, die
einen tollen Ausblick auf die ganzen Wolkenkratzer bieten.
Weit und breit ist nichts anderes zu sehen. Durch eine Lücke
scheint die Sonne und macht diesen Anblick erträglich. Hinter den Häusern ist das Meer. Obwohl ich es nicht sehe, hilft
die Gewissheit, dass es da ist, sich nicht ganz so eingesperrt
zu fühlen. Aber ein bisschen eingesperrt fühle ich mich trotz-*

dem, ich kann nichts dagegen tun. Wieder und wieder erinnere ich mich an das Zitat: »Ein Vogel zieht einen einfachen Ast einem goldenen Käfig vor.« Ja, ich bin ein Vogel und ja, ich ziehe einen einfachen Ast einem Käfig vor. Trotzdem bin ich in dem goldenen Käfig. Was mache ich hier bloß? Was auch immer es sein mag und sein wird, ich weiß, ich muss das Beste daraus machen. Wie ich meinem Vater gestern sagte, als er mich zum Flughafen fuhr, ist es nicht immer so einfach in Beziehungen, man muss Kompromisse finden und Rücksicht aufeinander nehmen. Antonio ist wegen mir in die Emirate gekommen, hat sich hier einen Job gesucht und die Wohnung für uns gefunden. Er ist zufrieden hier, möchte gern bleiben. Ich habe nach meinem ersten Jahr in Abu Dhabi eigentlich schon genug. Es war definitiv eine tolle, neue Erfahrung, ganz anders als alles, was ich bisher kennengelernt habe. Spannend, interessant und immer wieder überraschend. Aber eben auch künstlich, scheinheilig, materialistisch und auf Äußerlichkeiten fixiert. Anfangs fand ich es noch aufregend, das alles kennenzulernen, mal ein ganz anderes Leben zu führen, auch wenn es nicht auf meinen Prinzipien beruht und nicht meinen Idealvorstellungen entspricht, auch wenn ich schon immer die Natur und das einfache Leben geliebt habe, gibt es doch in mir auch die andere Seite, die Schwäche für die edlen und teuren Dinge dieser von Menschen erschaffenen Kunstwelt. Ich mache mich durchaus sehr gerne mal zurecht, trage Kleidung aus feinen Stoffen, speise in vornehmen Restaurants. Ich weiß um diese Neigung in mir und bin mir bewusst, dass sie sicherlich mit dazu beigetragen hat, dass ich mir dieses Theater hier einmal aus nächster Nähe anschauen wollte. Doch statt sich zu verstärken, wie es bei einigen der Fall ist, wird *sie mir mehr und mehr zuwider und kehrt sich fast schon ins Gegenteil um. Immer seltener werden die Tage, an denen es mir Spaß bereitet, zur Maniküre und Pediküre zu gehen, mich zu schminken und mich mit Parfüm einzusprühen, um in den eleganten Bars und Lokalen ins Bild zu passen. Immer öfter spüre ich die Lust, einfach auf einer Wiese zu liegen und in den Himmel zu starren, durch Wälder und über Strände zu laufen, auf Bäume zu klettern und von Felsen zu springen und dabei einfach nur ich selbst zu sein, so wie ich es in meinem Urlaub während der letzten sechs Wochen getan habe. Ich möchte nichts verstecken oder verbergen hinter einer Maske aus Make-up und Seidenstoffen. Ich möchte ein Teil der Einfachheit und Unkompliziertheit, der Natürlichkeit dieser Erde sein, genau wie jedes andere Tier, jeder Baum, jeder Fluss, jeder Stein. Ich möchte meine Freude und meinen Schmerz unverschleiert zeigen, meine Unvollkommenheit und Verletzlichkeit genauso wie meine Einzigartigkeit und meinen Mut. All dies habe ich wieder und stärker als je zuvor während der Zeit in Israel, Nicaragua und Deutschland gespürt. Ich habe der Stimme des Windes, der Bäume, der Flüsse, der Stimme in mir gelauscht, vieles verstanden und ebenso vieles nicht, und bin zu dem Schluss gekommen, dass ich diesen Weg hier zu Ende gehen muss, genau wie ich bislang jeden meiner Wege zu Ende gegangen bin. Ich muss meinen Weg ehren und schätzen, ihn mit jedem Schritt respektieren, denn so wird auch er jeden meiner Schritte respektieren.*

Das war der erste Moleskine-Eintrag des Jahres. Ich beschloss, wieder mehr zu schreiben und auch sonst bewusster zu leben. Ich ging morgens am Marina Walk vor unserem Apartment laufen und Antonio begleitete mich so oft er konnte. Ich kochte viel und beim Essen sprachen Antonio und ich mehr über unsere Erwartungen und Vorstellungen, anstatt sie einfach vorauszusetzen und dann frustriert zu sein, wenn sie nicht eintrafen. Wir erkannten, dass es ein langer Weg war, aber wir waren beide wahnsinnig glücklich, wieder zusammen zu sein, nachdem wir einander so sehr vermisst hatten und genossen unsere wieder aufblühende Liebe in vollen Zügen. Wir waren dankbar, unsere eigenen vier Wände zu haben und lernten, Kompromisse zu finden, um das Zusammenleben angenehmer zu gestalten. Auch die Atmosphäre in diesem modernen Emirat half dabei. Wir fühlten uns deutlich freier als im konservativen Abu Dhabi und nutzten die vielen Festivals, um zusammen zu tanzen und Spaß zu haben, was im vorherigen Jahr oft zu kurz gekommen war. Außerdem hatten wir hier schon viele Freunde, mit denen wir uns zum Grillen oder zum Brunchen trafen. Mariana, die Antonio damals in Dubai besucht und sich dann dort in den Portugiesen Ivo verliebt hatte und geblieben war, feierte nun die Verlobung mit ihrer großen Liebe beim Bubbalicious Brunch im Westin. Es war Ende November und das Klima schon angenehm frisch. Es war perfekt, um nach langer Durststrecke endlich mal wieder draußen zu sitzen. Wir hatten einen großen Tisch an der rechten Außenseite der Veranda, an dem wir schön im Schatten saßen und einen traumhaften Ausblick über den Golfplatz hatten. Während wir noch auf die restlichen Gäste warteten, stieß ich mit dem frisch verlobten Pärchen und ein paar anderen Freunden schon mal mit einem Sekt an. Ich sprach mit Wolfgang, einem deutschen Arbeitskollegen von Ivo, darüber, dass es nicht so sehr darauf ankommt, was einem widerfährt, sondern vielmehr, wie man damit umgeht, als wir plötzlich von den Kellnern aufgefordert wurden, die Veranda zu verlassen, da es in der Küche ein kleines Feuer gab. Die meisten der Gäste hatten sich bereits auf der Wiese eingefunden und es kam tatsächlich eine große Rauchwolke aus dem Innenraum. Wir nahmen unsere Gläser und suchten uns einen einigermaßen schattigen Platz, an dem wir weiter tranken und uns zuerst ein bisschen über den Vorfall ärgerten, um uns dann selbst zu belächeln und das Beste aus der Situation zu machen. Schließlich hatten wir gerade darüber gesprochen. Also sahen wir den über das Gras rennenden und Fangen spielenden Kindern zu und nahmen uns ein Beispiel an ihnen. Wir spielten zwar nicht mit, aber wir erfreuten uns genau wie sie an der spontanen und recht chaotischen Versammlung unter freiem Himmel. Während ich seine azurblaue Farbe bestaunte, erinnerte er mich daran, dass solche unvorhergesehenen Aktionen meist die besten sind. In dem Moment setzte auch die Band auf der provisorisch eingerichteten Bühne ihr Konzert fort und das eilige Hinuntertragen der Tische und Stühle, die vom Personal auf der Wiese aufgebaut wurden, wirkte nun gar nicht mehr so unkoordiniert, sondern vielmehr bemüht und engagiert. Währenddessen wurden weiterhin fleißig Getränke serviert, sodass wir auf unsere nüchternen Mägen schon ziemlich angetrunken waren, als endlich alle saßen und es mit dem Büffet weitergehen konnte. Mit meiner Sitznachbarin Romina, einer rumänischen Flugbegleiterin, unterhielt ich mich darüber, wie arrogant einige Fluggäste sind. Sie erzählte mir, dass es ihr schon häufig passiert sei, dass ein Passagier ihr seinen Pass zeigte mit dem Hinweis darauf, dass er als Staatsbürger des jeweiligen Landes doch bitte mit besonderem Respekt zu behandeln sei. Ich erwiderte, dass es interessant sei, wie unser verqueres System es schafft, trotz voranschreitender Globalisierung und damit einhergehender Annäherung der Kulturen, die Hierarchien zu stärken und das manipulierte Bewusstsein der Erdenbürger dahingehend zu konditionieren, dass sie sich nicht nur als völlig getrennt von ihrer Umwelt wahrnehmen, sondern darüber hinaus als ihr überlegen. Ich wunderte mich über den anhaltenden Trend, sich andere zu suchen, von denen man meint, sie seien einem unterlegen, um sich an seiner eigenen Überheblichkeit aufzugeilen. Und das sogar dann, wenn es, so wie in dem von Romina geschilderten Fall, nichts mit einem Eigenverdienst zu tun hat. Wann und wo ich von wem geboren wurde ist ohne das geringste Zutun von mir geschehen und bestenfalls ein großes Glück, für das ich dankbar sein sollte, anstatt mich damit zu preisen. Junis, ein mir gegenüber sitzender Iraker, nickte und fügte hinzu, dass er generell die Philosophie, dass der Kunde immer König sei, recht fragwürdig finde. Letztendlich sei es doch der Kunde, der etwas möchte, und um einen guten Service für sich als selbstverständlich vorauszusetzen, könne doch ein wenig Höflichkeit nicht schaden. Oft seien ja gerade die Leute, die am meisten Respekt für sich in Anspruch nehmen, diejenigen, die dabei die größte Unfreundlichkeit und Selbstgefälligkeit an den Tag legen. Wir sprachen darüber, wie es leider in der emiratischen Gesellschaft an der Tagesordnung ist, sich über seine Rangordnung in der Hierarchie zu definieren und diese Visitenkarte mit dem gleichen lächerlichen Stolz zu tragen, wie kleine Aufnäher auf seiner Markenkleidung. Wolfgang erzählte, dass das Land seine Identität und Kultur im Zuge des Aufschwungs verraten habe, um mithilfe von Geldspritzen von einigen Industrienationen, diese als Vorbilder zu etablieren. Aktuell würden Versuche unternommen, die eigenen Bräuche und Traditionen zu neuem Leben zu erwecken. Diese träfen jedoch auf Widerstände der bereits festgesetzten westlichen Entwürfe. Daraus ginge eine pluralistische Gesellschaft hervor, die viele verschiedene Ideen produziere, aber nicht allen die Möglichkeit gäbe, gleichermaßen daran teilzuhaben. Unser Gespräch wurde von einer Spielrunde unterbrochen. Die Zukünftigen mussten Fragen übereinander beantworten und dabei zum Beispiel angeben, welches das Lieblingsreiseziel des Jewells anderen ist. Ivo war ganz selbstbewusst, dass seine Braut in spe es kaum erwarten könne, nach Portugal zu reisen, während diese jedoch lieber erst mal Myanmar kennenlernen wollte. Seine Großspurigkeit wurde von seinem Team mit einem Schnaps auf ex begossen. Anschließend waren die Teams an der Reihe, Fragen über die frisch Verlobten zu beantworten und erfuhren so, dass Mariana ihre Haare mit Apfelessig spülte und Ivo seine Socken überall in der Wohnung rumliegen ließ. Für jede falsche Antwort musste ein Schnaps getrunken werden. Die Teams hatten sich hinter ihrer Frau beziehungsweise ihrem Mann versammelt und feuerten sich, bereits sichtlich angeheitert, an. Nach der letzten Runde wurden die Zigarren rausgeholt und das Nachtischbüffet geplündert. Im Endeffekt stellte sich das Feuer als willkommener Zwischenfall heraus, der den Brunch zu unserer Zufriedenheit nach hinten hinauszog und uns so die Möglichkeit gab, bei Zigarre und Cuba Libre den spektakulären Sonnenuntergang zu bestaunen. Als die Band »I will survive« anstimmte, sprang Romina auf ihren Stuhl und bot uns eine bühnenreife Gesangseinlage. Sie sang sich richtig in Rage und ließ die Rampensau raus. Anschließend inhalierte sie aus den zur Dekoration mitgebrachten Ballons das Helium und unterhielt uns mit ihrer Mickey-Mouse-Stimme. Mariana tat es ihr nach und gemeinsam sangen und tanzten sie zur Bespaßung der anderen Gäste. Ivo machte sich indessen über seine Zukünftige lustig und stellte die Behauptung auf, dass Lateinamerikaner falsche Latinos seien. Auf meine neugierige Frage nach dem Grund, hielt er einen Vortrag darüber, dass die romanischen Sprachen in Europa vom Lateinischen abstammen würden. Obwohl man bei unserem stolzen Alkoholpegel keine zusammenhängenden Äußerungen mehr erwarten konnte, gerieten wir in eine Diskussion darüber, welche Merkmale jemanden als Latino auszeichneten und wer sich folglich mit diesem Titel rühmen dürfe. Ivo war fest davon überzeugt, dass Südeuropäer die einzig würdigen Träger dieser Bezeichnung seien. Er war jedoch spürbar empört über die damit einhergehenden Konnotationen. Bei seinem ersten Job in Deutschland sei er damit aufgezogen worden, dass Südländer ein faules Völkchen seien, die ihre Siesta für heilig hielten und es generell bevorzugten, bei einem Bierchen zu plaudern als richtig anzupacken. Diese herablassende Behauptung ließ er nicht auf sich sitzen und überzeugte durch außerordentlichen Fleiß und überragende Ergebnisse, die er als Bestätigung dafür nahm, dass die bestehenden Vorurteile über Portugiesen schlichtweg falsch seien. Im selben Atemzug jedoch äußerte er sich mit der gleichen Herablassung, die ihn so verletzt hatte, gegenüber seinen Artgenossen anderer früher lateinischsprachiger Länder, sei es in Südamerika oder Südeuropa. Diese Diskrepanz verwunderte mich und ich argumentierte, dass doch jeder Mensch, genau wie er, verdiene, seine individuelle Leistungsfähigkeit, unabhängig von den ihm anhaftenden kulturellen Brandmarkungen zu beweisen. Junis stimmte mir zu, dass wir einander, indem wir uns gegenseitig in Schubladen steckten, in unseren Möglichkeiten einschränkten und uns dadurch selbst die Chance nähmen, etwas außerhalb der bestehenden und ganz offensichtlich zu keiner Lösung führenden Denkmuster zu schaffen. Aber so recht er auch hatte, wir hatten bereits zu viele Drinks intus, um näher auf dieses interessante Thema einzugehen. Stattdessen gesellten wir uns zu den anderen auf die Tanzfläche und nahmen uns zu »Thinking Out Loud« zuerst alle an die Hand und dann in die Arme, während wir lauthals mitsangen. Das war auch eine Art, die Konversation fortzusetzen und eigentlich viel aussagekräftiger als Worte es je sein könnten.

Tage wie dieser waren bezeichnend für unsere ersten Monate in Dubai. Ich entspannte mich in der neugewonnenen Freiheit aus eigener Wohnung, gleichgesinntem Freundeskreis und im Vergleich zu Abu Dhabi deutlich liberalerer Gesellschaft. Vor den unschönen Seiten verschloss ich meine Augen, um den Nerven strapazierenden Streit des vorherigen Jahres der Vergangenheit angehören zu lassen. Ich wollte, dass dieser Neuanfang unserer Beziehung funktionierte und wir nicht wieder in alte Verhaltensmuster zurückfielen, die unser Zusammenleben auf eine harte Probe gestellt hatten. Es schien zu funktionieren.

Zu dieser Zeit geschah noch etwas, das meinen Aufenthalt in Dubai positiv beeinflusste und in ein neues Licht rückte: Ich lernte Saif kennen. Eines Tages erhielt ich am Institut ziemlich spontan die Information, dass ich einen Kurs abgeben würde und stattdessen einen neuen Individualschüler bekäme. Eine meiner Kolleginnen hatte einen Teilnehmer im Kurs, der für Aufruhr sorgte. Es gelang ihm nicht, sich einzugliedern und er rebellierte gegen den Unterrichtsstil der Lehrerin, der ihm nicht gefiel. Die Situation war für alle Beteiligten anstrengend und verlangsamte die Unterrichtsprogression. Wie in allen Berufen, in denen man im Kontakt zu den unterschiedlichsten Menschen tätig ist, kann so etwas natürlich vorkommen. Auch ich hatte hin und wieder einen Studenten vor mir sitzen, mit dem ich einfach nicht warm wurde. Wahrscheinlich passierte mir dies sogar öfter als anderen, denn meine sozialen Beziehungen unterscheiden sich von denen meiner Mitmenschen. Es kommt mir vor, als würde es den meisten Leuten leicht fallen, einander zu mögen und miteinander zu kommunizieren, dafür jedoch umso schwerer, eine wirkliche Freundschaft zu schließen beziehungsweise Liebe zu empfangen und zu geben. Ich kann mit den meisten zivilisierten Erdenbürgern nichts anfangen und weiß auch nie so recht, wie und worüber ich mit ihnen reden könnte. Und doch liebe ich sie in ihrer Abstrusität und Anpassung und sehe in ihnen, in jedem einzelnen, hinter der komischen Maske ein Licht scheinen. Ich konzentriere mich auf dieses Licht und versuche, es hervorzuholen und aufleuchten zu lassen. Manchmal merken die Maskenträger das und fühlen sich gesehen und wahrgenommen, suchen meine Hilfe, um ihr wahres Wesen sein zu lassen und ihren eigenen Weg zu gehen. Ich liebe es, Menschen aufblühen zu sehen, wenn sie sich selbst erkennen. Doch die meisten wollen davon nichts wissen und ziehen es vor, weiterhin ihre Rolle zu spielen. Und dann gibt es Menschen wie Saif. Er hatte sich schon selbst erkannt und folglich keinen Aufweckbedarf. Aber er hatte Gesprächsbedarf mit einem Menschen, zu dem er direkt von Herz zu Herz sprechen konnte, ohne dabei auf den ganzen Gesellschaftsbullshit Rücksicht zu nehmen und so zu tun, als sei man irgendwer, der doch bitte als eine stolze Puppe zu respektieren sei. Mir ging es genauso. Also sprachen wir. Anfangs diskutierten wir nach dem Kurs über Themen, die während des Unterrichts aufgetaucht waren. Doch bald schon, weiteten sich diese Gespräche so sehr aus und gewannen an Tiefe dazu, dass wir uns in einem Café trafen und dort in der Regel drei bis vier Stunden verbrachten, ohne auch nur eine Sekunde zu schweigen. Wir hatten viel zu sagen, und da es nicht viele Menschen gibt, die so ticken wie wir, waren wir einander Zuhörer und Ratgeber. Wir entblößten uns und sprachen echte, wahre Worte. Es fühlte sich an wie Nacktbaden im kühlen Wasser, das sanft die Haut streichelte. Alles war frei und unberührt. Raw. Genauso wie das Café hieß, in dem wir uns trafen. Es wurde zu meinem Lieblingscafé auf dieser Welt und es machte Dubai zu einem Ort des Erwachens, einer Stadt der tausend Gesichter, die mir zuflüsterte: »Wenn du glaubst, du würdest mich kennen, dann sieh noch einmal genau hin, denn ich habe deutlich mehr zu bieten als die Maske, die du verurteilst. Wenn du Masken so verabscheust, dann sieh doch mal dahinter!« Und das tat ich. Und Dubai wurde mir plötzlich sympathisch und interessant.

Nach meinem ersten Treffen mit Saif schrieb ich in mein Moleskine. *Ich bin unbeschreiblich dankbar für meinen neuen Studenten. Er ist so einer dieser Menschen, bei denen man sofort spürt, dass sie einem geschickt wurden, um etwas von ihnen zu lernen. Natürlich ist jeder Mensch und jede Situation eine Fügung des Schicksals, aber bei den meisten merkt man es erst sehr spät oder gar nicht. Dass wir uns gut verstehen würden, wusste ich eigentlich schon vor unserem ersten Treffen, als mir mitgeteilt wurde, dass er Psychiater und Schriftsteller sei, den Gruppenunterricht bereits nach der ersten Woche verlassen habe, da er mit der Methodik der Lehrerin nicht klar käme und ihm der Unterrichtsaufbau und das Tempo nicht passen würden und er zudem generell eine recht schwierige Person sei, wohl auch mitbedingt durch einen schlimmen Unfall, nach welchem er im Koma lag. Kurzum, er ist tatsächlich ein schwieriger Mensch (obwohl, ist das nicht jeder?), aber vor allem ein überaus faszinierender und weiser. Wir haben uns im ersten Unterricht viel unterhalten über Psychologie, Philosophie, Religion und Spiritualität. Besonders inspirierend fand ich dabei seine Allegorie der Legosteine. Er beschrieb seinen Unfall als einen Legostein, der Teil seines Lebens sei und dieses beeinflusse. Inzwischen habe er jedoch bereits so viele andere Legosteine darüber gebaut, dass er kaum noch eine Rolle spiele. Jeder Mensch hat sein Leben selbst in der Hand, kann selbst entscheiden, wie er welche Legosteine zusammenbaut und daraus das Gerüst seines Lebens erschafft. Alle Erfahrungen, alle Erinnerungen machen uns zu dem, was wir sind. Und dennoch existiert das, was ich jetzt bin, nur in diesem Moment, wie der Fluss, im nächsten Moment ist es schon etwas Neues. Hätte ich die Legosteine anders zusammen gebaut, wäre es etwas anderes. Insofern bin ich zwar jeden Moment nur das, was ich gerade bin, nicht das, was ich war und nicht das, was ich sein werde, gleichzeitig aber speist sich das, was ich bin aus dem, was ich war und trägt in sich den Kern dessen, was ich sein werde. Mit diesem muss man also wahnsinnig vorsichtig sein, man muss bei ihm sein. In sich selbst und in dem Moment. Das ist der heilige Gral – in sich selbst zu sein und in dem Moment zu sein und aus diesem inneren Kern in diesem Moment zu leben. Dadurch wird alles, was man tut, heilig, alles wird eine Zeremonie. Wenn man immer nur das tut, was man gerade tut, mit seinem ganzen Selbst, all seiner Energie, vollem Einsatz, wenn man absolut im Hier und Jetzt anwesend ist, mit seinen Gedanken nur der Sache nachgeht, die man in diesem Augenblick tut, dann gehört einem die Welt. Dann kann das Licht des Universums durch einen scheinen und alles kann sich übersinnlich fügen.*

Bei mehreren Cappuccini gerieten wir in ein regelrechtes Gesprächsbattle. Saif erzählte mir von einem Sufi-Meister, der sagte: »Eure Religion ist euer Geld. Das was ihr anbetet, liegt unter meinen Füßen.« Die Menschen waren empört über seine Aussage. Sie verstanden nicht, wie er es wagen konnte, ihre Religion durch den Dreck zu ziehen und ließen ihn als Gotteslästerer hinrichten. Ich antwortete Saif »Es passiert so oft auf dieser Welt, damals wie heute, dass die Menschen immer nur denken und denken und all ihre Gedanken auf irgendwelchen anderen Gedanken basieren, die ihnen irgendjemand erzählt hat, von dem sie denken, dass er es wissen müsste und dann handeln sie von diesen auf Gedanken basierenden Gedanken ohne darüber nachzudenken, was sie da eigentlich tun.« »Ja, sie halten sich an ihrem kulturell beeinflussten Gedankenkonstrukt fest, in dem Glauben, dass dieses das einzig Richtige sei und verteidigen es vehement gegen jene, die mit anderen Gedankenansätzen ankommen, denn sie haben Angst davor, ihren Halt zu verlieren. Dies ist doch die größte Angst der Menschen: einen neuen Schritt in eine unbekannte Richtung zu gehen.« »Diejenigen, die uns beherrschen und kontrollieren, wissen das nur zu gut und sind Meister darin, klare Grenzen um unseren Sicherheitsbereich zu ziehen und unsere Angst vor allem, was sich dahinter befindet, zu schüren. So lassen wir uns wie ängstliche Schäfchen problemlos im Zaum halten und klammern uns an unsere Beschützer, die uns die böse Welt da draußen vom Leib halten.« »Es ist erschreckend, wie viele Premierminister und Präsidenten sich diese billige Masche zunutze gemacht haben, um an die Macht zu kommen oder dort zu bleiben. Bushs Wiederwahl 2004 war doch allein dadurch möglich. Seine Ansprache war komplett auf Angstmache ausgerichtet. Und niemand hat etwas daraus gelernt.« »Die gleiche Masche funktioniert noch heute und alle fallen darauf rein. Ich habe es jetzt gerade wieder in Deutschland erlebt. Das Stadtbild hat sich kaum verändert, vielleicht hier und da ein paar mehr Syrer als zuvor, aber das Leben geht genauso weiter wie immer und verläuft in seinen geregelten Bahnen. Der einzig merkliche Unterschied ist die Angst, die in der Luft schwebt. Die vermehrten Sicherheitsvorkehrungen. Mehr Polizeipräsenz auf den Straßen. Das Gefühl, dass eine unmittelbare Gefahr vor Ort sei und der große Vater Staat, der gut auf einen aufpasst. Die Message ist klar: Es gibt einen Feind, der böse und gefährlich ist und euch angreifen will. Versteckt euch gut hinter mir und macht, was ich euch sage, dann wird euch nichts passieren.« »Ganz genau. So wird seit vielen Jahren der gewaltige Gegner Terrorismus bekämpft und ist seitdem stetig gewachsen. Die Botschaft des Sufi-Meisters ist nach wie vor gültig und virulenter denn je. Es geht nicht darum, irgendeine Religion zu degradieren. Das eigentliche Problem ist nicht die Religion, sondern das Geld. Seine Aussage bezieht sich darauf, dass die Menschen das Geld anbeten und sich zu dessen Sklaven machen und er über diesem schmutzigen Spiel steht.«

»Mh, ich verstehe. Auch im jetzigen Krieg geht es scheinbar um Religion. Aber das ist doch Bullshit. Es geht ausschließlich um Geld und Macht. Solange wir Angst haben, werden wir dieses Spiel nicht durchschauen und solange wir dieses Spiel nicht durchschauen, sind wir nichts als lächerliche Spielfiguren, die sich, wie damals die Gladiatoren im römischen Reich, sinnlose Kämpfe zur Belustigung der Herrscher liefern. Das ist doch kein Leben.« »Wir werden bewusst hinters Licht geführt und in der Dunkelheit gehalten, denn solange wir nichts sehen, brauchen wir jemanden, der uns führt. Die Dunkelheit macht uns Angst, denn sie scheint voller Gefahren zu sein und wir fürchten uns davor, zu Licht zu werden, denn das würde doch nur die Gefahren anziehen. Oder nicht?« Saif ließ die Frage im Raum stehen.« »Ich glaube, die Wahrheit ist, dass Licht sich exponentiell ausbreitet. Die meisten Menschen warten darauf, dass jemand den ersten Schritt macht und sind bereit zu folgen.« »Sei du diejenige, die den ersten Schritt macht! Werde zu Licht. Andere werden es dir nachtun und in der anbrechenden Helligkeit können wir sehen, dass die bösen Monster nur unserer Imagination entstammten und alles nur ein schlechter Traum war.« Seine Aufforderung traf mich wie ein Schlag ins Gesicht. Wie konnte ich bei der Erkenntnis, dass die meisten Menschen darauf warten, jemand würde den ersten Schritt tun, nur übersehen, dass ich mich verhielt, als wäre ich einer der meisten Menschen, während ich diejenige war, die vorangehen musste. In der Metro holte ich erneut mein Moleskine raus und schrieb:

Du da draußen, der mir zuhört! Irgendjemand muss mir doch zuhören! Glaubst du wirklich, es ist Zufall, dass wir in der Schule die Namen chinesischer Städte und chemischer Substanzen lernen, aber nie, uns selbst und andere zu lieben? Oder könnte es sein, dass wir dadurch zu mächtig werden, um uns so einfach kontrollieren zu lassen? Ich nehme dich mit auf eine kleine Reise. Stell dir vor, du sitzt in einem Hubschrauber. Langsam hebt er ab und fliegt immer höher. Du siehst aus dem Fenster und die Stadt, die du so gut kennst, wirkt auf einmal ganz anders. Die Gebäude sehen klein aus und leuchten von oben betrachtet in ganz anderen Farben. Jemand sichert dich von hinten mit einem Gurt und zieht die Schnalle fest. Plötzlich geht die Tür auf und die ersten Leute springen raus. Einer nach dem anderen rutschen sie vor zur Schwelle und stürzen sich in die Tiefe. Einigen steht die Angst ins Gesicht geschrieben und auch dir ist mulmig zumute. Das Gefühl, nicht zu wissen, worauf du dich hier einlässt, verschafft dir Unbehagen. Aber die Person hinter dir drückt dich nach vorn. Es ist an der Zeit für dich, den Absprung zu wagen. Eigentlich willst du lieber sitzen bleiben, denn dort fühlst du dich sicher, aber es gibt kein Zurück mehr. Du stehst in der offenen Tür und spürst den kalten Wind in deinem Gesicht. Und dann springst du. Im freien Fall rast du durch die Luft und alle eben noch nagenden Bedenken werden von dir gerissen. Es gibt nur dich und die Luft und das Fliegen und ihr seid alle eins. Und auf einmal begreifst

du – alles ist gut! Es sind nur deine Gedanken, die gefähr-
lich sind, sonst nichts. All das, was sie bekämpfen, wird zu
deinem Feind. All das, was sie akzeptieren, löst sich in Luft
auf. Du spürst, wie die Luft um dich herum deine Sorgen
in sich aufsaugt und durch Mut und Hoffnung ersetzt. Der
Fallschirm geht auf und du schwebst über dem Erdboden,
der immer näher kommt. Nach und nach erkennst du die
Menschen, die eben noch aussahen wie Punkte. Manche sind
blond, andere haben schwarze Haare, einige zeigen nackte
Haut, andere tragen Kopftuch. Aber eines haben sie alle ge-
meinsam, sie fürchten sich voreinander, sie sorgen sich um
ihre Sicherheit und die ihrer Kinder, sie machen sich viele
Gedanken darüber, was aus dieser Welt werden soll, auf
der so viel Hass und Krieg herrscht und sie merken nicht,
dass es genau diese Gedanken sind, die zu immer mehr Hass
und Krieg führen. Dir wird bewusst, dass es deine Gedanken
sind, die diese Welt erschaffen und du lässt sie los.

Aber Saif und ich waren uns nicht immer so einig. Oft gab
es hitzige Diskussionen zwischen uns. Er provozierte mich:
»Ich finde, du denkst viel zu philosophisch. Das ist doch
total ineffizient. Wenn ich mich ständig mit philosophi-
schen Gedanken auseinandersetze, verpasse ich doch das
Leben.« »Das denke ich nicht, Philosophie ist doch Leben.«
»Wenn du zum Beispiel deinen Wagen tanken musst und
vor einer Vielzahl an verschiedenen Benzinmöglichkeiten
stehst, von denen du eine schon kennst und weißt, dass sie
ihren Zweck erfüllt, dann ist es doch sinnlos, sich mit den
Vorteilen der anderen Stoffe zu beschäftigen, anstatt einfach zu tanken und loszufahren, um schnellstmöglich von
A nach B zu kommen.« »Ich verstehe deine Argumentation,

aber ich bin nicht einverstanden. Im Gegenteil, ich denke, die Philosophie führt dich zurück zu dir selbst, an deinen Kern, über den du mit dem Weltwissen verbunden bist. Dort weißt du bereits alles und brauchst dir keine Gedanken zu machen. Es sind die Gedanken, die dich von einer schnellen effizienten Lösung abhalten, aber die würde ich nicht mit Philosophie gleichsetzen, so wie du es tust.« »Naja gut, so kann man es auch beschreiben. Nichtsdestotrotz bin ich der Ansicht, dass man mehr erreicht, wenn man sich ein bestimmtes Wissen aneignet und von diesem aus kluge und schnelle Entscheidungen treffen kann.« »Du hast sicher Recht, dass es wichtig ist, gewisse Dinge zu erlernen, aber wenn du dir das Schulsystem in Deutschland ansiehst – und das ist sicher auch andernorts ein Problem – siehst du doch, dass genau dies, die frontale Vermittlung von Wissen, zur Aufrechterhaltung eines Systems dient, das längst ausgedient hat. Ein guter Lehrer sollte seine Schüler lehren, selbst nachzudenken und auf eigene Ideen zu kommen. Sie sollten zwar sein Wissen kennen und nachvollziehen können, aber gleichzeitig dazu ermuntert werden, dieses Wissen in Frage zu stellen und schließlich darüber hinaus zu wachsen und Neues zu entdecken. An viel zu vielen Schulen ist das definitiv nicht der Fall, sondern die Schüler lernen lediglich, zuzuhören und zu imitieren. Anstatt in ihrer Individualität gefördert zu werden, werden sie einander angeglichen. Das führt dazu, dass man sicherlich kluge Entscheidungen treffen kann, die auf dem Schulwissen basieren, aber dieses ist doch veraltet und überholt. Außerdem ist es das Wissen aus den Köpfen der Menschen. In unserem ursprünglichen Bewusstsein hingegen tragen wir ein zeitloses Wissen, ein eigenes und zugleich universelles Wissen. Die Philosophie hilft uns, den Zugang dazu zu finden.« Saif wollte etwas sagen, aber ich ließ keine Unterbrechung zu: »Lass mich nur kurz fertig erzählen. Dieses Wissen ist notwendig, um unsere Einzigartigkeit zu leben. Nimm zum Beispiel Einstein. Er hat selbst gesagt, dass er keine großartige Entdeckung unter Anwendung logischen Denkens gemacht habe. Ich bin sicher, du kannst durch Intelligenz und Fleiß einiges erreichen. Du kannst eine außergewöhnliche Dissertation verfassen, die beste deines Jahrgangs, vielleicht die beste auch der vorangegangenen Jahrgänge. Damit aber deine Dissertation auf der ganzen Welt berühmt wird und alle sich fragen, wie zum Teufel du auf eine so absolut geniale Idee gekommen bist und darauf basierend diese übermenschliche Entdeckung gemacht hast, brauchst du den Zugang zu einem Wissen, dass das aus Büchern und anderen Köpfen übertrumpft. Und dieses Wissen ist nur in dir selbst.« »Mh ja, ich weiß schon, was du meinst. Trotzdem glaube ich, dass man nicht immer in Verbindung zu diesem Wissen stehen muss. Es ist vielleicht hilfreich, wenn du einer intellektuell anspruchsvollen Aufgabe nachgehst, aber im alltäglichen Leben brauchst du es doch nicht.« »Wer weiß, vielleicht wartet die große Entdeckung, die von dir gemacht werden will, hinter der nächsten Hausecke und du übersiehst sie, weil du deinen Gedanken nachhängst statt fokussiert zu sein. Das Leben hält ständig Zeichen für dich bereit, die dich auf dem Weg zu deiner Berufung leiten, aber um sie erkennen zu können, ist es essenziell, dass du in dir selbst ruhst und ganz bewusst wahrnimmst, was um dich herum geschieht.« »Das Konzept leuchtet mir ein, aber ich laufe ja nicht ständig allein auf der Straße herum. Was ist, wenn ich mit anderen interagiere und Tätigkeiten nachgehe, die meine Gedanken erfordern. Dadurch werde ich doch aus dieser inneren Ruhe, von der du sprichst, rausgerissen.« »Nicht unbedingt. Es ist wie mit einem Klartraum. Wenn du kurz vorm Einschlafen bist und anfängst zu träumen, dann bist du dir manchmal bewusst, dass du träumst. Sobald jedoch deine Gedanken ins Spiel kommen, ist der Traum vorbei. Du wachst auf, schläfst wieder ein, träumst, merkst, dass du träumst, wachst wieder auf und so weiter. Bis du schließlich tief genug schläfst, um den Traum ungestört von deinen Gedanken zu Ende zu führen. Beim Klartraum jedoch ist es möglich, den Traum zu beobachten und sogar von deinem Bewusstsein aus zu steuern. Du kannst also gleichzeitig die Verbindung zu dem Traum aufrecht erhalten, sowie auch dessen bewusste Wahrnehmung. Genauso ist es im Wachzustand. Wenn das Weltwissen und dein Bewusstsein miteinander verschmelzen, dann kann die Energie des Universums ununterbrochen durch dich fließen, ohne dass dadurch deine Interaktion mit der Außenwelt beeinträchtigt wird.« »Tja, möglich ist alles, aber es erscheint mir doch ziemlich schwierig.« »Ich sage ja nicht, dass es einfach ist, aber schwieriger ist manchmal besser.« »Ja, da stimme ich dir völlig zu.« »Das ist gut. Aber weißt du, eigentlich finde ich die Gespräche am besten, in denen Unstimmigkeiten auftreten, und seien es nur solche, die auf der Beschränktheit der Wörter basieren. Oft meint man das Gleiche und beschreibt es nur anders.« »Ja, und dann entsteht ein Streit um Worte, obwohl man sich eigentlich einig ist. Das ist ein Jammer. Eine Diskussion hingegen, in der tatsächlich verschiedene Ansichten aufeinandertreffen, kann eine ungemein bereichernde Angelegenheit sein, wenn man sich für die andere Meinung öffnet.« Diese Aussage inspirierte mich zu einem schönen Schlusssatz: »Wenn man nur in seiner eigenen Meinung bestätigt wird, dann erfährt man nichts Neues, während eine Kritik zu einer Umwälzung seiner Grundsätze und damit zu Wachstum und Erneuerung führen kann, den Grundpfeilern des Lebens.«

5. Kapitel

Weihnachten verbrachten wir in San Miguel de Allende, Antonios Heimatstadt. Wir flogen gemeinsam mit Antonios Schwester Monica und ihrem Freund Ben, die in Leipzig lebten, nach Mexiko-Stadt. Dort trafen wir uns mit seiner Schwester Mariana und deren Mann Jeff, die mit ihrer Tochter Zoe aus New York kamen. Während wir auf die Gringos warteten, aßen wir im Food-Court des Flughafens Tacos. Und obwohl mir versichert wurde, dass sie überhaupt nicht gut seien, schmeckten sie mir köstlich, a gloria, wie ich als eine der ersten mexikanischen Redensarten lernte. Antonios Vater Antonio fuhr den ganzen Weg von San Miguel nach Mexiko-Stadt, um uns vom Flughafen abzuholen. Im Auto hörten wir Chavela Vargas, redeten und lachten viel. Man spürte die Wiedersehensfreude der Familienmitglieder. Ich fühlte mich sofort im Kreise der Familie aufgenommen und genoss die vorweihnachtlich erwartungsvolle Spannung und Aufregung, die in der Luft lagen. Als wir am Haus seiner Eltern ankamen, war es schon spät. Die Lichterketten an den Bäumen im Garten leuchteten in der Dunkelheit und erfüllten die Atmosphäre mit weihnachtlichem Glanz. Es fehlte nur der Schnee. Doch wider Erwarten war es tatsächlich ganz schön kalt und fühlte sich nach Winter an. Erstaunlicherweise war es im Haus dann sogar noch kälter als draußen, sodass ich mir nach der Begrüßung von Mutter Ofelia und der dritten Schwester Patricia erst einmal einen dicken Wollpullover überzog. Das Haus war riesig, und trotzdem duftete es überall nach Gänsebraten und Käsekuchen. Obwohl es noch gar nicht Weihnachten war, gab es schon das erste Galadinner. Am edel gedeckten Tisch wurde das Festmahl serviert und dazu Wein getrunken. Auch der traditionelle Tequila durfte natürlich nicht fehlen. In handgefertigten dicken Gläsern mit blauem Rand wurde er großzügig eingeschenkt und wir stießen damit auf das lang ersehnte Zusammentreffen der ganzen Familie und das bevorstehende Weihnachtsfest an. Lange saßen wir zusammen beim Abendessen, erzählten von unserer endlosen Reise, machten Pläne für die kommenden Wochen, scherzten über die lustigen Fotos, die dabei entstanden und die witzigen Kommentare, die aufgrund der nicht mehr ganz wachen und schon leicht angeheiterten Gemüter gemacht wurden. Es war ein schöner Abend. Ich fühlte mich willkommen und wohl. Wir gönnten uns alle ein paar Stunden Schlaf, bevor wir uns erneut am Tisch versammelten. Dieses mal gab es frisch geschnittenes Obst, Rührei, Bohnenmus, Croissants und duftenden Kaffee. Wieder saßen wir eine ganze Weile zusammen und ich begann, die Heiligkeit des gemeinsamen Essens zu verstehen. Es wurde alles daran gesetzt, die ganze Familie am Tisch zu vereinen. Dafür wurde auf jeden gewartet. Und wenn dies bedeutete, um 16 Uhr Mittag und um 21 Uhr Abendessen zu essen, dann war das so. Ich musste mich erst einmal an diese Zeiten gewöhnen und hatte mitunter einen knurrenden Magen, aber mir gefiel dieser Brauch und die Familiengemeinschaft. Nach dem Abendessen spielten wir oft Gesellschaftsspiele und wenn wir dafür zu müde waren, sahen wir uns Filme an. Trotzdem stand ich am nächsten Morgen um 5 Uhr auf, denn bei all meiner Liebe zu den fidelen Familienaktivitäten, brauchte ich doch meine Zeit für mich allein, um mich auf den Tag einzustimmen. Ich meditierte, machte Yoga und ging laufen. Dann war ich frisch und fit für den Tag. Es war zuerst ein wenig befremdlich, auf der Bahn laufen zu gehen und ich vermisste den Wald und das Wasser. Die gab es zwar in San Miguel, doch sie waren zu gefährlich, um sich allein in ihnen aufzuhalten, besonders für eine Frau. Ich hätte gern herausgefunden, wie gefährlich sie wirklich waren und es darauf ankommen lassen, doch ich wollte es mir mit Antonios Familie, die ich als konservativ und besorgt einschätzte, nicht verscherzen und hielt mich in meinem Freiheitsdrang und meiner Unvernunft zurück. Schnell gewöhnte ich mich an die Bahn und begann sie wertzuschätzen, besonders aufgrund des traumhaften Ausblicks auf die naheliegende Bergkette, die in dem warmen Licht der aufgehenden Morgensonne aussah wie eine Ölmalerei. Die geschwungenen Formen und Kurven der Berge hatten etwas verführerisch Weibliches und ich fühlte mich geborgen und verbunden mit Mutter Erde. Diese Verbindung schärfte meine Intuition und schenkte meinem Tag bewusste Achtsamkeit. Die brauchte ich, denn es war immer viel los und gab kaum einen Moment, um durchzuatmen. Wenn die Eltern und Patricia sowie Antonio, Mariana und Jeff, die sich alle Arbeit mitgebracht hatten, Feierabend machten, gingen wir zusammen Shoppen, ins Kino, auf den Markt oder ins Schwimmbad.

Ich wurde freundlich in der Familie aufgenommen und verliebte mich sofort in die mexikanische Gastfreundschaft und Lebensfreude. Trotz Arbeit gab es immer auch Zeit für die morgendliche Sportroutine und auch zum Essen versammelte sich stets die ganze Familie. Tagsüber, wenn die Sonne rauskam, setzten wir uns zusammen in den Garten und tranken Bier und Tequila zu mexikanischen Nationalgerichten wie Chiles en nogada, Enchiladas oder Fajitas. Und abends, wenn es kalt wurde, machten wir uns im Kaminzimmer breit, tranken heiße Schokolade und aßen dazu süßes Brot. Es war die bis dahin größte Familienrunde, die ich kannte, doch wie groß mexikanische Familien wirklich sind, erfuhr ich erst an Heiligabend, als wir nach Celaya fuhren, um dort gemeinsam mit allen Onkeln, Tanten, Cousinen und Cousins zu feiern. Ich lernte an diesem Abend an die 80 Leute kennen und alle gehörten zur Familie. Es war ein buntes, wildes Treiben. Überhaupt nicht weihnachtlich besinnlich, wie ich es aus meiner Familie im kleinen Kreis gewöhnt war, aber doch herzlich, liebevoll und fröhlich. Jeder hatte etwas zu Essen und zu Trinken mitgebracht und wir breiteten uns an den Partytischen im Garten aus und traten als Familienteams in Rateduellen gegeneinander an. Ich war begeistert von der Gemeinschaft und dem Zusammenhalt, und auch wenn ich mit den Namen anfangs noch meine Schwierigkeiten hatte, hatte ich nie das Gefühl, noch nicht dazuzugehören. Wir feierten ausgelassen bis spät in die Nacht. Der besinnliche Teil kam dann am 1. Weihnachtstag, als wir zu Hause in San Miguel nur mit Antonios Eltern und Schwestern einen Braten aßen und danach den Geschenkeaustausch am Tannenbaum machten. Es war ein erfülltes Fest, und trotzdem vermisste ich meine Familie. Und auch Weihnachtsmarkt, Glühwein und Schnee fehlten mir. Doch statt in Nostalgie zu schwelgen, freute ich mich über die Möglichkeit, neue Traditionen kennenzulernen und so hautnah mitzuerleben. Besonders spannend fand ich, dass die größte Feierlichkeit erst am 6. Januar, dem Tag der Heiligen Drei Könige, stattfand. Dieser Tag begann mit einer großen Bescherung, gefolgt von Rosca de Reyes zum Frühstück, zum Kaffee und als kleinem Nachtisch zum Abendessen. Ich erkor sie zu meinem mexikanischen Lieblingskuchen. Das besondere an der Rosca waren die kleinen Puppen, die in den Teig eingebacken wurden. Jeder, der beim Essen auf eine Puppe biss, musste die Tamales – eine Maismasse mit Fleischfüllung – für den 2. Februar zubereiten. Auch das wurde im Kreise der Familie zelebriert. Sogar Silvester wurde traditionell mit der Familie gefeiert. Ganz wie es sich für die gesamte Guadalupe-Reyes-Phase gehört mit viel Speis und Trank. Später zogen Antonio und ich noch mit seinen Schwestern und deren Partnern los ins Zentrum. Im Jardín, dem Herzen der Stadt, sahen wir uns das Feuerwerk an und aßen dabei 12 Weintrauben. Danach gingen wir noch tanzen. Es war eine freudetrunkene Nacht, obgleich sie nicht viel von dem Trubel und Jubel hatte, der in Deutschland um diesen Festakt gemacht wird. Ein paar Tage später, am 3. Januar, fuhr ich früh morgens in den Jardín zurück. Ich hatte mir vorgenommen, das neue Jahr mit einem Marathon zu beginnen, und mich für den ersten San-Miguel-Marathon angemeldet.

Dieses Mal musste ich schon um 4 Uhr morgens aufstehen, da der Marathon um 7 Uhr begann. Ich zog mir einen dicken Wollpullover, Wollsocken und einen Poncho über und ging runter in die Küche. Ich zündete den Gasherd an, um meinen Kaffee zuzubereiten und wärmte mir die Hände am Feuer. Es war wahnsinnig kalt im ganzen Haus, da es weder Isolation noch Heizung gab. Die kalten Nächte der Wintermonate setzten sich in den Wänden fest und waren so hartnäckig, dass die Sonne, die tagsüber die Straßen der Stadt erwärmte, in den Wohnzimmern der Häuser keine Chance hatte. Trotz der frühen Stunde war es draußen wärmer als drinnen und so setzte ich mich mit meinem Kaffee in den Schaukelstuhl auf der Veranda und bewunderte die Anmut des Vollmondes. Es war ein Supermond, der einzige des Jahres. Er war strahlend hell und unglaublich nah und die Energie, die von ihm ausging, war so intensiv, dass ich glaubte, sie berühren zu können. Sein Licht warf einen atemberaubenden Glanz auf die Bäume und Blumen im Garten und ich ließ mich zu einer Meditation inspirieren. Danach sprang ich schnell unter die Dusche und fuhr dann mit Antonio ins Stadtzentrum, wo sich bereits die meisten Läufer versammelt hatten. Die meisten Läufer waren ungefähr zwei Hände voll. Wir machten ein paar Fotos vor der zauberhaften Parroquia, die im Schein der aufgehenden Sonne hoheitsvoll auf dem Marktplatz thronte. Und dann ging es auch schon los. Die Läufer fanden sich im Startfeld ein und gemeinsam zählten wir von zehn runter. Ich hüpfte wie ein Reh die Kopfsteinpflasterstraße runter und spürte die Gelassenheit, die von verlassenen Straßen im Morgengrauen ausgeht. Ich bin eigentlich eher eine Abendläuferin, denn ich liebe es, den Tag mit einem guten Lauf ausklingen zu lassen und dabei die Geschehnisse zu reflektieren. Oft bin ich morgens auch noch nicht in der Stimmung, vor die

Tür zu gehen, geschweige denn zu laufen. Doch ich muss zugeben, dass ich in San Miguel, wo ich aufgrund der vielen Aktivitäten keine andere Wahl hatte, als früh zu trainieren, wieder einmal feststellte, dass den Morgenläufen ein Zauber innewohnt, eine Magie, die wie Glitzerstaub die Luft erfüllt und die Atmosphäre in ein Licht hüllt, das die feine Linie zwischen Traumwelt und Realität verschwimmen lässt. Ich ließ mich einsaugen von den satten Gelb-, Blau- und Rottönen der pittoresken Kolonialbauten, ließ mich tragen von den good vibes der Zuschauer, die zu dieser frühen Stunde aus ihren Betten gekrochen waren, um einen Blick zu erhaschen auf die verrückten Vögel, die sich aufmachten, 42 Kilometer durch die Gegend zu laufen, während die Stadt noch schlief, und ihnen Kraft und Glück mit auf den Weg zu geben. Ich nahm sie mit, mit auf den Weg aus dem Zentrum heraus, mit über die Gassen und Alleen, die hinausführten aufs Land, mit über die Landstraße bis hinein in den Wald. Es ging durch Wasser und über Hügel, vorbei an kleinen Fincas, hinter denen sich die Berge erstreckten. Die Hähne krähten und Kühe kreuzten unseren Weg. Tatsächlich sah ich mehr Kühe als andere Läufer, denn inzwischen hatte sich das Feld soweit auseinander gezogen, dass jeder für sich allein war. Allein mit seinen Gedanken. Wenn die Gedanken doch im Alltag oft mein Feind sind und ich versuche, mich ihnen zu entledigen, beim Laufen sind sie mein Freund. Es ist herrlich, mit so klarem Geist, bei vollem Bewusstsein nachzudenken, über die Dinge, die wirklich wichtig sind. So deutlich zu spüren, was man wirklich will und so sicher zu wissen, dass man es erreichen kann. Bis man irgendwann nichts mehr denkt. Bis man in die Einheit eingeht, in der es nichts mehr zum Nachdenken gibt. Nur Gewissheit. Das ist der Höhepunkt. Bis ich diesen erreichte, dachte ich: ›Ich bin der Meinung, dass wir Menschen unsere Sinne und Gefühle haben, um sie so umfangreich und vollständig wie möglich zu nutzen. Die meisten Menschen lassen dies nicht zu, aus Angst nicht groß genug zu sein, um sie ertragen zu können. Sie begreifen nicht, dass sie das ganze Universum sind. Es steckt in mir von Geburt an drin, diese Verbindung zum Universum zu spüren. Ich habe von Anfang an gewusst, dass in mir etwas steckt, das größer ist als die Angst und stärker als der Schmerz. Ich habe schon als Kind dem Leben vertraut und wusste, es trägt mich lichtwärts. Diese Fähigkeit hat mir viel Leid beschert, aber ebenso viel Glück und ich weiß, dass Gott uns Gegensätze lehrt, damit wir zwei Flügel zum Fliegen haben. Ich habe positive sowie negative Erfahrungen in all ihrer Intensität und Tiefe gelebt und mich unsterblich verliebt. Diese Intensität und Tiefe zu spüren, ist von allen Dingen wohl das, was am meisten süchtig macht. Vermutlich auch dadurch, dass es die größte Euphorie auslöst. Letzteres natürlich nur in Bezug auf die positiven Gefühle und Empfindungen, aber man kann sie eben nicht auf der einen Seite annehmen, wenn man die negativen auf der anderen Seite ablehnt. Es sind zwei Seiten der gleichen Entität und man kann die Dinge eben nur ganz oder gar nicht haben.‹

Irgendwann kamen wir von den staubigen, steinigen Feldwegen zurück auf die Autobahn, die in die Stadt hineinführte. Die letzten zehn Kilometer waren angebrochen. Die Sonne war hervorgekrochen. Es ging bergauf, bergab, und der anfangs so kalte Kopf begann zu glühen. Schließlich war ich froh, leicht bekleidet unterwegs zu sein. Ich mobilisierte meine letzten Kräfte, konzentrierte mich auf das Ziel und zog an einigen Läufern vorbei, die mit ihren müden Knochen und strapazierten Muskeln, vor allem aber wahrscheinlich mit ihrem unwilligen Geist kämpften, der ihr verrücktes Vorhaben nicht länger unterstützen wollte. Ich glaube, die meisten Läufer, die einen Marathon abbrechen, hätten rein physisch noch das Zeug dazu gehabt, es bis ins Ziel zu schaffen, aber die Psyche spielt ihnen einen Streich. Wozu machst du das? Du brauchst dich doch nicht so quälen. Du bist doch jetzt genug gelaufen. Du solltest deine entkräfteten Gelenke schonen. So weit zu laufen, ist doch auch gar nicht gut für den Körper. Wie bist du überhaupt auf diesen bekloppten Einfall gekommen, einen Marathon zu laufen? Der Geist findet viele Wege, einen zum Abbruch zu bewegen. Mindestens genauso wichtig wie Ausdauer und Krafttrainig ist also die mentale Stärke. Die Meditation half mir dabei, nicht schwach zu werden. Ich verlor nicht die Verbindung zu meinem tiefen inneren Wissen darum, wer ich bin und ließ mich von den Saboteuren nicht kleinkriegen. Ich blieb in dem jeweiligen Moment und spürte in ihm, dass ich noch einen Schritt laufen konnte und noch einen und noch einen. Dass das Universum mich dabei unterstützte, mein Ziel zu erreichen. Natürlich erforderte das Kraft, Anstrengung, Überwindung und Mut, aber wenn ich diese Tugenden aufbringen konnte, konnte ich sicher sein, alles zu schaffen, was ich mir vornahm. Und das Schönste daran ist, dass das nicht nur beim Laufen so ist, sondern auch im Leben. Das Laufen ist ein Lehrer fürs Leben, der diese Lektionen greifbar und klar macht. Ich habe so viel von diesem weisen Lehrer gelernt. Das Wichtigste ist wahrscheinlich dies: ›Ich bin nichts und weiß nichts. Im Angesicht der Schöpfung, in der Gegenwart der Naturgewalten und ihrer wundersamen Erscheinungen und Ereignisse fühle ich, wie sich mein Ego verflüchtigt und ich mich in meiner Ehrfurcht in Luft auflöse. Die überwältigende Schönheit und Größe der faszinierenden Bestie Natur frisst mich auf und macht mich dem Erdboden gleich. Und genau dadurch werde ich selbst zur überwältigenden Schönheit und Größe der faszinierenden Bestie Natur.‹ Bevor ich das verstanden hatte, fühlte ich mich oft klein und sogar nutzlos. Ich hatte bisweilen das Gefühl, dass die anderen diese abstruse Realität durchschaut und begriffen hatten und nur ich nicht checken wurde, was abgeht. Ich dachte, ich musste von diesen anderen lernen, mir auch ihr Wissen aneignen, um mitreden zu können und im besten Fall ein wenig Bewunderung zu erlangen für meine klugen Ansichten oder mich im schlechtesten Fall zumindest nicht lächerlich zu machen durch mein Unwissen und meine Ignoranz. Heutzutage bin ich stolz auf beides. Denn mein Unwissen und meine Ignoranz sind ein Ausdruck meiner Verweigerung. Ich weigere mich, mich diesem bekloppten System anzuschließen und dieses unnütze Alltagswissen auswendig zu lernen, um mich in einer Gesellschaft beweisen zu können, deren Struktur ich als überholt und überschätzt ansehe. Ich empfinde nicht länger die Notwendigkeit, mich in ihr behaupten zu müssen und so zu tun, als würde ich irgendetwas checken, irgendetwas wirklich wissen. Das Einzige, was ich weiß, ist, dass ich nichts weiß. Und seitdem ich das verstanden habe, weiß ich weitaus mehr, als ich je hätte lernen können, auch wenn ich mein ganzes Leben damit zugebracht hätte von morgens bis abends zu studieren und einen Titel nach dem anderen zu erwerben. Ich habe nach wie vor meine Achtung für Menschen, die über sehr ausgeprägte Kenntnisse verfügen. Aber meine Beziehung zu diesen Menschen hat sich verändert. Während ich mich vorher in ihrer Gegenwart klein und dumm fühlte, hat sich jetzt zu meiner Bewunderung ein wenig Mitleid gesellt. Mitleid dafür, dass sie sich an diesen schlauen Worten festhalten müssen, da sie sich mit ihnen identifizieren und sie als eine bedeutsame Errungenschaft unserer Zivilisation ansehen. Womit sie ja sogar Recht haben. Das Problem ist nur, dass diese Zivilisation unserer Wahrnehmung eine Realität vorgaukelt, die es gar nicht gibt. Seit ich das erkannt habe, fühle ich mich nicht länger unterlegen. Niemandem. Auch nicht überlegen. Aber darum geht es auch gar nicht. Unterlegen oder überlegen existiert gar nicht in der Realität, die sich hinter unserem System verbirgt. In der Realität, die wirklich ist. Dort gibt es nur Liebe. Und Liebe kennt kein Urteilen und kein Festklammern. Liebe kennt nur sich selbst. Ich kenne nur mich selbst. Und das ist alles, was ich wissen muss. Als ich das nicht wusste, habe ich häufig gelitten. Ich meinte immer, irgendetwas Bedeutendes erreichen zu müssen, damit die Gesellschaft zumindest erkennt, dass ich trotz meiner Dummheit und Unfähigkeit zu etwas zu gebrauchen bin. Wie schade, wenn jemand sein ganzes Leben so verbringt. Ich wünsche mir, dass jeder Mensch auf dieser Erde erkennt, dass Gott ihn genauso geschaffen hat, wie er sein soll, um genau die Aufgabe zu erfüllen, die für die Gesamtheit Sinn macht. Diese Gesamtheit zu verstehen ist Sache Gottes. Seine Aufgabe zu erfüllen ist Sache des Menschen. Die Verwechslung ist unser Verhängnis. Ja, ich bin schwach. Ja, ich bin dumm. Wir alle sind es. Aber wenn wir aufhören, die Gesamtheit verstehen zu wollen und anfangen, unsere Aufgabe zu erfüllen, dann ist das das Ende des Leides und der Anfang des Lebens. Wenn wir uns Gottes Plan hingeben, dann brauchen wir nicht länger so zu tun, als wären wir jemand. Wir können einfach zugeben, dass wir niemand sind und werden so alles.

Zurück in Dubai traf ich mich mit Saif, der gerade von einem Roadtrip in Deutschland heimgekehrt war, bei Raw. »Ein Leben ohne Urlaub kann ich mir nicht mehr vorstellen. Reisen ist für mich wie eine Droge, die eine Bewusstseinserweiterung und eine erhöhte Endorphinausschüttung bewirkt.« »Das geht mir genauso. Ich liebe das Abenteuer und brauche den Kick, der sich einstellt, sobald ich neues Terrain betrete und mich auf Entdeckungstour mache. Am liebsten bin ich allein unterwegs. Dann laufe ich einfach drauf los, in meinem Tempo, und lasse mich von meiner Intuition durch die Straßen leiten. Meistens entdecke ich so die urigsten Bars und Kneipen und lerne die abgefahrensten Leute kennen.« »Ich finde es auch spannend, mich mit den Einheimischen bei einem Bier zu unterhalten und durch ihre Perspektive auf die Welt ein neues Puzzleteil zu meinem big picture hinzufügen zu können.« Saif war total begeistert von Deutschland und erzählte mir ausführlich, was er auf seiner Reise alles gesehen und erlebt hatte. Er erkannte jedoch ebenso die Nachteile. »Manchmal sind die Deutschen allerdings auch extrem langweilig. Während ich zum Abschluss meines Urlaubs in München war, habe ich meine ehemalige Kommilitonin Sandra besucht. Als ich mir einen Tee machen wollte, hat sie mir die Tasse und den Teebeutel weggenommen und eine Stoppuhr auf haargenau drei Minuten eingestellt. Ich finde es manchmal anstrengend, dass Deutsche alles so genau nehmen müssen. Egal, ob sie einen Tee kochen oder ein Ei, die Zeit muss präzise kalkuliert werden.« Ich verstand zwar sein Argument und sah auch ein, dass vielleicht tatsächlich die meisten Deutschen sehr penibel sind, doch konnte nicht wiederstehen, wieder einmal zu widersprechen. »Ich mache das immer nach Gefühl. Diese ganzen technologischen Geräte, die uns das Leben vereinfachen sollen, machen es doch im Endeffekt alles nur viel komplizierter. Wenn ich Uhren brauche, um so einfache Prozesse wie Tee oder Eier kochen zu bemessen, dann verliere ich doch mein Gefühl für die Zeit.« »Wir benutzen unseren Geist nicht mehr für die ihm ursprünglich zugedachten Aufgaben und lassen ihn sich stattdessen mit Schwachsinn beschäftigen.« »Ja, du hast Recht! Einfache Rechenaufgaben werden heutzutage von Taschenrechnern gelöst und jegliche Gedächtnisleistungen übernimmt das Smartphone.« »Deutsche verbieten sich so oft, einfach Spaß zu haben. Wenn ich nach einem Restaurantbesuch spontan vorschlage, noch feiern zu gehen, bekomme ich meistens nur irgendwelche faulen Ausreden zu hören. Statt sich seinem inneren Wunsch nach Befriedigung hinzugeben, wird dieser in Sorgen und Gedanken an den nächsten Tag ertränkt.« »In den meisten Fällen ist das wahrscheinlich tatsächlich so. Bei vielen Deutschen siegt stets die Vernunft.« »Einerseits bewundere ich dieses pflichtbewusste Verhalten, das ja nicht zuletzt zu der vorbildlichen Wirtschaft des Landes beigetragen hat, andererseits vermisse ich ein wenig mehr Spontaneität. Ich bin der Meinung, dass kleine Fluchten ins Ungewisse und Unvernünftige auch das Pflichtbewusstsein und die Arbeitswilligkeit ankurbeln können; dass es sich zum Teil unter dem Adrenalinausstoß einer ausgelassenen Nacht trotz Katers besser arbeiten lässt als in der langweiligen Monotonie eines routinierten Lebens, in dem der Schlafrhythmus, die Essenszeiten und die Trainingspläne genauso minutiös organisiert sind wie die Meetings und Arbeitsabläufe im Büro.« »Das kann ich aus eigener Erfahrung bestätigen! Ich bin halt wirklich nicht so typisch Deutsch. Aber auch ich kenne genügend Leute, die sehr gut organsiert sind, denen es jedoch an Spontaneität mangelt. In deren Leben bleibt absolut kein Platz für Aktionen, die nicht mindestens eine Woche vorher im Terminplaner notiert sind. Ich würde mir die Kugel geben.« »Ich auch, ich möchte mein Leben genießen. Ich bin sogar davon überzeugt, dass dies mein gutes Recht ist. Es würde mich wahnsinnig machen, so einfache Dinge wie Teekochen zu verkomplizieren. Mir ist es scheißegal, ob mein Tee etwas stärker oder schwächer ist, als er laut Packungsaufschrift sein sollte.« »Ja genau, außerdem kann es doch sein, dass ich ihn lieber mag, wenn er länger zieht. Geschmäcker sind schließlich verschieden.« Ich trank einen Schluck von meinem doppelten Espresso und sagte: »Ich mag's auch lieber stark und ich trinke sowieso nur noch Kaffee, so erspare ich mir das Problem mit dem Tee. Wobei das natürlich im Endeffekt gar nicht das Problem ist, sondern nur ein Merkmal davon. Ich glaube, wenn die Leute sich zu intensiv mit solchen Kleinigkeiten beschäftigen, verlieren sie den Fokus für die wirklich wichtigen Dinge des Lebens.« Ich kippte den letzten Schluck runter und steckte mir ein Stück Muffin in den Mund: »Es ist wie bei einem Orgasmus: wenn ich mich gedanklich zu sehr damit auseinandersetze, geht der

Genuss verloren.« Saif lachte und sagte: »Ja, die meisten Deutschen scheinen das nicht begriffen zu haben. Anstatt etwas auszukosten, hinterfragen sie dessen mögliche Nebenwirkungen. Als ich in München mit ein paar ehemaligen Kommilitonen ein Bier trinken war und danach noch feiern wollte, bekam ich von den meisten zur Antwort nur irgendwelche Geschichten über ihre Verpflichtungen und die Probleme, die eine Partynacht nach sich ziehen würde. Es ist doch egal, mal einen Tag mit Kater im Büro zu sitzen. Wenn ich meinen inneren Energiestau richtig schön durchgeschüttelt habe, dann macht mich das doch freier im Kopf als die Einhaltung eines mir selbst auferlegten rigiden Regelwerks.« »Ich glaube, genau das ist das Problem an der Sache: das strikte Befolgen von Regeln, seien es nun Befehle, die man ausführt oder Verbote, an die man sich hält, führt zu mehr Leid als Ordnung. Die Menschen können ja gar nicht mehr richtig atmen. Dabei sollte das eigentlich die einfachste Sache der Welt sein. Die Unfähigkeit, tief und ruhig zu atmen, hat enorme Konsequenzen und schlägt sich in den vielen Krankheitsbildern der modernen, zivilisierten Gesellschaft nieder. Man braucht sich doch nur einen Menschen anzusehen, der gelernt hat, zu atmen, der gelernt hat, loszulassen. Kaum wiederzuerkennen. Eine Freundin von mir hat vor ein paar Jahren in Deutschland alles an den Nagel gehängt und ist auf einer Weltreise schließlich in Nicaragua hängen geblieben. Sie betreibt da jetzt ein Yogazentrum. Ihr vorheriges Leben war ein Vorzeigebeispiel deutschen Gehorsams und Pflichtbewusstseins. Ständig litt sie unter Migräne und war krank. Als sie in Chile war, hat sie von Jodorowsky gehört und ist seither fest davon überzeugt, dass die Heilung unserer Volkskrankheiten nur dadurch möglich ist, dass wir das tun, was wir wollen, auch wenn es uns verboten wird und das nicht tun, was wir nicht wollen, auch wenn es uns befohlen wird. Egal ob sie beziehungsweise Jodorowsky nun Recht haben oder nicht, sie wirkt locker zehn Jahre jünger und strahlt eine unglaubliche Lebensenergie aus.« »Ja, ich kenne auch solche Fälle. Ich habe zwar noch nie von Jodorowsky gehört, aber seine Theorie erscheint mir sehr schlüssig. Ich merke das sogar an mir selbst. Wenn ich Kopfschmerzen habe oder mich schwach und kaputt fühle, dann ist es oft, weil irgendetwas auf mir lastet, das durch äußere Einflüsse hervorgerufen wird und sich nicht mit meinen inneren Überzeugungen vereinbaren lässt. In dem Moment, in dem mir bewusst wird, was es ist und ich den Gedanken, es befolgen zu müssen, loslasse, kann ich umgehend spüren, wie sich mein ganzer Körper lockert und der Schmerz nachlässt.« »Ich weiß genau, was du meinst. Ich hatte gerade so eine Situation am Institut. Ich sollte ein interkulturelles Training vorbereiten für ein großes Unternehmen. Eigentlich war ich sehr froh, diese Aufgabe übernehmen zu dürfen, aber mir gefiel das Format nicht, das meine Chefin mir vorlegte. Also hatte ich die ganze Zeit Kopfschmerzen. Bis ich ihr endlich gesagt habe, dass ich mit dem Format nicht einverstanden bin und das Training auf meine eigene Art gestalten möchte. Sie hat zwar zuerst versucht, an ihrer Version festzuhalten, aber inzwischen ist sie ganz begeistert von meinen Ideen und ich habe Spaß an der Arbeit.« »Klar macht die Arbeit mehr Spaß, wenn man selbst Ideen einbringen kann. Und meiner Meinung nach gilt das für das ganze Leben. Ich brauche die Freiheit, meine Grenzen auszutesten und eigene Maßstäbe zu setzen. Wenn ich immer nur die Regeln anderer befolge, dann stumpfe ich doch völlig ab.« »Das kann man ja in der deutschen Gesellschaft wunderbar beobachten, oder sogar auf der ganzen Welt. Die Menschen sind doch überall total abgestumpft.« »Stimmt. Ich verstehe nicht, wie sie sich so ohne Weiteres an Dinge halten, die sich irgendjemand ausgedacht hat, den sie gar nicht kennen und diesem jemand zutrauen, gescheite Regeln aufzustellen, denen zu folgen Sinn macht. Ich glaube es war Paulus der Dritte, der schon im 16. Jahrhundert sagte, dass wir uns sehr wundern würden, wenn wir wüssten, mit wie wenig Verstand die Welt regiert wird.« »Tja, aber diesem Minimum an Verstand zu folgen, ist eben immer noch einfacher, als seinen eigenen zu benutzen. Die Menschen brauchen ihre Gesetze nur dann, wenn sie gegen das natürliche Gesetz leben, aber dies wird im Endeffekt immer stärker sein und siegen. Wenn sie jedoch mit dem natürlichen Gesetz leben, dann brauchen sie keinen Schutz, denn das Gesetz der Natur selbst beschützt sie.« Saif sah auf seine Uhr »Du sorry, ich muss los. Meine Mittagspause ist leider vorbei.« »Kein Ding, wir sehen uns am Freitag.« »Bis dann.«

An diesem Wochenende trafen wir uns das erste Mal abends auf ein Bier und Saif stellte mir ein paar seiner Freunde vor. Zu fortgeschrittener Stunde saßen wir bei Salt am Kite Beach und stopften Burger in uns rein. Vor Saif stand ein halbvoller Plastikbecher mit Cola. Ich grinste ihn an und fragte: »Ist der Becher halb voll oder halb leer?« Er trank ihn auf Ex aus, sagte: »Problem gelöst«, und zwinkerte mir zu. »Du willst wohl mein Erinnerungsvermögen testen!?« Ich hatte ihm bei unserem letzten Gespräch auch von diesem Zitat Jodorowskys erzählt. »Quatsch, ich weiß doch, dass du ein Gedächtnisprofi bist. Ich finde nur die Anekdote ziemlich geil.« »Ja stimmt. Ich habe noch ein Zitat von ihm gelesen, dass mich zum Nachdenken angeregt hat. Wahrscheinlich kennst du das auch schon. Es lautet: ›Das Schwert, das alles schneidet, kann dich nicht schneiden, wenn du zum Schwert wirst.‹ Das hat mein Interesse besonders geweckt, weil mein Name ja Schwert bedeutet.« »Ach echt? Das wusste ich gar nicht. Cooler Name.« »Die arabischen Namen haben alle eine Bedeutung und meistens haben sie dadurch eine besondere Verbindung zum Namensträger, die weit über die Form hinausgeht. Auch in Bezug auf meinen Namen gibt es eine lange Geschichte, aber wie dem auch sei, aufgrunddessen, dass ich so heiße, habe ich das mit dem Zitat irgendwie persönlich genommen und bin dadurch auf die Idee gekommen, dass wir tatsächlich alle eine Waffe sind, die von den kontrollierenden Mächten genutzt wird, um deren krankes System aufrechtzuerhalten. Das Schwert kann uns schneiden, weil sie es in der Hand haben und sich gegen uns richten. Aber wenn wir begreifen, dass wir das Schwert sind und die Kontrolle über uns selbst zurückerlangen, dann sind wir nicht länger angreifbar«, trug Saif enthusiastisch seine Eingebung vor. Omar, einer seiner Freunde, hatte zugehört und sah ihn besorgt an: »Du bist ganz schön besoffen Mann. Geh mal nach Hause und schlaf deinen Rausch aus!« Er nahm seine Jacke von der Stuhllehne und machte Anstalten aufzubrechen. »Hey Leute«, rief er zu den anderen rüber, »Saif und ich machen uns auf den Nachhauseweg.« »Was, jetzt schon?«, fragte Fatima erstaunt. »Ja, ich hab' morgen einen langen Tag vor mir und Saif hat einen sitzen.« Fatima grinste und sagte: »haben wir doch alle. Na gut, dann sehen wir uns morgen!« »Bis morgen«, antwortete Saif und verschwand in der dunklen Nacht. Ich zog mir indessen auch meine Jacke an, schmiss unseren Müll weg und verabschiedete mich von den anderen, die noch weiterziehen wollten.

Zuhause schrieb ich in mein Moleskine: *Ich liebe es zu reisen. Und ich liebe die Gespräche mit andersdenkenden Menschen, mit beeindruckendem Geist und atemberaubender Seele, diesen Sex der Geister. Ich habe in diesen Gesprächen, sowie auch durch Lesen von Büchern, viele Weisheiten gelernt; Weisheiten über das Leben, über die Liebe, über die Menschen. Ich habe versucht, mich an diesen Weisheiten festzuhalten und sie als Laternen für meinen Weg zu verwenden, und obwohl ich davon überzeugt bin, dass sie sehr wichtig und wegweisend sind, sehe ich darin einen Fehler. Jede in Worten ausgedrückte Weisheit kann nur eine Seite der Wahrheit wiedergeben und impliziert, dass gleichzeitig auch das Gegenteil von ihr wahr ist. Das bedeutet, dass man durch Worte und Gedanken niemals die allumfassende Wahrheit erreichen wird, sondern diese nur durch Loslassen der Worte und Gedanken in ihrer Vollkommenheit erfassen kann. Um die Erleuchtung zu erreichen, muss man alles, was man je gedacht hat, loslassen und sich komplett fallen lassen.*

6. Kapitel

Ich erhöhte mein Trainingspensum und meldete mich endlich zum Dubai Marathon an. Im März kamen meine Mutter, Teresa, und mein Vater, Carlo, zu Besuch. Sie waren die ersten, die in unserem Gästezimmer übernachteten. Dadurch bot sich uns die Möglichkeit, morgens vorm Frühstück bereits gemeinsam am Strand oder um die Marina laufen zu gehen und abends vorm Einschlafen noch gemeinsam Wein zu trinken und Schokolade zu essen. Antonio und ich aßen fast nie Schokolade, aber wenn ich mit meinen Eltern zusammen bin, dann kehre ich immer sofort wieder zu dieser Familiengewohnheit aus der Kindheit und Jugend zurück. Es gab bei uns selten Abende ohne Schokoladenverzehr. Der gehörte einfach immer dazu, egal ob beim Fernsehen, beim Spielen oder bei guten Gesprächen. Ich habe diese Gewohnheit nie als ungesund angesehen, bis ich von Schokoladenparanoikern darauf hingewiesen wurde. Das könnte daran liegen, dass wir in meiner Familie alle immer sportlich und schlank waren. Und so ist es heute noch. Ich kenne niemanden, der so fit und jung geblieben ist wie meine Eltern. Abgesehen von der verpönten Schokolade haben wir auch seit jeher ein ausgesprochen vollwertiges, aktives Leben geführt. Durch meinen Vater inspiriert, kam ich mit 16 Jahren zum Laufen und nun war er in Dubai, um mich beim Standard Chartered Marathon zu meiner neuen Bestzeit anzuspornen. Es war eine große Motivation, noch ein bisschen mit ihm zu trainieren. Er gab mir Tipps zu meinem Trainingsplan und animierte mich zu den letzten Intervallen und Tempoeinheiten, die er mit seiner Garmin kontrollierte. Die langen Läufe hatte ich zum Glück schon hinter mir, sodass ich vormittags mit meinen Eltern an den Strand fahren konnte, anstatt laufen zu gehen. Wir legten uns an den Kite Beach in die Sonne und tranken Smoothies aus grünen Blättern, tropischen Früchten und griechischem Joghurt, lasen Bücher, spielten Strandtennis oder Beachvolleyball und stürzten uns in die Wellen. Es war ein großer Spaß, am Strand in den Tag zu starten. Ich hätte es gern viel öfter gemacht, aber allein hatte ich keine Lust dazu, und wenn Antonio am Wochenende zu Hause war, schliefen wir meist viel zu lange und gingen dann direkt brunchen. Nach der Badesession machte ich mich auf den Weg, meinen Unterricht vorzubereiten und meine Eltern fuhren allein in die Stadt und erkundeten die Gegend. Meinen Entdeckergeist hatte ich definitiv von ihnen geerbt.

Am Abend vor dem Marathon bereitete ich Bucatini all'amatriciana zu und wir feierten eine traditionelle Pre-Marathon Pastaparty. Ich war ziemlich aufgeregt und dachte gerade über den kommenden Morgen nach, als meine Mutter mich aus meinen Gedanken riss. »Hey Gaia, träumst du schon wieder? Ich habe gesagt, die Pasta schmeckt wirklich ausgezeichnet!« »Oh ja, danke. Das freut mich! Ich habe gerade gegrübelt, wie wir das morgen logistisch am besten machen. Und ich bin auch schon ein bisschen müde.« »Du brauchst dich doch nicht zu rechtfertigen.« »Nein, nein. Du weißt doch sowieso, dass ich eine Träumerin bin. Das war schließlich schon immer so.« »Ja, in der Tat. Du hast schon immer in deiner eigenen Welt gelebt und dich nicht dadurch beirren lassen, was die anderen davon halten.« »Apropos, ich habe gerade neulich einen Artikel darüber gelesen, dass es gut und wichtig ist, zu träumen. Nicht nur für Kinder, sondern auch für Erwachsene. Es tut gut, einfach nur dazusitzen und aus dem Fenster zu sehen und zu träumen. Ich habe verstanden, dass es falsch ist und zudem nichts bringt, mir selbst dafür Vorwürfe zu machen, dass ich so eine Träumerin bin und zu versuchen, mir dies auszutreiben.« »Nein, auf keinen Fall. Es ist Teil deiner Essenz. Und außerdem hat es doch etwas sehr Positives, in sich zu gehen, Dinge zu verinnerlichen, auf sein Herz zu hören, sich selbst wahrzunehmen und zu erforschen, wie man auf Dinge reagiert, wie man mit Situationen umgeht.« Und mein Vater fügte hinzu: »Daraus kann man viel lernen und als Mensch wachsen, und daher ist es essentiell für das Leben.« »Ihr habt wohl wieder mal recht«, sagte ich, »ich möchte mir dessen stets bewusst sein und es zu meinem Vorteil nutzen und daran und damit wachsen.« »Aber es sind ja nicht nur die Träumereien«, sagte meine Mutter, »du bist einfach generell anders. Du hast dich noch nie mit irgendwelchen Doktrinen zufriedengegeben, sondern immer deine eigene Wahrheit gesucht.« »Und du hast dich immer ins Leben gestürzt und reale Gefahren herausgefordert, ohne Angst vor Rückschlägen«, fügte mein Vater hinzu und fragte Antonio: »Ist sie nicht so?« »Ja, das stimmt. Sie ist auch ziemlich verrückt.« »Verrückt?«, fragte ich, »so verrückt bin ich doch gar nicht!«

Ich versuchte, ein wenig empört zu klingen, doch in Wirklichkeit war ich stolz. »Oh doch«, erwiderte meine Mutter, »du bist der verrückteste Mensch, den ich kenne!« Da fühlte ich mich tatsächlich geschmeichelt und gab zu: »Ja, es ist wohl so, ich kann halt nur mit intensiven Gefühlen etwas anfangen, egal ob Schmerz oder Freude. Und ich will absolut alles aus meinem Leben herausholen. Ich habe ja nur dieses.« »Ich finde das auch gut so und bewundere dich dafür«, lobte mich meine Mutter und neckte Antonio, »und dir gefällt es doch auch!« Antonio lächelte nur verschmitzt und gab einen Laut von sich, der darauf schließen ließ, dass es Segen und Fluch zugleich war. Doch der Blick in seinen Augen verriet seine aufrichtige Liebe.

Am nächsten morgen frühstückte ich um 4 Uhr Baguette mit Nutella, Heidelbeermarmelade, Banane und Chia-Samen. Diese Kreation stammt von Ezra und mir, wurde von uns Marathon-Frühstück getauft und erfüllt seinen Zweck, den Körper mit ausreichend Energie für die 42 Kilometer zu versorgen, wie kein anderes. Den Zweck mich wachzukriegen, erfüllten ein doppelter Espresso und eine kalte Dusche. Als ich damit fertig war, stand auch Antonio auf, der sich für die 10 Kilometer Distanz des Dubai Marathons angemeldet hatte. Obwohl diese eigentlich keine extra Energiereserven verlangt, bereitete ich ihm die legendäre Marathonschnitte zu, die er zwar ziemlich süß fand, aber doch dankbar verspeiste. Kraftvoll und frisch machten wir uns auf den Weg zum Burj Al Arab, wo kurze Zeit später der Startschuss fallen sollte. Wir liefen uns zusammen ein und dehnten unsere Muskeln, dann wünschten wir uns Glück und Erfolg, aber vor allem Spaß und suchten schließlich jeder unser Startfeld. Ich war guter Dinge, dass es mit meiner Bestzeit klappen würde, wollte aber vor allem den Lauf auskosten. Es gibt nichts, was mir eine Stadt so nahebringt, sie so unmittelbar und roh erleben lässt, wie stundenlang durch ihre abgesperrten Straßen zu laufen und von da aus einen ganz neuen Blick auf ihre Architektur und Natur zu werfen. Es ist wie eine kleine Liebesaffäre mit ihren Straßen, eine Flucht aus dem gewöhnlichen Treiben von Verkehrsstaus, in das ruhige, rhythmische Laufen zielstrebiger Mitmasochisten, deren Energiefeld für ein paar Stunden die Welt verändert. Wenn das Laufen wie das Leben ist, dann laufe ich vielleicht Marathon, um mir selbst zu beweisen, dass ich, wenn ich falle wieder aufstehe, wenn es weh tut etwas in mir selbst finde, das stärker ist als der Schmerz. Aber ich quäle mich nicht, nur um das Ziel zu erreichen, ich genieße die Bewegung und lasse mich von der geschärften Wahrnehmung inspirieren. Der Grund zu laufen ist das Laufen selbst. Enthusiastisch zog ich schnellen Schrittes über die Startlinie und konnte mein ehrgeiziges Tempo dank der ebenen Streckenführung gut halten. Anfangs war es auch noch recht kühl, sodass ich trotz der Geschwindigkeit nicht ins Schwitzen kam. Hinter der Skyline des Dubai International Financial Centre sah ich die Sonne aufgehen und ich warf meinen Kopf zurück und lachte in den Himmel. Bei Kilometer 12 kamen mir schon aus der Gegenrichtung die ersten Kenianer entgegen, die ungefähr bei Kilometer 20 gewesen sein müssen. Es war eine Freude, ihren eleganten, geschmeidigen Bewegungen zuzusehen. Ich war noch bei keinem Marathon vorher in den Genuss gekommen, so bewusst mit ihnen zusammenzulaufen. Ich kam vorbei am Dubai Zoo und kurze Zeit später am Fischmarkt und mir wurde zugegebenermaßen ein bisschen übel von dem penetranten Geruch, denn inzwischen stieg die Sonne am Horizont empor und es wurde zusehends heißer. Trotzdem hielt ich mein Tempo die komplette Jumeirah Beach Road in Richtung Bur Dubai und auf dem Weg zurück zum Burj al Arab. Ich zog an dem teuersten Hotel Dubais vorbei und Teresa und Antonio, die am Streckenrand standen, jubelten mir zu und feuerten mich an. Ich gab alles und bemühte mich, nicht langsamer zu werden, aber bei Kilometer 32 kam der Mann mit dem Hammer und machte mir zu schaffen. Noch 4 Kilometer weiter, am Eingang zur Palme Jumeirah, war der zweite Wendepunkt. Dort gesellte sich mein Vater zu mir und lief mit. Er lobte meine großartige Zeit und meinen ausgezeichneten Laufstil. »Sehr geil, Gaia! Du läufst ein herausragendes Tempo und siehst dabei noch total locker aus!« Ich freute mich über sein Kompliment und beklagte mich trotzdem: »Danke, aber das täuscht. Ich bin inzwischen echt fertig. Ich glaube, ich schaffe es nicht mehr!« »Doch, natürlich schaffst du das!«, motivierte mich Carlo. »Wenn du so weiterläufst, dann wird das ganz locker deine Bestzeit!« »Ja, aber ich kann wirklich nicht mehr!« »Du bist schon so lange gelaufen, diese paar Kilometer schaffst du auch noch. Es ist nur noch eine Runde um den Eichbaumsee.« Und tatsächlich waren wir schon bei Kilometer 39 angekommen und der Trick meines Vaters, die letzten 3 Kilometer mit einer bekannten kurzen Runde zu vergleichen, half enorm. Gleich erschien es mir kürzer und machbarer. Ich vergaß alles, was ich bisher gelaufen war, und konzentrierte mich nur auf diesen letzten Streckenabschnitt. Ehe ich mich versah, lief ich auch schon über die

Ziellinie in meiner persönlichen Bestzeit von 3 Stunden und 19 Minuten. Ich war sehr stolz und zufrieden. Nach dem Lauf gingen wir in der Marina frühstücken und ließen uns anschließend zu einer Wüstensafari abholen. Mit einem Land Rover wurden wir in die Wüste nach Sharjah gebracht und nachdem einiges an Luft aus den Reifen gelassen wurde, ging es los über die Sanddünen. Meine Eltern saßen ganz hinten, wo man den Nervenkitzel am meisten spürte, und kamen aus dem Lachen nicht mehr raus. Ich hatte meine Eltern lange nicht mehr so ausgelassen und kindlich lachen hören und freute mich sehr. Auch Antonio und ich hatten unseren Spaß, aber Antonio kannte das Abenteuer schon und ich war vom Marathon noch ein wenig angeschlagen und zum Endorphinhoch gesellte sich eine leichte Übelkeit. Nach einigen waghalsigen Überquerungen der steilen Dünen machten wir einen Halt, um den samtigen rotbraunen Wüstensand an den Füßen zu spüren und uns im Sandboarding zu üben. Wir machten uns gar nicht schlecht, jedoch auch die Stürze vom Brett waren lustig und wir bekamen gar nicht genug davon. Die Berg- und Talfahrt ging noch ein bisschen weiter, bis wir uns schließlich auf den Weg ins Beduinencamp machten. Neben traditionellen Speisen und Tänzen gab es dort die Möglichkeit, auf Kamelen zu reiten, sich in emiratischer Landestracht fotografieren zu lassen, sich mit Henna bemalen zu lassen und Shisha zu rauchen. Bis auf die Shisha-Pfeife machten wir alles mit und genossen den, wenn auch äußerst touristischen, Einblick in die arabische Kultur. Mit einer spektakulären Bauchtanzvorführung ging ein extrem langer Tag zu Ende und auf der Rückfahrt zu unserem Apartment schlief ich glücklich und zufrieden ein, wie als

Kind damals auf unseren Heimfahrten aus Vergnügungsparks. Bevor meine Eltern nach Hamburg zurückreisten, musste ich sie unbedingt noch einen Tag nach Abu Dhabi entführen. Obwohl ich mich in Dubai aufgrund des moderneren Lebensstils generell wohlerfühlte als in Abu Dhabi, gab es doch einige Orte in der Hauptstadt, die mir sehr ans Herz gewachsen waren. Wir begannen unseren Ausflug mit einem Besuch auf Saadiyat Island, wo bis zur Eröffnung des Louvres, des Guggenheims und des Zayed National Museums ein provisorisches Museum eingerichtet worden war, mit einer Ausstellung über die Planung und Entstehung dieser innovativen Insel sowie weiteren Räumen, die wechselnde Werke arabischer Künstler präsentierten. Es war eine äußerst gelungene und sehenswerte Mischung. Anschließend genehmigten wir uns einen Salat im anliegenden Restaurant Fanr mit idyllischem Garten im islamischen Stil. Fernab von den Wolkenkratzern und mit echtem Vogelgezwitscher kam man sich vor wie in Tausend und eine Nacht. Danach fuhren wir an der Corniche vorbei zum Emirates Palace. Mein Vater erhielt aufgrund seiner fehlenden Schulter und Kniebedeckung keinen Zutritt, worüber er ganz erfreut war, denn er wollte eigentlich sowieso lieber an den Strand. Also ging ich mit meiner Mutter einen Cappuccino mit Goldstaub trinken, während er sich in die Sonne legte. Ich erzählte: »Ich bin aus tiefstem Herzen dankbar für mein Leben und all die wundervollen Segnungen der Natur. Ich habe so viel und schäme mich, mit den Dingen unzufrieden zu sein. Eigentlich bin ich nicht wirklich unzufrieden, aber ich ärgere mich beispielsweise, dass ich oft nicht schlafen kann.« »Natürlich ist es nicht schön, unter Schlafstörungen zu leiden, aber du solltest dich daran erinnern, dass du ein Bett hast und ein Dach über dem Kopf. Du hast ein Zuhause, in dem du dich wohl und geborgen fühlst. Du hast auch nicht übermäßig viel Stress und du hast genug Zeit zu schlafen, nichts was dich davon abhält, niemanden der dich dabei stört. Unter solchen Umständen nicht schlafen zu können, ist ein Luxusproblem«, antwortete meine Mutter. »Ja, das stimmt! Wenn ich nicht so viel über meine Luxusprobleme nachdenken würde, könnte ich womöglich besser schlafen. Zum Beispiel, was ich am besten essen könnte, um mich für meinen 34 Kilometer Lauf zu stärken. Es ist purer Luxus, mir aussuchen zu können, was ich will und davon so viel essen zu können, bis ich satt bin und es ist ein Geschenk des Himmels, dass ich so weit beziehungsweise dass ich überhaupt laufen kann.« »Es ist wichtig, sich dessen bewusst und dafür dankbar zu sein«, stimmte Teresa mir zu. Zugleich mahnte sie mich: »Es ist aber ebenso wichtig, sich nicht zu sehr damit, sondern auch mal mit anderen Dingen auseinanderzusetzen oder wenn man schlafen will, am besten auch mal mit gar nichts.« Ich erwiderte: »Ich möchte derlei Luxusprobleme aus meinem Leben verbannen und einfach unbeschwert sein und ich bin überaus dankbar dafür, dass mir dies auch meistens gelingt.« »Und es wird dir immer öfter und besser gelingen. Aber jetzt lass uns noch ein bisschen den Palast erkunden.« Nachdem wir uns die pompösen, mit Gold übersäten Innenräume des Prachtbaus angesehen hatten, legten wir uns eine Weile zu Carlo ans Wasser und aßen zusammen ein Eis von Coldstone. Den krönenden Abschluss unseres Ausflugs bildete eine Besichtigung der Scheich-Zayid-Moschee. Diese opulente Moschee in purem, reinem Weiß, geschmückt durch geschmackvolle

Gold- und Blauelemente war in ihrer himmlischen Anmut kaum zu übertreffen. Im Licht der untergehenden Sonne sah sie fast unwirklich aus. In unsere Kandura und Abaya gehüllt, die man am Eingang ausleihen konnte, liefen wir ehrfürchtig durch ihre Gemächer und bestaunten die herrlichen Fresken und floralen Verzierungen. Hier konnte ich den Stolz und die Erhabenheit der arabischen Kultur spüren, die ich in den kommerzialisierten Einrichtungen der neuzeitlichen Konsumgesellschaft oft vermisste. Auf der Rückfahrt nach Dubai schrieb ich in mein Moleskine:

Ich bin unendlich dankbar dafür, verstanden zu haben, dass wir selbst wählen, wie und was wir denken, und uns dadurch selbst erschaffen, und nicht nur uns selbst, sondern die ganze Welt, von der wir Teil sind und die eine Projektion von uns ist, von dem, was wir sind. Was wir in uns selbst kultivieren, das reflektieren wir in die Welt, das sieht also die Welt in uns, aber ebenso sehen wir es in der Welt, denn sie ist ein Spiegel dessen, was wir in uns tragen. Was man im Spiegel sieht, kann man nicht verändern, indem man den Spiegel bearbeitet, sondern nur indem man das Spiegelbild bearbeitet, und das ist man selbst. Alles, was um uns herum in unserem Leben passiert, wird von uns selbst angezogen, denn wir fungieren als Magnet, alles was wir denken, fühlen, sagen, tun, zieht bestimmte Menschen, Situationen und Umstände an. Wenn wir ändern, was wir denken, fühlen, sagen, tun, dann ziehen wir andere Menschen, Situationen und Umstände an. Und genau das liegt in unserer eigenen Hand. Wenn ich glücklich bin, strahle ich Heiterkeit aus und bringe Fröhlichkeit in die Welt. Gleichzeitig ziehe ich Menschen, Situationen und Umstände an, die mich wiederum glücklich

*machen. Das bedeutet nicht, dass ich mal eben einfach sage:
»So, von jetzt an bin ich immer glücklich«, sondern, dass ich
erst einmal lerne, mit bewusster Achtsamkeit durchs Leben
zu gehen, wahrzunehmen, was um mich herum geschieht,
denn da geschieht wahnsinnig viel Schönes. Wenn ich ganz
bewusst wahrnehme, wie sehr der Duft von Kaffee meinen
Geruchssinn inspiriert, wie sehr der Anblick von Bäumen
und Blumen meine Seele nährt, wie leicht und frisch sich
mein Körper anfühlt, wenn ich laufe oder Yoga mache, wie
aller Stress aus meinen Gliedern weicht und ich Glückseligkeit verspüre, wenn meine Lieblingsmusik erklingt und so
weiter. Wenn ich die Dinge erkenne, die mich glücklich machen und sie bewusst wahrnehme, dann kann ich mehr und
mehr davon in meinen Tag einbauen und mich davon inspirieren lassen. Natürlich kann man nicht nur Musik hören
und Kaffee trinken, aber wenn man sein Bewusstsein schärft
für die Dinge, die einem Freude bereiten, kann man diese
mehr und mehr in sein Leben integrieren und sich selbst immer besser kennenlernen beziehungsweise erschaffen. Ich bin
der Meinung, dass es nicht nur darum geht, sich zu finden,
aber auch nicht nur darum, sich zu erschaffen, sondern eher,
dass es eine Mischung aus beidem ist. Erst mal muss man
sich selbst erkennen und herausfinden, was eigene Werte und
Prinzipien sind, darauf aufbauend kann man sich ein Leben
erschaffen, in dem all dies Platz und Berücksichtigung findet.
Wenn man sich so ein sicheres Gerüst gebaut hat, dann steht
man auch viel fester im Leben und kann von anderen nicht
so leicht zur Seite geschoben werden. Man lässt sich nicht so
schnell verunsichern, denn man weiß ja, wer man ist, was
man denkt und fühlt, weiß aber auch, dass alles im Fluss ist
und man nicht in diesem Gerüst gefangen ist. Gründet man*

jedoch seine Werte und Prinzipien, ja gar sein ganzes Leben auf arbiträren gesellschaftlichen Vorgaben, dann kann man leicht von jedem Windhauch umgeweht werden. Und in der Tat spüre ich es in meinem eigenen Leben ganz deutlich: je mehr ich in mir selbst bin und aus dem Herzen heraus lebe, je bewusster ich die kleinen Dinge des Alltags wahrnehme und zelebriere, desto glücklicher, erfüllter, gelassener, ausgeglichener, sicherer, zuversichtlicher, mutiger, stärker und freier bin ich. Entscheide selbst, was du denkst und fühlst und lass dein Leben davon leiten!

7. Kapitel

Ezra und ich hatten eine fröhliche und unbeschwerte Kindheit voller Abenteuer und Glücksmomente. Es war, als hätten wir in einer bunten Seifenblase gelebt, in der es nur Liebe und Freude gab und das Leben ein einziges Wunder war. Aber natürlich konnten wir nicht immer in dieser Seifenblase verweilen. Irgendwann war die Zeit gekommen, unseren eigenen Weg zu gehen. Für mich stand dieser schon lange fest: Ich hatte bereits sehr früh eine Vorliebe für Sprachen und Philosophie entwickelt und wollte auf jeden Fall studieren. Ezra wollte das nicht, wusste aber auch nicht so recht, was er stattdessen machen könnte. Eine Ausbildung lag auf der Hand, nur welche? Das, was ihn wirklich interessierte, schien wenig ertragreich zu sein. Eigentlich wollte er nur anderen Menschen helfen, sein ausgeprägtes Mitgefühl und seine Nächstenliebe dazu nutzen, der Menschheit zu dienen. Jedoch sehnte er sich auch danach, seine eigene Familie zu haben und die würde er schließlich ernähren müssen. Ehe er sich versah, geschah ihm wie so vielen anderen leichten Opfern in unserer Gesellschaft: er wurde von der Zivilisationsmühle eingesogen, die ihn zu einem Zahnrad in ihrem Uhrwerk machen wollte. Er konnte seine Stärken nicht einbringen und versuchte stattdessen, seine Schwächen zu verstecken, fühlte sich unnütz und unbrauchbar, langweilte sich zu Tode und sah aus diesem Pisskreislauf kein Entkommen außer das Laufen. Zum Glück hatte er das Laufen. Es ist ein exzellenter Meditationskanalisator, der einen automatisch zurückholt an seinen Kern und einen daran erinnert, wer man wirklich ist und worauf es im Leben tatsächlich ankommt. Dieser eingebaute Erinnerungsmechanismus lieferte sich einige Zeit lang ein Gefecht mit der Gehirnwäschemaschinerie und gewann dann letztendlich den entscheidenden Kampf. Ezra entschied sich, alles hinzuschmeißen und war so wuterfüllt, dass er sogar seine Zeugnisse und Urkunden verbrannte, in der Überzeugung nie wieder etwas mit der Zurechtbiegeindustrie zu tun haben zu wollen und stattdessen alten Menschen ihren Lebensabend zu versüßen. Diese Möglichkeit bot sich ihm in Schweden und sein Herz ist seitdem erfüllt von glücklichen Seniorengesichtern und dankbaren Liebeserklärungen hilfsbedürftiger Mitbürger, die seine Pflege und Zuneigung wertzuschätzen wissen. Er hat eine neue Heimat gefunden und durch seine positive Erfahrung dort ein neues Lebensgefühl entwickelt. Das hat viele Vorteile. Nach der Aussichtslosigkeit in den Fängen eines brutalen Druckmachsystems, fühlte er sich geborgen in der brüderlichen Herzlichkeit der kleinbürgerlichen Nesthocker eines harmonischen Dörfchens, dessen Dreh- und Angelpunkt eine kleine Kirche war. Die gutherzigen Kirchgänger nahmen ihn freundlich in ihren Kreis auf und sahen ihn als Menschen an und nicht als Zahnrad, schätzten ihn für seine Großzügigkeit und Hilfsbereitschaft und versuchten nicht, ihn zu verbiegen und zum Funktionieren in einem Gebilde zu bringen, das Menschen wie ihn kaputtmacht. Leider hat es, wie so ziemlich alles, aber auch seine

Nachteile. Diese fromme Kirchengemeinde, die ihn aus seinem Elend gerettet hatte, wurde von ihm unter den gegebenen Umständen glorifiziert und hochstilisiert und für alles Gute in seinem Leben verantwortlich gemacht. Seine Dankbarkeit ist sicher richtig, nichtsdestotrotz erscheint sie mir ein wenig zu blind und unreflektiert. Dies ist besonders klar geworden in einem Konflikt, der mit meinen Eltern begann und dann zu einem Familienstreit eskalierte, der unsere tiefe Bindung beinahe aus den Fugen gehoben hätte. Ezra koppelte sich immer mehr von meinen Eltern ab und sie fühlten sich unerwünscht. Als es dann dazu kam, dass sie ihm und seiner Frau Anika ein Auto schenkten und damit auch einen kleinen Beitrag zu ihrem Leben leisten wollten, nachdem sie sonst bei keiner Planung oder Entscheidung ein Mitspracherecht gehabt hatten, waren sie erschüttert und verletzt über die Tatsache, dass dieses Auto nicht nur abgelehnt wurde, sondern auch herabgewürdigt und kritisiert. Letztendlich mussten meine Eltern es selbst wieder abholen, da es von der Familie in Schweden als nicht gut befunden wurde. Bis dahin ging es mich eigentlich nichts an, doch ich war betroffen und empört, meine Eltern so ungerecht behandelt zu sehen. Als ich eine E-mail von Ezra las, in der er seine Kirchengemeinde verteidigte und sich gegen meine Eltern wendete, entschloss ich mich schließlich einzugreifen. Es waren vor allem seine Selbstgefälligkeit und Kälte, die mich dazu bewogen, denn diese Eigenschaften hatte ich bis dahin nicht im entferntesten an ihm wahrgenommen und ich erkannte meinen eigenen Bruder nicht mehr. In seiner E-mail beschuldigte er unsere Mutter Teresa, falsch zu sein und sich menschlich enttäuschend zu verhalten. Als ich diese Zeilen las, drehte sich mir der Magen um und ich konnte eine Einmischung in den Konflikt nicht länger vermeiden. Es gibt nicht viele Dinge auf dieser Welt, die eine tiefe innere Wut in mir auslösen. Das jemand meine Eltern beleidigt, vor allem wenn es unbegründet ist, gehört definitiv dazu, auch dann wenn dieser jemand mein Bruder ist. Bevor ich mich jedoch einschaltete, griff ich zur akuten Wutbewältigungsstrategie Nummer eins: meinen Laufschuhen. Wenn durch Gemeinheiten oder Ungerechtigkeiten mein wütendes Mitgefühl ausgelöst wird, schießt mein Blut wie ein Wirbelsturm durch meine Adern und schüttelt mich von innen kräftig durch. Mein Körper wird ganz wild und ist wirklich nur durch Laufen wieder einigermaßen ruhig zu kriegen. Durch schnelles Laufen. Ich sprintete also los. Die Leute auf dem Fußgängerweg sahen mich befremdlich und perplex an. Wahrscheinlich fragten sie sich, wo diese besengte Sau ausgebrochen sei. Es war mir egal. Ich rannte die gewohnte Strecke am Strand entlang, aber schon bald nahm ich meine Umgebung kaum noch wahr. Normalerweise sehe ich ganz bewusst das Wasser und den Sand an, höre aufmerksam dem Rauschen der Wellen zu. Dieses Mal richtete sich meine Aufmerksamkeit nach innen und entfachte dort die Flammen meines wütenden Feuers. Wie konnte Ezra nur so blind sein gegenüber dem Einfluss seiner Kirchengemeinde? Müsste nicht unser fester Familienzusammenhalt stärker sein als die Werbung und Umgarnung der frommen Christen um ein begehrtes neues Mitglied im Kreise ihrer Glaubensgemeinschaft? Ich verstand ja durchaus, dass mein harmoniebedürftiger Bruder nach einigen Kämpfen mit der Konkurrenzgesellschaft in Deutschland, nach vergeblichem Suchen um seinen Platz in ihr, nun endlich ein Zuhause gefunden hatte unter anderen sozial engagierten Gemütsgenossen, die seine menschlichen Werte schätzten und sich nicht darum scherten, welche Ausbildung er beendet oder abgebrochen hatte. Endlich konnte er mit seinen Stärken dienen und brauchte nicht länger versuchen, sich den Machtspielchen karrieregeiler Alpha-Tierchen anzuschließen. Aber stand nicht die Bedeutung und der Wert unserer Familie über all diesen Spielchen? Hatten nicht unsere Eltern uns beigebracht, stets mit offenen Augen durch die Welt zu gehen und unsere eigene Wahrheit zu finden? Ezra konnte doch nicht allen Ernstes glauben, dies nachgeplapperte Kirchengedöns sei seine eigene Wahrheit. Seine Aussagen klangen so unreflektiert und seine Anschuldigungen unseren Eltern gegenüber waren unbegründet und überzogen. Er schien sich in seiner neuen Gruppe beschützt und geborgen zu fühlen und war bereit, für diese willkommene Zuflucht seine eigene Meinung zu opfern. Doch das bedeutete eben auch, dass er freiwillig hinnahm, einige verräterische Details zu übersehen. Bis dahin konnte ich es ja sogar noch widerwillig nachvollziehen, aber dass er nun meine Eltern angriff, die ihn offensichtlich nur davor bewahren wollten, verschluckt zu werden, das ging zu weit. Er hatte Angst, dass man ihm diese angenehme, zufriedene Zugehörigkeit und Heimeligkeit wieder zunichtemachen wollte, in der er sich so beschützt und verstanden fühlte mit seinen tief menschlichen und sozialen Eigenschaften. In dieser Angst übersah er, dass es nicht darum ging, ihm etwas wegzunehmen, sondern darum ihm aufzuzeigen, dass er noch vieles mehr zu bieten hatte und mit Fähigkeiten, Talenten und Stärken ausgestattet war, die ihm ermöglichten, so viel mehr aus seinem Leben herauszuholen und so viel mehr zu sein, als die Leute, denen er sich unterordnete. Doch dagegen verweigerte er sich vehement. Er wollte sich unterordnen. Er wollte folgen. Das musste ich wohl akzeptieren. Schließlich war es sein Leben. Was ich nicht akzeptieren konnte, war die Offensive gegen unsere Eltern. Der Lauf konnte mein Bedürfnis, mich zu der Sache zu äußern, nicht mildern. Nach 43 Minuten war ich mit den 10 Kilometern fertig und setzte mich schwitzend vor meinen Laptop, um die Worte, die mir im Herzen brannten, zu einem Text zusammenzufassen.

Mein liebes Bruderherz,
es ist gut zu wissen, dass Anika und du loyal zueinander seid und über alles offen sprecht, dass sie, um es mit deinen Worten zu sagen, »weiß, wie es steht«. Nun, auch ich weiß, wie es steht in Bezug auf alles, was sich in den letzten Wochen und Monaten so zugetragen hat, denn auch unsere Eltern und ich sind loyal zueinander und sprechen offen über alles. Lange Zeit habe ich mich aus der Angelegenheit rausgehalten, wofür es verschiedene Gründe gibt. Anfangs hegte ich noch die Hoffnung, der Konflikt könne schnell geklärt und aus der Welt geschafft werden. Als er sich dann jedoch leider zuspitzte, beschloss ich, über Skype das Gespräch mit dir zu suchen. Auch diese Möglichkeit war ja unglücklicherweise nicht gegeben. Schließlich wollte ich dann noch ein bisschen abwarten, da es mir schien, du wärest momentan ziemlich mit den Nerven am Ende und die Motivation meines Briefes soll bestimmt nicht sein, dich fertigzumachen, sondern viel mehr ein paar Dinge aufzuklären und ins rechte Licht zu rücken. Die Tatsache, dass ich dir dann doch schon jetzt schreibe, hat hingegen nur einen einzigen Grund. Und zwar,

dass du es jetzt wirklich maßlos übertrieben hast und ich nicht gewillt bin, diesen Wahnsinn länger hinzunehmen.

Seit ich deine E-mail gelesen habe, in der du deine Gedanken zu den letzten zehn Jahren schilderst, habe ich einen Kloß im Hals und einen Riss im Herzen, kann nicht mehr vernünftig schlafen, geschweige denn an irgendetwas anderes denken. Wieder und wieder habe ich die Mail gelesen, aber meine absolute Verständnislosigkeit wird nicht durch den geringsten Hauch von Verständnis erhellt. Vielleicht liegt es daran, dass ich nicht die Sprache der Respektlosigkeit spreche, die ich auch von dir bislang nicht kannte. Was machen wir nun, wenn der eine die Sprache des anderen nicht mehr versteht? Bevor ich nun also der Reihe nach auf die von dir angesprochenen Punkte sowie einige andere vorgefallene Dinge eingehe, sei dir bitte bewusst und vergiss das während des Lesens nicht, dass ich hier die Sprache der Liebe zu dir spreche, der tiefen, innigen, verletzten, gekränkten und schmerzlich brennenden Liebe.

Der Schmerz ist so tief, dass ich mir nur schwer vorstellen kann, wie schrecklich es erst für unsere Eltern sein muss. Es ist für mich unbegreiflich und unverzeihlich, wie respekt- und würdelos du mit ihnen umgehst. Sie waren immer für uns da, nicht nur in unserer Kindheit, und sie haben uns alles gegeben. Natürlich haben sie auch mal Fehler gemacht, aber bevor du diese auf so selbstgerechte, scheinheilige Art und Weise kritisierst, solltest du erst mal ein paar Jahre abwarten und deine eigenen Fehler in der Erziehung überdenken. Womit wir auch schon bei der ersten Erwähnung der Bibel wären, welche in diesem Brief sicher nicht die letzte bleibt. Ich gehe davon aus, dass dir dieser Vers bekannt sein dürfte. Vielleicht solltest du dir aber noch mal die Zeit nehmen, in Ruhe darüber nachzudenken!

»Richtet nicht, damit ihr nicht gerichtet werdet! Denn mit welchem Gericht ihr richtet, werdet ihr gerichtet werden, und mit welchem Maß ihr messt, wird euch gemessen werden. Was aber siehst du den Splitter, der in deines Bruders Auge ist, den Balken aber in deinem Auge nimmst du nicht wahr. Oder wie wirst du deinem Bruder sagen: Erlaube, ich will den Splitter aus deinem Auge ziehen, und siehe, der Balken ist in deinem Auge. Heuchler, zieh zuerst den Balken aus deinem Auge, und dann wirst du klar sehen, um den Splitter aus deines Bruders Auge zu ziehen.« (Matthäus 7,1-5)

Nicht nur sprichst du Fehler in der Erziehung an, sondern du verurteilst auch den ehelichen Umgang unserer Eltern miteinander. Auch wenn nicht alles falsch ist, was du sagst, bin ich der Meinung, dass es dich nichts angeht. Niemand weiß, was am besten ist für niemanden und nur weil ihr jetzt in den paar Jahren Ehe einen für euch gut funktionierenden Weg des harmonischen Miteinanders gefunden zu haben meint, heißt das noch lange nicht, dass alle anderen Paare auf dieser Welt es genauso machen müssen, um glücklich werden zu können. Ich will erst mal sehen, dass eure Ehe so lange hält wie die unserer Eltern. Wenn ich mich richtig erinnere, wart ihr schon nach nur zwei Jahren Ehe einer Scheidung nahe, und dass ihr nun stärker aus dieser Krise hervorgekommen seid, heißt noch lange nicht, dass es jetzt immer so glatt weitergeht. Man braucht sich nur mal einen Herzfrequenzmesser anzusehen, auf dem man ganz wunderbar ablesen kann, wie es aussieht, *wenn man lebt. Dass es nach jedem Auf auch wieder ein Ab gibt, ist klar. Und natürlich muss man an einer Beziehung immer wieder arbeiten. Aber eben jeder auf seine Art, denn genau wie in der Kindererziehung, genau wie bei allem anderen auch, gibt es nicht den einen richtigen Weg. Klar kann man sich Tipps und Ratschläge geben, aber dann bitte auf eine respektvolle Art und Weise, wobei wir schon beim nächsten Bibelverweis wären: »Du sollst deinen Vater und deine Mutter ehren!« Ich stimme dir zu, dass mitunter Dinge geschrien wurden, die sich außerhalb ehelicher Toleranzgrenzen befinden. In deiner E-mail jedoch habe ich Anklagen gelesen, die unsere Mutter in ihren besten Tagen nicht zustande gebracht hat und dass, obwohl jeder weiß, dass sie es in Rage nicht wirklich ernst meint. Bei dir bin ich mir da nicht so sicher und das macht mich umso trauriger.*

Abgesehen davon, dass viele deiner Aussagen respektlos sind, fehlt es ihnen zudem oft am nötigen Wahrheitsgehalt oder du leidest schlichtweg unter Erinnerungslücken. Das krasseste Beispiel ist dieser Absatz:

»Ein Hoffnungsschimmer, vielleicht doch nach Schweden zu kommen. Ich erinnere mich nicht mehr, wie es passierte? Es gibt doch überaschenderweise und zu meinem absoluten Glück die Möglichkeit, Anika zu treffen. Hätte das jetzt wirklich passieren dürfen?«

Ich erinnere mich glücklicherweise noch sehr gut, wie es passierte. Dieser Besuch wurde von vorn bis hinten von deiner Mutter einzig und allein für dich geplant, damit du mit Anika zusammenkommen kannst. Wie so oft hat sie in erster Linie an das Wohl ihrer Kinder gedacht und ihre eigenen Bedürfnisse hinten angestellt.

Andere Passagen hingegen entsprechen absolut der Wahr-
heit und sind wie ein erschreckender Schlag ins Gesicht, zum
Beispiel diese hier:

»Sie übernahm mich in ihren Zauber und Bann, verpackte
mich in neue Kleider, machte mich schön für sich. Ihr muss-
tet mit Grauen ansehen, wie der Sohn zu einem anderen
Menschen wurde.«

Treffender hättest du es nicht ausdrücken können, du bist
absolut in ihrem Zauber und Bann, verpackt in ihre Kleider,
schön für sie. Und ja, leider mussten wir mit Grauen an-
sehen, wie unserer Sohn beziehungsweise Bruder zu einem
anderen Menschen wurde. Es ist nicht mein Bruder, der die
Zeilen, auf die ich gerade antworte, geschrieben hat, sondern
ohne Zweifel eine Person, die sich in einem Bann befindet.
Für mich ist diese Erkenntnis ein schwerer Schock. All das,
was du über irgendwelche Weihnachtslieder in Kriegsgrä-
ben aus Geschichtsbüchern abgeschrieben hast, was dir in
zahllosen Predigten über die Unschuld pädophiler Priester
in den Kopf gehämmert wurde, erschüttert mich innerlich
zutiefst und ich höre nur den Schrei aus meiner Seele: »Lieber
Gott, bitte zeige ihm, wer du wirklich bist! Lass nicht zu,
dass sie ihm diese simplifizierte, verbildlichte Darstellung
von dir einzementieren, die sie sich ausgedacht haben, um
Erklärungen für etwas zu finden, das sie nicht verstehen kön-
nen und sich stattdessen mit ihren lächerlichen Wortspielen
gegenseitig selbst verarschen.«

»Die einzige Sprache von Gott ist die Stille, alles andere
ist schlechte Übersetzung« (Zitat Rumi). Was denkst du
denn, wo die Bibel herkommt? Glaubst du, jemand hat sie
auf Schwedisch geschrieben? Oder auf Deutsch? Glaubst du,
sie wurde überhaupt geschrieben am Anfang? Von wann

stammen denn die ersten schriftlichen Dokumente unserer Geschichte? Bestimmt nicht von vor über 2000 Jahren! Alles, was in der Bibel steht, basiert auf Erlebnissen und Geschichten, die sich die Menschen zu Jesus Zeiten gegenseitig erzählt haben, die diese dann ihren Kindern, Enkeln und so weiter erzählt haben, bis es viele Jahrhunderte später in einer Sprache aufgezeichnet und festgehalten wurde, die sich inzwischen stark gewandelt hatte. Aus dieser Sprache wurde sie dann immer und immer wieder in andere Sprachen übersetzt. Dabei mussten auch Worte übersetzt werden, von denen man gar nicht mehr genau wusste, was sie bedeuteten, weil sie veraltet waren oder schlichtweg nicht in jeder Sprache existierten. Übersetz mal einen Text vom Englischen ins Deutsche. Nicht mal da gibt es immer eine Eins-zu-eins-Übersetzung, obwohl sich diese Sprachen sehr ähneln und gleicher Abstammung sind. Nicht allzu überraschend ist es da, dass es in unserer heutigen Zeit einige unterschiedliche Versionen der Bibel gibt. Diese befinden sich gut verschlossen in der Bibliothek des Vatikans, zugänglich für Mitarbeiter und Vertraute des Papstes, verschlossen für die Masse der Gläubigen. Ja warum denn wohl? Könnte da etwas drinstehen, was wir Normalsterblichen nicht wissen sollen? Nein, wir sollen lieber weiterhin in der Überzeugung leben, dass jedes einzelne Wort, das in der Bibel steht die Wahrheit und nichts als die Wahrheit ist. Und wehe dem, der es hinterfragt. Der kommt natürlich nicht in den Himmel, denn er hat ja die Bibel nicht verstanden, ihre allumfassende Wahrheit nicht in seinem Herzen quellen lassen. Und wehe dem, der versucht, zwischen den Zeilen zu lesen! Die Wahrheit, die sich in jedem einzelnen Wort der Bibel versteckt, wird natürlich vom Priester komplett verstanden, denn der *benutzt zwar wie alle anderen Menschen auch nur 3 Prozent Gehirnkapazität, hat's aber trotzdem kapiert, in einfache Worte verpackt, die man dann nur noch kritiklos hinnehmen muss. Danke. Amen. Nichts da mit eigenen Überlegungen, Reflexionen, geschweige denn der eigenen Wahrheit. Wir sind über 7 Milliarden Menschen und nicht ein einziger sieht genau das gleiche wie ein anderer, aber unsere Wahrheit ist natürlich absolut identisch und zwar ist es die, die ein Priester über zweitausend Jahre nach diversen Erzählungen und noch diverseren Übersetzungen aus einer von vielen Versionen der Bibel zu verstehen meint und in eigene Worte fasst, damit auch Menschen, die dieses doch zum Teil recht kompliziert geschriebene heilige Buch in der Eigenlektüre gar nicht richtig verstehen können, in einem kleinen zusätzlichen Büchlein die nötigen Erklärungen dazu finden und auf diese Weise – Zauber sei dank – auch die Wahrheit verstehen können und doch noch den Weg in den Himmel finden. Wenn du das wirklich glaubst, dann ist das ja in Ordnung, aber bitte schreibe keine Texte, die ich von Anika schon wortwörtlich genauso gehört habe und tu dann so, als würden sie auf deinen eigenen Gedanken basieren. Apropos eigene Gedanken, als ich vor über zwei Jahren im Sommer bei euch zu Besuch war und dich auf Gott angesprochen habe, schien es mir, als hättest du dir welche gemacht. Ich habe dich damals nie im Geringsten unter Druck gesetzt oder in irgendeiner Weise den Anschein erweckt, es würde mich erschrecken, wenn du dich als gläubiger Christ outest. Diese Darstellung ist schlichtweg nicht wahr. Du scheinst vergessen zu haben, dass ich die Erste in der Familie war, die sich für die Kirche interessiert hat. Und ich meine nicht nur die Taufe und Konfirmation, sondern die Tatsache, dass* ich noch lange nach meiner Konfirmation in der Kirche tätig war, in der Jugendband gespielt habe, selbst Konfirmationsunterricht gegeben habe, auf Kirchenfahrten mit war, bei Gottesdiensten mitgewirkt habe und so weiter. Ich kann mich nicht erinnern, dass dir die Kirche nach deiner Konfirmation ähnlich wichtig war, bis du mit Anika zusammengekommen bist. Ich habe nie in meinem Leben etwas gegen gläubige Christen geäußert, die ihre eigenen Überlegungen anstellen und aus eigener Überzeugung die Bibel und die Kirche befürworten. Und ich würde ganz bestimmt auch nichts gegen meinen eigenen Bruder sagen, wenn dies bei ihm der Fall wäre. Das solltest du eigentlich wissen. Ich habe dich dann ja auch damals komplett in Ruhe gelassen und dir gesagt, dass du mir nicht zu antworten brauchst. Später sagtest du mir, dass du eine Phase durchmachen würdest, in der du dir nicht sicher seist. Ich finde es nicht richtig, das jetzt zu verdrehen und so hinzustellen, als hätte dir irgendjemand von uns Druck gemacht.

Auch deine Moralpredigt über den Alkohol habe ich haargenau so schon von Anika gehört. »Was Alkohol in dieser Welt anrichtet, sprengt alle Ausmaße des menschlichen Vorstellungsvermögens. Alkoholiker, die aufgrund ihrer Sucht kein anständiges Leben mehr führen können, Gewalttaten, Vergewaltigungen, Massenschlägereien, Familientragödien, verstörte Weihnachtfeste, Flugkatastrophen, tausende Verkehrsunfälle jährlich, Mord und Totschlag, zerbrochene Beziehungen, Jugendliche, die sich gegenseitig ins Koma oder gar in den Tod trinken.« Nichts von dem, was du hier schreibst, wird von Alkohol angerichtet, sondern von Maßlosigkeit. Wenn man über das Maß trinkt, dann kann es sicher *zu den von dir genannten Tragödien kommen. Ich bin jedoch der Meinung, dass meistens andere Gründe dahinterstecken. Zum Beispiel denke ich, dass Geld viel häufiger die Ursache für Gewalttaten und Familientragödien ist. Und hattest du nicht sogar selbst die Priester in Schutz genommen, die sich an kleinen Jungen vergreifen. »Das sind ganz gewöhnliche Menschen wie alle anderen, die ihre Machtposition missbrauchen. Es wimmelt doch überall auf der ganzen Welt nur so von perversen Kinderschändern.« Ja sind dann nicht auch Alkoholiker, die Frauen vergewaltigen, nur ganz gewöhnliche Menschen wie alle anderen, die ihre Machtposition missbrauchen? Sind nicht sogar die Vergewaltiger nur ganz gewöhnliche Menschen wie alle anderen, die ihre Machtposition missbrauchen und meistens dabei noch nicht einmal alkoholabhängig? Flugkatastrophen, Verkehrsunfälle, Mord- und Totschlag. Wie viel davon ist denn tatsächlich durch maßlosen Alkoholkonsum verschuldet? Die meisten Flugkatastrophen passieren doch aufgrund von Wetterbedingungen oder technischen Defekten, Verkehrsunfälle durch Drängeln, Rasen oder Unaufmerksamkeit, Mord- und Totschlag wegen Eifersucht, Geld oder Macht. Natürlich kann auch Alkohol die Ursache sein, aber ich beharre darauf, dass es der maßlose Konsum ist und nicht der Alkohol an sich. Es gibt diverse wissenschaftliche Studien, die belegen, dass ein maßvoller Alkoholkonsum sogar gesund ist. Ob er Alkohol trinken will oder nicht ist dann jedem selbst überlassen, aber niemand sollte für seine Entscheidung Rechenschaft ablegen müssen. Es geht nicht darum, ob man ohne Alkohol auch ausgelassen tanzen kann (das kann ich zum Beispiel ziemlich gut), sondern darum, dass er einigen Leuten sehr gut schmeckt und sie es als Genuss empfinden, welchen zu trinken. Es ist doch beim Essen das Gleiche: einige Leute essen sehr gern und brauchen diesen Genuss. Essen an sich ist ja auch eine tolle Sache, aber auch hier ist wieder die Maßlosigkeit der springende Punkt: 2020 könnten bereits drei Viertel aller Todesfälle auf falsche Ernährung zurückzuführen sein. Da kommt Alkohol bei Weitem nicht mit. Wie dem auch sei, kann ich mich nicht an einen einzigen Zwischenfall erinnern, an dem Papa oder ich, nachdem wir uns mal ein Glas Rotwein genehmigt haben, um es mit deinen Worten auszudrücken, gewalttätig, aggressiv oder in sonst irgendeiner Weise bedrohlich geworden wären, also glaube ich nicht, dass diese Anmerkung von dir besonders angebracht ist.*

Um noch mal auf deinen Kommentar bezüglich der pädophilen Priester zurückzukommen, die ja auch nur ganz normale Menschen seien: Ja, es handelt sich um Machtausübung und Geldgier und genau das ist das Problem – es gibt viel zu viele machtgeile, geldgierige Priester! Ich finde, das spricht nicht unbedingt für die Kirche. Die Tatsache, dass es auch außerhalb der Kirche viele machtgeile, geldgierige Leute gibt, spricht meiner Meinung nach auch nicht für die Kirche. Wenn die Kirche es schafft, für mehr Menschlichkeit zu sorgen, dann finde ich das toll und befürworte es sehr. Ich bin jedoch der Ansicht, dass die Kirche dafür nicht unbedingt notwendig ist und kenne inzwischen mehr außerkirchliche Institutionen, die sich für gute, noble Projekte einsetzen. Ich bin hier zum Beispiel ein Mitglied der Soroptimisten, der weltweit größten Organisation berufstätiger Frauen, die sich unter anderem für Menschenrechte für alle, weltweiten Frieden und internationale Verständigung, verantwortliches Handeln, ehrenamtliche Arbeit, Vielfalt und Freundschaft

einsetzt. *Dass deine Kirche Entwicklungshilfeprojekte unter-
stützt, ist eine feine Sache, aber vielleicht hättest du mal
selbst an so einem Projekt mitwirken und für längere Zeit
in ein Entwicklungsland gehen sollen, dann wüsstest du wie
hart und aussichtslos es wirklich werden kann und würdest
dich nicht auf so hohem Niveau über deine Möglichkeiten als
junger Erwachsener beschweren, um die sich viele die Köpfe
eingeschlagen hätten. Es ist schön, dass du deinen eigenen
Weg gefunden hast, und wenn dich dieser an Schweden bindet, dann ist das sicher gut und richtig so, denn alles passiert
aus einem Grund. Ich finde es jedoch nicht fair, so schlecht
über die Jahre in Deutschland zu reden und Schweden nur
in den höchsten Tönen zu loben, denn ich erinnere mich sehr
gut, dass es in Schweden auch nicht immer nur leicht war,
sondern du auch dort eine harte Zeit durchgemacht hast.
Das ist ja auch in Ordnung, gehört zum Leben dazu, oft
sind es ja gerade diese negativen Erlebnisse und Konflikte im
Leben, an denen wir wachsen. Daher finde ich es auch falsch,
diesen aus dem Weg zu gehen. Im Gegenteil, ich denke sie
sind ein ganz essentieller Teil des Weges. »Dieser Weg wird
kein leichter sein, dieser Weg wird steinig und schwer. Nicht
mit vielen wirst du dir einig sein, doch dieses Leben bietet so
viel mehr!« Weißt du noch, wie wir gemeinsam diesen Song
von Xavier Naidoo gehört haben? Ich glaube, es ist manchmal gar nicht so wichtig, sich mit Leuten einig zu sein, sondern umso viel wichtiger, sich selbst treu zu bleiben. Du hast
in deiner E-Mail geschrieben, dass du unglaublich viel aufs
Spiel setzen würdest, wenn du die aktuelle Situation richtig-
stellen würdest. Das ist für mich unbegreiflich. Ich will jetzt
nicht im Detail noch mal darauf eingehen, was zwischen dir
und unseren Eltern in Bezug auf das Auto passiert ist. Ich*

denke jedoch, es wäre hilfreich, wenn du es dir noch einmal in Ruhe durchliest und unvoreingenommen auf dich wirken lässt, denn ich habe das Gefühl, du hast gar nicht richtig verstanden, was hier eigentlich passiert ist. Meiner Ansicht nach war es seit Anikas Kommentar, ihr müsstet erst mal sehen, was ihr Vater zu dem Auto sagt, absolut und unantastbar klar, dass seine Antwort so ausfallen würde, wie sie es auch getan hat und ihr das Auto nicht nehmen würdet. Alles, was danach passiert ist, ist einfach nur eine unfassbare, hammerharte Nummer, von der mich alles umhaut. Unangefochten auf dem ersten Platz ist die Tatsache, dass Anika dich jetzt soweit hat, dass du im Zweifelsfall auf ihrer Seite stehst und sie dich problemlos gegen uns ausspielen kann. Ich erinnere mich, dass sie damals, als wir gemeinsam Lotta in Israel besucht haben, sehr dagegen war und du dich über ihre Meinung hinweggesetzt hast. Die Tatsache, dass dies heute nicht mehr der Fall wäre, ist nur sehr schwer verdaulich. Wenn ich wüsste, dass ich meine Beziehung zu Antonio und seiner Familie aufs Spiel setzen würde, wenn ich mich nicht gegen meine eigene Familie stellen würde, dann würde ich mich ernsthaft fragen, was diese Beziehung denn überhaupt für einen Sinn hat.

Die Antwort meines Bruders darauf fiel schockierend brutal aus. Er warf mir vor, mein Brief sei von vorn bis hinten von Hass durchtränkt. Er hätte noch nie so etwas Lächerliches und Geistloses gehört. Als hätten die Angriffe auf meine Worte nicht genügt, griff er mich darüber hinaus persönlich an und warf mir vor, ich hätte mich komplett verloren in der Welt und vom Leben nicht die geringste Ahnung. Seine Aussagen trafen mich zwar nicht, da sie jeglichem Realitätsbezug entbehrten, aber ich erkannte in ihnen nicht im Entferntesten meinen Bruder wieder. Sein Brief klang, als wäre er komplett von einer anderen Person geschrieben worden und diese Abwesenheit seiner Seele, diese Kälte und Verachtung meines besten Freundes, brachen mir das Herz. Ich brach in Tränen aus und fühlte mich hilflos und verzweifelt. Es fühlte sich in diesem Moment tatsächlich so an, als hätte ich meinen Bruder verloren.

In dieser Zeit hat mir Antonio sehr geholfen. Er hat mich erzählen lassen und mir zugehört. Er hat mich in den Arm genommen und lustige Filme auf Netflix rausgesucht, um mich aufzumuntern. Er hat mir Soulfood zubereitet und mich ins Spa eingeladen. All das tat gut und hat die Situation erträglicher gemacht, mich jedoch nicht ein Stück näher gebracht zu dem Einzigen, was ich wollte und dem Einzigen, das ich nicht haben konnte: meinem Bruder. Lotta machte mich zu dieser Zeit mit Käptn Peng bekannt und ich hörte stundenlang »Die Zähmung der Hydra«. Besonders »Sockosophie« beruhigte mich und gab mir Kraft. Ich hätte mir gewünscht, die Worte des Songtextes würden Ezras Herz erreichen, aber es schien verschlossen zu sein. Ich versuchte, dahinter zu kommen, die richtigen Worte zu finden, damit es sich öffnete. Doch egal, was ich schrieb, es schien alles nur schlimmer zu machen. Wir redeten komplett aneinander vorbei und ein Entkommen aus diesem Teufelskreis war unmöglich. Also hörte ich irgendwann auf. Das war der schwierigste Schritt. Er zerriss mir das Herz und doch befreite er mich von einer großen Last. Wir brauchten erst einmal jeder Zeit für uns allein, um die Geschehnisse verdauen zu können. Zeit. Angeblich heilt sie ja alle Wunden. Ich konnte mir nicht vorstellen, dass diese je geheilt werden könnte. Aber so ist das nun mal mit tiefen, brennenden Wunden und dem beschränkten menschlichen Vorstellungsvermögen. Der schreckliche Schmerz bläst das vermeintliche Problem zu tausendfacher Größe auf und verschleiert so den Blick, lässt die Situation aussichtslos erscheinen. Ich konnte gerade noch erkennen, dass Ezras Herz verschlossen war. Aber was war mit meinem Eigenen? Ist nicht das, was wir in anderen sehen auch immer ein Schlüssel zu uns selbst? Anstatt mir so sehnlichst zu wünschen, was mein Bruder alles sehen und verstehen sollte, konzentrierte ich mich auf mich selbst. Was wollte mir dieser schlimme Konflikt mitteilen? Ich glaubte, mein Bruder hätte ein falsches Bild von Gott, wäre auf einer falschen Fährte zu ihm unterwegs. Statt ihm den Weg zu weisen, sollte ich vielleicht lieber mein eigenes Leben überdenken. War nicht ich diejenige, die es missbilligte, wenn andere meinen Weg verurteilten und doch gleichzeitig deren Weg verurteilte, ohne mir dies wirklich einzugestehen? Für jemanden, der Verurteilung verschmäht, gab es davon deutlich zu viel in meinem Leben.

Bei Raw klagte ich Saif mein Leid. Wir tranken zusammen Cappuccino, aßen Schokolade zum Frühstück und nachdem er sich meine Geschichte angehört hatte, berichtete er mir von einer ähnlichen Krise mit seinem Bruder Khaled. Er erzählte, wie sie vor den Klausuren kleine Spickzettel vorbereitet hatten, die sie sich dann unter den Tischen gegenseitig hin- und herschoben. So hatten sie sich oft gegenseitig den Arsch gerettet. Eines Tages gab Saif seinem Bruder ein Zeichen, dass er seine Hilfe bräuchte und

Khaled tat, als würde er es nicht merken. Nach der Klausur fragte Saif, was die Scheiße sollte und Khaled hielt ihm eine Standpauke über die Sündhaftigkeit selbst der kleinsten Betrügereien. Plötzlich ging Khaled jeden Tag fünfmal in die Moschee zum Beten und verpasste keine Gelegenheit, anderen seine religiösen Vorstellungen aufzudrängen. Saif war auch Moslem, und auch wenn er es selbst nicht tat, hatte er nichts dagegen einzuwenden, wenn jemand seinen Glauben aktiv praktizierte. Was er jedoch auf den Tod nicht ausstehen konnte, war, wenn jemand anfing, andere mit seinen Ansichten zu belästigen, in dem Versuch, die ganze Welt zu bekehren. Er hatte keinen Bock mehr, sich die Predigten seines Bruders anzuhören und der Kontakt zwischen ihnen brach ab. Saif berichtete mir, dass diese Situation irgendwie surreal war. Auf einmal fehlte ein Teil von ihm. Das Leben ging weiter wie vorher, er traf sich mit den gleichen Leuten, nur sein Bruder war nicht mehr dabei. Ab und zu waren sie gemeinsam bei ihren Eltern, aber dann beschränkte sich ihr Kontakt auf eine kurze Begrüßung. Es wäre wohl ewig so weiter gegangen, wenn Khaled nicht irgendwann das Gespräch gesucht hätte. Er fragte Saif, was denn los sei, woraufhin dieser erwiderte, dass mit ihm selbst gar nichts los sei, dafür aber mit seinem Bruder umso mehr. Soviel, dass er ihn nicht wiedererkenne. Khaled lächelte und Saif erkannte in seinen Augen, dass er einsichtig war. Von da an waren sie wieder unzertrennlich. Khaled ging zwar weiterhin fünfmal pro Tag in die Moschee, aber er entfernte sich von dem Gedanken, dass ihm dies alle nachtun müssten. Was sein Verhalten anging, wurde er wieder lockerer, er handelte wieder mehr aus dem Herzen heraus, als jede seiner Bewegungen akribisch zu durchdenken, um abzuwägen, ob sie auch mit den heiligen Schriften vereinbar seien. Es war ein ständiges Hin und Her zwischen spontanen, authentischen Momenten und Rückfällen in streng religiös bestimmte Verhaltensmuster. Khaled konnte sich nie entscheiden, ob er den wilden, manchmal unvernünftigen Jungen in sich noch rauslassen oder ihn ein für allemal der Vergangenheit zuordnen sollte. Ich hörte dieser Geschichte aufmerksam zu. Sie berührte mich tief, tröstete mich und gab mir Hoffnung, dass auch ich mich mit meinem Bruder versöhnen würde. Gleichzeitig jedoch machte sie mich auch traurig, besonders als Saif zum Abschluss eine seiner weisen Ansichten zum Besten gab. »Es ist nicht einfach, sich den Vorgaben einer hoheren Ordnung zu widersetzen, die einem Halt und Sicherheit vermittelt, vor allem dann nicht, wenn man das Gefühl hat, durch sie auf den rechten Weg geführt zu werden, den zu finden man sich selbst nicht zutraut.«

8. Kapitel

Schrill klingelte mein Wecker und unterbrach meine Träume, riss mich aus dem Schlaf, während ich in einem Land war, an das ich mich schon kurze Zeit später nicht mehr erinnern konnte. Ich konnte mich an gar nichts mehr erinnern. Wie gern hätte ich noch ein bisschen weitergeschlafen! Aber ich hatte einen unstillbaren Durst. Also quälte ich mich aus dem Bett. Kaum erhoben, taumelte ich zur Wand, um Halt zu suchen. Langsam tastete ich mich bis zum Bad vor und ließ mich, als ich es bis dahin geschafft hatte, erleichtert auf der Klobrille nieder. Ich nahm meinen Kopf zwischen die Hände und grübelte. Wie sollte ich in dieser Verfassung bloß arbeiten? Alles drehte sich und schmerzte. In meinem Mund breitete sich der Geschmack von Wein und Schinken aus und übertönte all die anderen widerlichen Dinge, die ich in der Nacht zuvor gegessen und getrunken hatte. Während ich meine Zähne putzte, stützte ich mich auf dem Waschbecken ab, um nicht zur Seite zu fallen. Es war aus dickem weißem Marmor und bot wunderbaren Halt. Die Zahncreme schmeckte klebrig in meinem Mund und verstärkte den Durst. Verschmierter Mascara umringte meine müden Augen. Ungläubig starrte ich in den Spiegel und betrachtete die ersten Falten, die sich um meine Augen und Mundwinkel bildeten. Ich spülte meinen Mund aus und wusch mir gründlich das Gesicht. Durch die über Nacht trocken gewordenen Kontaktlinsen sah ich mein Spiegelbild an, als wäre es eine fremde Person, bis ich mich schließlich angewidert abwendete. Ich brauchte dringend Wasser, kaltes Wasser. Langsam bewegte ich mich in die Küche. Es gab keine sauberen Gläser mehr. Ich sah mich um und entdeckte sie fettverschmiert und mit Alkoholresten gefüllt auf dem Wohnzimmertisch, auf dem Fußboden und neben dem Kühlschrank stehen. Daneben lagen Limettenreste und vertrockneter Käse. Ich griff nach einer leeren Plastikflasche, die ich nach meinem Lauf gestern Nachmittag ausgetrunken hatte und hielt sie mechanisch gegen den Hebel unseres neuen Wasserspenders. Wir hatten uns so ein Gerät angeschafft, das immer in Apotheken und Banken rumsteht. Die Kühlung war nicht an und es floss lauwarmes Wasser in meine Flasche. Enttäuscht kippte ich es in den mit Essensresten verstopften Abfluss und drückte auf den Kühlungsschalter. Ich wartete einen Moment aber es dauerte mir zu lange. Im Kühlschrank fand ich noch eine letzte Flasche Mineralwasser. Langsam ließ ich es meine Kehle hinunterlaufen und fühlte allmählich das Leben zurück in meinen Körper dringen. Ich fragte mich, wie viele Gehirnzellen wohl in der Nacht in meinem Kopf verendet waren. Und in all den anderen Nächten, in denen ich zu viel getrunken hatte. Ich war erstaunt, überhaupt noch welche zu haben. Langsam ging die Sonne auf. Ein neuer Tag begann. Geistesabwesend packte ich die nötigsten Dinge in meine Tasche und machte mich auf den Weg. Es war noch früh, aber die Sonne brannte schon auf der Haut. Ich suchte mir meinen Weg entlang der Promenade, an der die mich umringenden Wolkenkratzer lange Schatten warfen und die im Morgengrauen regungslosen Boote in ein dunkles Licht hüllten. Ich hätte stundenlang die Promenade entlang schlendern, den Hauch von Frische in der Morgenluft in mich aufsaugen und diese wunderbar friedliche Ruhe zwischen den Gedanken genießen können, die entsteht, wenn man formlos wird wie das Wasser und alles fließen lässt, an nichts festhält. Mit Kinderaugen betrachtete ich meine Umgebung, neugierig und aufmerksam. Kritiklos. Ich mochte diese künstliche Welt nicht, konnte dem ganzen Glanz und Glamour um mich herum keinen Reiz mehr abgewinnen, aber an diesem Tag sah ich die Schönheit der elegant geschwungenen Treppen, neben denen sanft plätschernd das Wasser aus einem Infinity Pool die mit glänzendem Stein verzierte Wand hinablief, vorbei an den edlen Fassaden der vielen kleinen Cafés, auf deren Terrassen gerade die stilvollen Korbsessel mit sauberen Kissen bespannt und die teuren Glastische abgewischt wurden, für die ersten Gäste, die unter den in verschiedenen Farben leuchtenden Sonnenschirmen ihre Zeitungen lasen. Ich verschwand in einem Café, um mir einen doppelten Espresso zu genehmigen. Irgendwie musste ich mein Gehirn vor dem Unterricht wach kriegen. Die erhoffte Wirkung blieb aus und ich überlegte kurz, wieder nach Hause zu gehen, stieg dann aber doch entschlossen in die Metro. Ich schloss die Augen und versuchte so, dem stechenden Schmerz zu entkommen, der sich während der Fahrt in meinem Kopf ausbreitete. Keine Chance.

Als ich endlich Feierabend hatte, fühlte ich mich etwas besser. Ich konnte es kaum erwarten, nach Hause zu kommen. Ich sehnte mich danach, einfach in Antonios Armen zu liegen und mich ganz der Geborgenheit hinzugeben. Als ich die Tür öffnete, sah ich ihn auf dem Sofa sitzen, unsere Blicke trafen sich, ich spürte, wie mit einem Schlag das Leben zurück in meinen Körper drang. Unter leidenschaftlich wilden Küssen rissen wir uns gegenseitig die Kleider vom Leib und er schmiss sich auf mich, drang sofort in mich ein. Die Bewegungen wurden langsamer und intensiver, ich drückte seine warme weiche Haut ganz fest an mich und spürte ein Feuer in mir. Ich war die ganze Zeit kurz vorm Höhepunkt, aber es dauerte lange bis zum Orgasmus. Als wir zusammen kamen, verließ ich diese Welt und verlor mich in seinen Armen. Später schlenderten wir Hand in Hand den JBR Walk entlang und alles war gut.

Am nächsten Morgen traf ich mich mit Saif bei Raw. Er berichtete von einem leckeren Buffet im Royal Meridien, bei dem er sich den Abend zuvor den Bauch vollgeschlagen hatte und ich überfiel ihn mit meinen neuesten Gedanken zum Thema Essen. »Ich habe darüber nachgedacht, dass eigentlich alles Gift oder Medizin sein kann. Die meisten Leute denken, wenn sie sich zwingen, auf Brot oder Fleisch zu verzichten und nur noch Salat zu essen, tun sie sich etwas Gutes. Natürlich ist Salat gesund und Brot ungesund, aber man kann den Geist nicht zwingen, dadurch gerät man nur in einen Kampf mit sich selbst, der weitaus schädlicher sein kann als eine Scheibe Toast.« »Ja, das macht Sinn. So ähnlich wie mit Lachen und Weinen. Natürlich ist Lachen gesünder, aber wenn mir nach Weinen zumute ist, dann hat das sicher seinen Grund und in diesem Moment tut es mir wesentlich besser, den Tränen ihren Lauf zu lassen, als mir ein Lachen aufzwingen zu wollen, das dann sowieso nicht aus dem Herzen kommen würde und das, was nicht aus dem Herzen kommt, funktioniert nicht.« »Genau! Man kann natürlich argumentieren, dass, wenn jemandem ständig nur nach Weinen zumute ist und nie nach Lachen, es besser wäre, er würde sich mal zum Lachen zwingen. Aber meiner Meinung nach wäre es das nicht.« »Mh, ich denke schon, dass es wichtig ist, zu lachen. Aber ich verstehe, was du meinst. Wenn jemand immer nur traurig und niedergeschlagen ist, dann ist etwas falsch in seinem Leben, dann sollte er herausfinden, was nicht stimmt und in einem ganzheitlichen Ansatz sein Leben dahingehend verändern, dass es ihm Freude bereitet.« »Genau! Das ist definitiv nicht immer leicht, aber in jedem Fall notwendig und genauso ist es auch mit dem Essen. Wenn ich nicht den geringsten Appetit auf Salat habe und, während ich ihn mir reinwürge, die ganze Zeit an die Pizza denke, die ich jetzt so wahnsinnig gern essen würde, jedoch aus mir ins Gedächtnis eingehämmerten Gründen nicht darf, dann bringt mir das überhaupt nichts. Damit mich mein Essen nährt und gesund macht, muss ich eine Verbindung zu ihm spüren. Ich muss Dankbarkeit und Wertschätzung empfinden. Nicht einfach ein dahingesagtes, routinemäßiges Gebet, sondern eine tiefe, aus dem Herzen kommende Dankbarkeit.« »Da stimme ich dir zu. Alles, was wir haben, ist ein Geschenk und nichts davon ist selbstverständlich. Wenn wir unser Essen ehren und mit Liebe zu uns nehmen, dann ist auch ab und an eine Pizza nicht gesundheitsschädlich.« »Wenn wir allerdings immer nur Appetit auf Fast Food haben und uns nie nach Obst, Gemüse und frischen Kräutern, Nüssen und Kernen ist, dann heißt das nicht, dass wir uns dazu zwingen müssen, dies aufgrund seines gesundheitlichen Vorteils doch zu essen, sondern, dass etwas in unserem Leben nicht stimmt. Wenn wir es bewusst führen, in dem wir präsent, authentisch und integer sind, dann verlangt unser Körper automatisch nach natürlichem Essen, das aus der Erde kommt.« »Das erinnert mich an unser Gespräch über das Gesetz der Anziehungskraft. Wenn wir ständig damit beschäftigt sind, wie wir aussehen müssen, welche Kleidung wir tragen müssen, welches Auto wir fahren müssen, wo wir wohnen und arbeiten müssen, wohin wir reisen müssen und auch, was wir essen müssen, um angesagt und angesehen zu sein, dann leben wir in einer künstlichen Welt und unser Körper verlangt nach künstlicher Nahrung.« »Wenn wir aber in uns selbst sind und dort einen Ort der Liebe, Schönheit, Wahrheit und des Friedens finden, an dem wir erkennen, dass unser Geist eine Einheit mit dem Universum bildet und in unserem Körper, den uns Mutter Erde geliehen hat, zum Leben erwacht ist und fühlen, schmecken, riechen, hören und sehen kann, dann leben wir in einer unerschütterlichen Verbindung allen Seins. Dann gibt es ein tiefes Vertrauen zum Leben und zu uns selbst, eine ruhige Wachheit, die uns erlaubt, den Moment bewusst wahrzunehmen und in allem den Sinn und die Schönheit zu erkennen.« »Ich verstehe, was du meinst. Aber das klingt mir irgendwie alles schon wieder zu abgedreht. Ich glaube, das einzig Wichtige ist, dass wir uns selbst erkennen. Dann brauchen wir niemanden mehr, der uns erzählt, was wir essen müssen und wir müssen uns auch nichts mehr reinzwingen. Denn wir wissen es schon; die Wahrheit des Lebens war immer in uns und wir sehnen uns automatisch nach Natürlichkeit, Frische und Lebendigkeit.« »Genauso meine ich es eigentlich auch. Wenn wir essen, dann nehmen wir dies mit unserem gesamten Sein wahr, nicht nur mit den Geschmacksrezeptoren auf der Zunge und wir fühlen instinktiv, ob es uns gut tut oder schadet. Das bezieht sich aber natürlich nicht nur aufs Essen, im Gegenteil, alles, was ich in meinem Leben je tue, ist davon betroffen. Zum Beispiel das, was ich sehe. Natürlich ist es gesünder für meine Augen und dadurch für meine ganze Seele, der sie ein Spiegel sind, Naturlandschaften, Sonnenuntergänge und spielende Kinder zu sehen als Verkehrsstaus, Computerbildschirme und verblödende Talkshows. Und wenn ich in mir selbst und in Verbindung zum Universum bin, dann braucht auch dies mir niemand zu erzählen, denn aus mir selbst heraus wird der Wunsch erwachsen, mich mehr und mehr der Natur zu- und vom künstlichen Leben abzuwenden.« »Aber du wirst auch verstehen, dass du dich nicht vollständig abwenden kannst. Zumindest dann nicht, wenn du vorhast, weiterhin Teil der Zivilisationsgesellschaft zu sein. Du kannst mit dem Fahrrad fahren und dir einen Job suchen, bei dem du nicht den ganzen Tag vorm Computer sitzt. Du kannst gute Bücher lesen statt fernzusehen. Aber dann und wann hast du vielleicht doch Lust, mit dem Auto einkaufen zu fahren, eine E-Mail zu schreiben oder einen Film zu gucken.« »Ja, das stimmt. Das ist auch genau das, was ich meine. Mein Körper kann mit Dingen umgehen, die ihm schaden, solange es nicht zu viele sind. Dafür ist er ausgestattet. Also genieße ich meinen Film, ohne mir die ganze Zeit Vorwürfe zu machen. Wieso soll ich also nicht eine Portion Spaghetti Carbonara genießen, ohne mir die ganze Zeit Vorwürfe zu machen? Wenn ich sie mit Liebe zubereite und in bewusster Achtsamkeit zu mir nehme, dann ist sie tausendmal gesünder als ein im Supermarkt gekaufter, aufgezwungener, ungenießbarer Salat. Man muss das, was man tut, aufmerksam wahrnehmen und spüren und es muss sich richtig anfühlen. Ich liebe zum Beispiel klassische Musik und oft beruhigt und entspannt sie mich, aber wenn ich gerade keine Lust auf Klassik habe und stattdessen lieber Rock hören würde, dann fühlt es sich nicht richtig an, im Gegenteil, ich fühle mich unwohl und verkrampft statt zu entspannen. Also höre ich Rock. Das tut mir gut. Wenn ich den Geschmack meines über alles geliebten Salates gerade nicht ertrage, dann esse ich einen Burger und nehme jeden Bissen bewusst war. Ich denke an nichts anderes, das ich lieber hätte. Ich denke auch nicht an die Arbeit, die auf mich wartet. Ebenfalls denke ich nicht daran, dass ich nach dieser Mahlzeit auch unbedingt mal wieder Sport machen muss. Wenn ich aufgegessen habe, dann gehe ich an meine Arbeit und konzentriere mich auf sie. Wenn ich fertig bin, dann konzentriere ich mich auf das, was danach kommt und das wird dann höchstwahrscheinlich Sport sein, ohne dass ich es mir aufzwinge. Denn mein Körper verlangt von selbst danach, wenn ich im Einklang mit ihm bin.« Unser Gespräch hatte sich wieder mal in die Länge gezogen und Saif musste los. Nachdem wir uns voneinander verabschiedet hatten, schrieb ich in mein Moleskine: *Wenn ich Sport treibe, dann bin ich mit voller Aufmerksamkeit beim Sport treiben. Wenn ich Musik höre, dann bin ich mit voller Aufmerksamkeit beim Musik hören. Wenn ich lese, dann bin ich mit voller Aufmerksamkeit beim Lesen. Egal, was ich tue, ich bin absolut präsent in dem jeweiligen Moment. Auf diese Weise nehme ich ganz bewusst wahr, was ich tue und fühle dabei, ob es mir gut tut oder nicht. Ich erkenne, wer ich wirklich bin, fern von dem gesellschaftlich normierten Maskenkonstrukt, das uns langsam aber sicher erstickt, und ich lebe mein Leben auf eine Weise, die es mir erlaubt, die mir vom Universum geschenkte Einzigartigkeit und Schönheit nach außen zu tragen. Ich habe immer wieder festgestellt wie Menschen, denen dies gelingt, dadurch unglaublich viel schöner, strahlender, gelassener und ausgeglichener werden. Auf der anderen Seite gibt es wahnsinnig viele Menschen, die beeindruckende, kluge Worte sprechen, diese jedoch in ihrem Leben nicht umsetzen. Integrität ist der Schlüssel zu einem erfüllten Leben. Wir können uns nicht selbst bescheißen, unser Unterbewusstsein bekommt alles mit. Wenn ich aus meinem Herzen heraus etwas als wahrhaftig und wichtig erkenne, dann muss ich dies auch in meinem Leben umsetzen, sonst fühlt sich mein Geist verarscht. Aber ich muss es aus meinem Herzen heraus umsetzen. Und zwar so wie es für mich richtig ist. Wenn ich zum Beispiel davon überzeugt bin, dass Lesen ganz wichtig ist, dann muss ich auch mehr lesen. Aber wenn ich dann sofort mit Büchern anfange, die mich überfordern und von denen ich nichts verstehe, dann langweile ich mich und mein Geist erhält nichts von der ihm versprochenen Inspiration. Genauso ist es beim Essen. Ich muss verstehen, was ich esse und warum ich es esse. Es muss für mich einen Sinn ergeben und nur dann kann es mich nähren, inspirieren und heilen. Es muss aus unserem Herzen kommen, dann ist es heilig, dann ist es eine Zeremonie.*

Kurze Zeit später wurde Antonio befördert und übernahm die Verantwortung für einige große Projekte im Unternehmen. Überstunden wurden zur Norm und aufgrund unserer unterschiedlichen Arbeitszeiten sahen wir uns kaum noch. Manchmal stand ich früh auf, um wenigstens morgens gemeinsam einen Kaffee zu trinken. Doch meistens telefonierte er dabei mit seinem Chef oder irgendwelchen Kunden und so ließ ich es sein und frühstückte lieber später allein. Ich aß auch allein Mittag, da Antonio in der Mittagspause nicht genug Zeit hatte, das Büro zu verlassen und stattdessen vor dem Computer irgendwelches Fastfood verschlang. Zum alleinigen Abendessen hatte ich dann keine Lust mehr und ließ es meistens aus. Abends hatte ich ja auch meine Kurse und war daher sowieso beschäftigt. Wenn ich um Mitternacht nach Hause kam schlief Antonio in der Regel schon. Mit Glück bekam ich noch einen Gutenachtkuss. Der einzige Tag, den wir zusammen verbrachten, war Freitag. Es wurde zum Standardprogramm freitags mit Freunden zum Brunch zu gehen und uns vollzufressen und zu besaufen. Wir saßen den ganzen Tag in irgendwelchen Nobelhotels an edel gedeckten Tischen, verschlangen Schalentiere, Gänseleber, Fischeier und alles was sonst noch so in feine Mägen gehört und ließen uns dazu unentwegt alkoholische Köstlichkeiten einschenken. Wir sahen uns die luxuriöse Strandkulisse an, blickten den schicken Yachten nach, hörten entspannte Lounge-Musik und führten dazu passend oberflächliche Gespräche. Wie eklig dekadent das alles geworden war, wie eklig dekadent ich geworden war! Ich saß da in meinem schicken Kleid an der gedeckten Tafel und ließ mich bedienen, als wäre ich eine Königin. »Herr Ober, bitte noch ein Glas Champagner!« Auf meinen Stöckelschuhen bahnte ich mir den Weg zur Toilette und versuchte dabei, so gut es ging, meine Anmut zu bewahren. Wahrscheinlich ging es nicht so richtig gut. Ich schloss mich im Klo ein und stützte mich an der Wand ab. Alles drehte sich. Alles widerte mich an. Kotzend hing ich über der Kloschüssel und verdreckte das Edelporzellan mit halbverdauten Nobelgerichten. Ich ekelte mich vor mir selbst. Wie konnte ich nur so abgestumpft und selbstherrlich geworden sein? Die Funkstille mit Ezra und das Yuppie-Leben mit Antonio schienen mir auf jeden Fall nicht gerade gutzutun. Ich wollte dieses ganze bekloppte Eitelkeitsspiel mit auskotzen, mich aus seiner Betäubung losreißen und endlich wieder richtiges Leben spüren. Nachdem ich meine Mundwinkel sauber getupft und den Lippenstift nachgezogen hatte, verabschiedete ich mich unter dem Vorwand, es ginge mir nicht so gut, von der Runde und ließ sie alleine weiter ihre Kehlen mit Blubberperlen vollgießen. Zu Hause im Bett weinte ich und fragte mich, was dieser ganze Scheiß eigentlich soll. Es wäre wahrscheinlich einfacher gewesen, sich diese Frage nicht zu stellen und stattdessen zu schlafen, aber man kann sich solche Dinge halt nicht aussuchen. Oder doch? Hatte ich mir etwa ausgesucht, diese beschissene Frage zu reflektieren? Hatte ich dann wohl gar gewählt, dieses ganze beschissene Heuchlerspiel überhaupt mitzuspielen? Dieser Gedanke war sehr schmerzvoll. So schmerzvoll, dass er mir das Gefühl gab, an dem Spiel zugrunde zu gehen, würde ich nicht sofort ausbrechen. Ich zog also meine Laufschuhe an und lief ans Wasser. Ich fühlte mich schwer und ungelenk. Mein Atem war kurz und mit jedem Schritt kam mir der Edelbrei wieder hoch. Über dem Bündchen meiner eng sitzenden Laufshorts fühlte ich das kleine Speckröllchen auf- und abwippen. Bäh! Ich entfernte mich ein Stück vom Weg, um unbemerkt ein Häppchen Ananas in

Chili-Schweinefett-Sauce auszuspucken, das erneut meine Geschmacksknospen auf der Zunge beglücken wollte, ohne zu wissen, dass es dort gar nicht mehr erwünscht war. Angewidert spuckte ich es in den Sand, in der Hoffnung, dass mich dabei niemand erwischte, denn Spucken steht in Dubai auf der langen Das-darfst-du-nicht-Liste. Die Dünen machten das Laufen nicht wirklich lockerer und als mir der nächste Lebensmittelrest die Speiseröhre hochschoss, gab ich mich schließlich geschlagen und setzte mich in den Sand. Aufmerksam lauschte ich den Wellen und ließ mich von ihrem sanften Rauschen beruhigen. Vielleicht wussten sie ja die Antwort auf meine Fragen. Auf jeden Fall verurteilten sie mich nicht für mein dummes Verhalten. Sie mahnten mich nur sanft und leise, auf die Stimme in mir zu hören und ihr zu folgen. Ich versprach, dies zu tun und ging besänftigt nach Hause, um endlich zu schlafen. Am nächsten Tag reduzierte ich meine Arbeitszeit auf die Hälfte, um zumindest zweimal pro Woche den Abend mit Antonio verbringen zu können und hin und wieder ein zweitägiges Wochenende zusammen zu haben, das mehr Möglichkeiten eröffnet, als sich beim Brunch der Völlerei hinzugeben. Im Gegenzug schenkte er mir eine kleine Reise, um der dekadenten Prunkshow für ein paar Tage zu entfliehen. Wir flogen nach Ruanda zu den Gorillas.

Es war unser erster gemeinsamer Urlaub, in dem wir nicht eine unserer Familien besuchten. Wir hatten uns in ein Zimmer in einer Bambushütte mitten im Urwald eingemietet, die den von mir so geliebten Wildheits- und Ursprünglichkeitsstandards entsprach. Ich war zugegebenermaßen erstaunt, dass es auch Antonio dort gefiel. Erschöpft von dem Flug, der damit endete, dass wir an der Gepäckausgabe am Flughafen gefühlte drei Stunden einen in Plastikfolie eingewickelten Fernseher nach dem anderen an uns vorbeiziehen sahen, bis endlich unsere Koffer, die scheinbar einzigen tatsächlichen Gepäckstücke des Fluges, auftauchten und wir mitsamt diesen auf einer wilden Autofahrt über von Menschen wimmelnde Straßen bretterten. Angekommen legten wir uns erst einmal schlafen. Nach langer Zeit hatten wir endlich die nötige Ruhe und Muße, einfach nur so in den Armen des anderen dazuliegen und dabei keine Gedanken an die nächste wartende Aufgabe zu verschwenden. Wir waren tatsächlich da, in den Armen des anderen. In der Ferne hörten wir einen Affen brüllen, der die ungewohnte Stille der Atmosphäre durchbrach. Es gab so vieles über das wir hätten reden können, über das wir eigentlich schon längst hätten reden müssen. Doch zuerst einmal gab es vieles, über das wir schweigen mussten. Statt Worten ließen wir unsere Körper sprechen und berührten uns gegenseitig seit Langem das erste Mal mit hingebungsvoller Achtsamkeit. Wir rochen aneinander, streichelten uns durch die Haare und knabberten uns gegenseitig an den Ohren. Kein Hauch von routinemäßigem Sex, sondern wirkliches, ehrliches Interesse, den geliebten Körper weiter zu erforschen, sanftes Begehren, liebevolle Sehnsucht, Befriedigung zu schenken und zu empfangen. Wir liebten einander lange und ausgiebig, entdeckten uns wieder, entdeckten uns neu. Wie eloquent und weise doch die Sprache der Körper ist! Leider steht es mit der Sprache des Geistes nicht immer so und es gelang ihr, diese neugewonnene Zuneigung wieder zunichtezumachen. Beim Essen am Kaminfeuer wagten wir es, hingenommene, runtergeschluckte, verdrängte Themen anzusprechen, die sich gegenseitig hochschaukelten und in ihrer Anhäufung genug Sprengstoff für eine überfällige Aussprache boten, die leider deutlich lauter ausfiel, als es für eine friedliche Einigung notwendig gewesen wäre. Wir gingen wütend und verletzt auseinander und vermieden bis auf Weiteres den Kontakt. Anscheinend hatten wir verlernt, vernünftig miteinander zu reden. Am nächsten Tag bemühten wir uns, gute Miene zum bösen Spiel zu machen, um uns unseren Urlaub nicht durch blöde Meinungsverschiedenheiten verderben zu lassen. Von ein paar Einheimischen ließen wir uns durchs Dorf führen und die Bräuche und Traditionen der Dorfbewohner erklären. Wir besuchten die Hütten von Familien und durften bei der Zubereitung traditioneller Speisen helfen und später davon probieren. Wir bekamen selbstgebrautes Bananenbier geschenkt und zum Abschluss wurden wir mit einer bühnenreifen Gesangs- und Tanzeinlage überrascht. Einige junge Männer spielten Bongo und andere tanzten dazu barfuß, nur mit Basträckchen bekleidet. Ihre Bewegungen waren energisch und fließend und strahlten eine enorme Fröhlichkeit aus. Ein paar Frauen sangen dazu mit ihren kräftigen, ausdrucksstarken Stimmen. Es war schier unmöglich, sich nicht von dieser Lebensfreude anstecken zu lassen. Antonio ließ sich von einem der Jungen auf die Tanzfläche ziehen, band sich einen Rock über seine Jeans und versuchte, die abrupten Schritte und kreisförmigen Hüftbewegungen nachzuahmen. Er machte sich gar nicht schlecht und genoss sichtlich die ausgelassene Stimmung der Situation. Ich hatte ihn lange nicht so entspannt und locker gesehen. Wie schön sein Lächeln war, wenn es Glück und Zufriedenheit ausstrahlte! Auf dem Rückweg zu unserer Hütte folgten uns etliche Kinder aus dem Dorf. Wir nahmen sie abwechselnd an die Hand und auf den Arm und ließen uns von der Unvoreingenommenheit und Unverdorbenheit dieser bezaubernden, kleinen Menschen anstecken. Später sahen wir uns einen Film über die Berggorillas des Virunga Nationalparks an und waren beeindruckt von deren Sozialstruktur und Gruppendynamik. Sie waren uns Menschen in ihrem Verhalten und ihrer Lebensweise sehr ähnlich, oder besser gesagt wir ihnen, und doch schienen sie viel schlauer und deutlich besser organisiert zu sein. Jeder hatte seinen festen Platz im System und erfüllte seine Aufgabe mit Hingabe. Natürlich konnte sich auch die Rangfolge in der Hierarchie verschieben und dabei ging es nicht unbedingt gewaltfrei zu, aber menschliche Laster wie Selbstverherrlichung, Habgier oder Korruption schienen ihnen unbekannt zu sein. Ich konnte es kaum erwarten, diese bemerkenswerten, fulminanten Lebewesen persönlich kennenzulernen.

Am nächsten Tag schlossen wir uns einer Gruppe Abenteurer an und folgten den Gorilla-Guides in die Berge. Wir wanderten einen schmalen Pfad am Waldrand hinauf und die Guides verschwanden immer wieder hinter den Bäumen und suchten im Schutz ihrer Kronen nach unseren faszinierenden Artgenossen. Vergeblich. Wir wanderten weiter. Wir wanderten eine Stunde lang. Dann plötzlich das grüne Zeichen der Guides. Sie winkten uns in den Wald hinein und gaben uns zu verstehen, dass wir langsam und leise voranschreiten sollten. Das taten wir und trauten unseren Augen kaum, als wir hinter einem dicken Baumstamm ein Liebespärchen beim Sex erwischten. Auch die beiden Liebestollenden trauten ihren Augen kaum und waren wenig begeistert, bei ihrem Liebesspiel überrascht zu werden. Das Männchen drehte sich wütend um und kam, sich auf die Brust trommelnd, auf uns zugelaufen. In Schreckstarre verharrten wir wie festgefroren an unserem Platz und hielten unseren Atem an. Der Schwarzrücken verlangsamte seinen raschen Schritt und stolzierte aufrecht zur Demonstration seiner Macht durch das erstarrte Menschengrüppchen und streifte dabei einige von uns an der Schulter. In den Augen meines Stehnachbarn stand blanke Angst geschrieben und auch Antonios Gesicht war auf einmal ganz blass, doch ich fürchtete mich nicht. Im Gegenteil, ich fühlte mich auf merkwürdige Weise zu diesem starken, stolzen Tier hingezogen, das in all seiner Wut und Größe immer noch etwas Liebevolles und Sanftes in seiner Erscheinung bewahrte. Ich wollte diesen Gorillamann genauer kennenlernen. Als er sich von uns Jammerlappen abwendete und wir unseren Totstellreflex wieder lösten, entdeckten wir auf der nächsten Lichtung eine große Gruppe seiner Stammesangehörigen. Der stammesführende Silberrücken wachte aufmerksam über seine Weibchen und deren Kinder. Doch anscheinend nicht aufmerksam genug, denn wie wir erfuhren, war es eine seiner Frauen, die sich gerade von dem attraktiven Schwarzrücken hatte verführen lassen. Gorillaweibchen sind ähnlich raffiniert und clever wie ihre Freundinnen der Homo sapiens. Sie schaffen es immer wieder, den Männern das Gefühl zu geben, dass sie an der Macht seien und sagen würden, wo es langgeht, ohne dass diese dabei merken, dass ihnen die Richtung sowie andere wichtige Entscheidungen von ihren Frauen vorgegeben werden. Die scheinbar treu ergebenen Weibchen sind die eigentlichen Strippenzieherinnen.

Schade, dass sie sich das in der heutigen westlichen Welt dadurch kaputt machen, dass sie sich wie Männer benehmen und eine Gleichstellung anstreben, die dieses so wunderbar funktionierende Sozialmodell aus dem Ruder bringt. Durch ihren Anspruch auf männliche Machtpositionen verspielen sie ihren Einflussstatus, der den Männern den Weg weist. Die Männer wissen dann nicht mehr, wo es langgeht und die Frauen vergessen, dass Frau sein nicht nur deutlich bedeutender und richtungsweisender ist als der männliche Gegenpart es je sein könnte, sondern auch viel näher am Weltwissen, verbunden mit dem Nabel von Mutter Erde, mit der Weisheit der Natur ausgezeichnet, in sich ruhend, Heimat gebend, Heimat seiend. In dieser mütterlichen Heimat haben auch die Männer ihren wichtigen Platz und der sollte ihnen nicht weggenommen werden. Er sollte allerdings auch nicht so glorifiziert werden. Wenn man sich unsere Menschengesellschaft so ansieht, könnte man meinen, es wäre besonders toll, ein Mann zu sein. Beinahe wäre ich selbst auf diesen Betrug reingefallen. Doch Bomani, der hübsche Schwarzrücken, belehrte mich eines Besseren. Er wurde von den Guides auch Troublemaker genannt, denn er stiftete Streit an, animierte die Stammeskinder zu frechen Streichen und verführte die Frauen des Silberrückens. Doch nach der anstrengenden Futtersuche des Morgens und dem unerfreulichen Zwischenfall des unterbrochenen Geschlechtsakts gönnte auch er sich eine kleine Verschnaufpause. Lässig legte er sich im Gras vor uns nieder und beäugte uns neugierig. Vorsichtig näherte ich mich seinem Rastplatz. Die anderen Menschentiere waren damit beschäftigt, den Gorillakindern beim Spielen zuzusehen und so konnte ich unbemerkt mit Bomani flirten. Ich konnte nicht umhin, ihm in die Augen zu sehen, auch wenn uns vehement davon abgeraten wurde. Die Gelegenheit war einfach zu verlockend. Und so lagen wir da, Face-to-Face, und blickten einander tief in die Seele. Ich hätte ihn berühren können, wenn ich meine Hand ausgestreckt hätte, aber ich wollte diesen magischen Moment nicht kaputtmachen. Seine Augen ähnelten denen eines Menschen auf ungeahnte Weise und doch waren sie tiefer und wissender. Sie zeigten eine unberührte Seele, die in unzerstörbarer Verbindung zur Natur ihren Platz und ihre Bestimmung kannte, ihren Weg unbeirrt ging. Bomani wusste nichts von all dem Unfug, der uns immer wieder von unserer Mutter wegzieht und uns nachdenklich, sorgenvoll und traurig macht. Aber er kannte die unerschütterliche Wahrheit, die Mutter Erde in jeder ihrer Gebärden spricht und wusste um das Geheimnis allen Lebens: Dass er genauso wie er ist, eine einzigartige, vollendete und bedeutungsvolle Kreation der Liebe ist und nur aus seiner profunden Verbindung zur Mutter heraus leben musste und konnte, nur ihrer Stimme folgen in dem Vertrauen, dass alles gut ist, genauso wie es ist. Mahnend sprach die Stimme der Mutter auch zu mir. Sie erinnerte mich schmerzlich daran, wer ich wirklich bin, und dass ich meine Bestimmung nicht erfüllte. Und doch spürte ich nichts als Liebe und ich verstand, dass es nie zu spät ist, die beste Version seiner selbst zu leben. Bomani hörte nicht auf, mich anzusehen und sah nur dies in mir: die beste Version meiner selbst. Ich fühlte mich nie so sehr, so wirklich und echt gesehen, wie in diesem Moment und ich beschloss, ihn nicht zu enttäuschen und dieser besten Version gerecht zu werden, die Stimme der Mutter anzuhören, der Stimme der

Mutter zu folgen. Am Abend vor dem Kaminfeuer schrieb ich in mein Moleskine: *Was haben mir der Fluss, die Wüste und der Gorilla gesagt? Sie haben zu mir gesprochen, wie jeder Stein, jede Pflanze und jedes Tier zu mir sprechen könnte, aber warum habe ich gerade sie gehört? Es waren besondere Momente, in denen mein Herz offener war als sonst, in denen die Umstände eine Informationsaufnahme begünstigten. Alles in mir und um mich herum war in absolutem Einklang, ich habe in diesen Momenten das Einssein der Dinge nicht nur erkannt, sondern mich (oder eben nicht mich) als Teil dessen wahrgenommen. Alle Zeit und aller Raum sind zu einer Einheit verschmolzen, derer ich Teil war. Diese Einheit erlaubte mir, mit der Natur zu kommunizieren. Als ich in Schweden am Fluss saß, war ich Stein und Moos und Wasser, floss den Bach hinunter und es war gleichzeitig Vergangenheit, Gegenwart und Zukunft. Als ich aus der Meditation aufwachte, wusste ich nicht, ob eine Minute, eine Stunde oder ein Tag vergangen war. Es werden wohl ein paar Stunden gewesen sein, aber so ganz genau weiß ich das immer noch nicht. Der Fluss lehrte mich, dass alles, was ich über die Zeit zu wissen meine, eine Illusion ist. Zeit existiert nicht. Wir Menschen haben sie erschaffen, um unserem Leben eine Struktur zu geben. Genau wie der Fluss, der immer gleich und doch jeden Moment neu ist, sind Vergangenheit, Gegenwart und Zukunft alle Teil desselben großen Ganzen und wir unterteilen sie nur darum, weil wir sie sonst mit unserem Verstand nicht erfassen könnten. Wir können generell von den Dingen immer nur die Hälfte erfassen und teilen sie daher in Gut und Böse. Dies lehrte mich die Wüste, dass wir unsere dunklen Seiten akzeptieren müssen, anstatt sie zu verdrängen, denn auch sie sind Teil von uns, gehören zu uns. Auch sagte sie mir, dass ich nicht vergessen solle, wo ich herkomme. Dass wir Menschen auch Tiere sind und alle dieser Welt gehören, Mutter Erde. Dass sie uns alles gibt, was wir zum Leben brauchen und wir uns selbst kaputtmachen, wenn wir uns von ihr abwenden und sie zerstören, unser wahres Ich leugnen. Wir kommen aus der Erde und wir werden wieder zu Erde, in diesem Bewusstsein sollten wir leben. Die komischen Spielchen, die wir Menschen uns ausgedacht haben, ziehen uns weg von ihr und reißen ein Loch in unsere Existenz. Auch Bomani sprach diese Worte deutlich zu mir. Er mahnte mich, nicht zu vergessen, wo ich herkomme. Ich sah in seinen Augen eine aufrichtige Liebe und Empathie. Seine Blicke gingen tief in meine Seele und sagten mir: »Stelle dich nicht gegen dein Schicksal, du bist stark und mutig, nutze diese Stärken, um deine Rolle als Frau zu erfüllen! Aber du bist auch schwach und verletzlich, akzeptiere das als einen Teil von dir! Du tust dir selbst keinen Gefallen, wenn du gegen deine inneren Triebe ankämpfst Menschentier!«*

Ich war mir in diesem Moment sicher, dass mich nichts mehr davon abbringen könnte, der Stimme der Mutter zu folgen. Sie war so klar und deutlich. Wie könnte ich je etwas anderes hören, etwas anderes tun? Doch ihre Stimme wurde übertönt von Gesellschaftsspielchen, von Beziehungsproblemen, von Alltagsstress. Antonio und ich liebten einander, aber wir schienen uns unüberbrückbar weit voneinander entfernt zu haben. Mich zog es zur Mutter hin, ihn von ihr weg.

9. Kapitel

Die Mahnung Bomanis sprach deutlich aus meinem Herzen zu mir. Mir schien fast alles, was ich in Dubai tat, verlogen und falsch. Das Einzige, das mir ein Gefühl von innerer Ruhe gab und mich daran erinnerte, dass alles einen Sinn ergibt, war das Laufen. Ich flüchtete mich in stundenlange Läufe am Strand und versuchte so zu verdrängen, dass Antonio und ich uns einfach zu sehr auseinandergelebt hatten. Wir hatten uns in unterschiedliche Richtungen entwickelt und kamen einfach auf keinen gemeinsamen Nenner. Antonio fühlte sich sehr wohl in Dubai. Er konnte sich dort beruflich verwirklichen und wollte diese Möglichkeit gern noch länger auskosten. Mir machte mein Job zwar auch Spaß, aber die Teilzeit füllte mich nicht aus. Ich wollte mehr, wollte weiterziehen, weiter lernen, weiter wachsen. Und vor allem wollte ich frei sein. Ich wusste zwar eigentlich, dass Freiheit etwas ist, das aus dem Inneren kommt, es gelang mir jedoch nur bedingt, dieses Wissen in die Tat umzusetzen. Das Gefühl des Eingesperrtseins kehrte immer wieder zu mir zurück. Sobald ich meine Füße auf die Holzbretter an der Strandpromenade setzte, war dieses Gefühl verflogen. Ich blickte auf das weite, offene Meer und lauschte den Wellen und dem Knartschen des Holzes unter meinen Füßen. Meine Gedanken schweiften mit dem

Sog des Meeres davon und kamen mit den Wellen zurück. Wenn ich nach zwei, drei oder vier Stunden heimkehrte, hatte ich das Gefühl totalen inneren Friedens und war so glücklich und ausgeglichen, dass ich jedes mal glaubte, nun müsse ein gutes, ruhiges, produktives Gespräch mit Antonio möglich sein. Doch leider täuschte ich mich und es endete nichtsdestotrotz wieder im Streit. Es war immer das gleiche Schema: Ich kochte, wir aßen zusammen, hatten anfangs ein angenehmes Gespräch, sahen uns verliebt in die Augen, bis ich irgendwann genug Zuversicht spürte, nun auch unangenehme Themen ansprechen zu können. Wie auch immer ich es anging, war es falsch und artete in eine hitzige Diskussion aus. Am Ende legte Antonio sich vor den Fernseher und guckte irgendeine Serie und ich setzte mich aufs Sofa und las ein Buch. Ein weiterer Wortwechsel fand nicht statt. Antonio sagte mir nicht einmal Gute Nacht. Ich lag oft lange wach und überlegte. ›Warum müssen wir immer wieder von vorn anfangen? Immer wieder die Machtverhältnisse neu ausfechten? Immer wieder für unseren Frieden kämpfen?‹ Ich verstand damals noch nicht, dass es sich in der Beziehung wie im persönlichen Leben verhält und egal, wie viel man bereits meditiert hat, egal wie viel Spiritualität und inneren Frieden man erreicht hat, man muss weiterhin dafür kämpfen. Genauso wie man weiterhin ins Fitnessstudio gehen muss, wenn man seine antrainierten Muskeln behalten will. Das ist das Leben und wir sind alle werdend und niemals ganz, bis wir die Erleuchtung erreicht haben. Wir suchen ständig nach Erfolgserlebnissen und denken, es ginge darum, das Ziel zu erreichen und angekommen zu sein. Und genau das wird uns oft zum Verhängnis, denn der Irrglaube, »da zu sein« ist der sicherste Weg zum Sturz.

Eines Nachts konnte ich überhaupt nicht einschlafen. Ich drehte mich von einer Seite auf die andere, legte mich auf den Rücken, auf den Bauch, wieder auf die Seite. Mit jeder Drehung hatte ich das Gefühl, tiefer in den Kissen zu versinken. Wie ein Stein lag ich auf der Matratze und es kam mir unwirklich vor, noch wach zu sein. An der Schwelle zwischen zwei Welten konnte ich kaum noch unterscheiden, in welcher ich mich befand und während ich langsam aber sicher hinüberglitt, wähnte ich mich schon im Reich der Träume, als plötzlich meine Schulter zu schmerzen begann und ich nach einem kurzen Versuch den Schmerz zu ignorieren, doch wieder so wach war, dass die Einnahme einer anderen Position die einzige Möglichkeit zu sein schien, endlich Schlaf zu finden. Und so ging es stundenlang weiter. Eigentlich plagten mich keine Gedanken, zumindest nicht bewusst. Es kam mir vor, als wäre mein Kopf völlig leer. Aber wahrscheinlich lief die Verarbeitung der Geschehnisse in meinem Unterbewusstsein auf Hochtouren. Irgendwann brachen die ersten Sonnenstrahlen durch die Spalten der Vorhänge hinein und obwohl sich mein Wunsch zu schlafen nicht im Geringsten gemindert hatte, beschloss ich schließlich, aufzugeben. Ich zog meinen Morgenmantel über und bereitete mir schlaftrunken einen Kaffee zu. Beim Aufschäumen der Milch erzeugte jede Berührung des Schaumschlägers mit dem Stahltopf einen Impuls in meinem Kopf, als hätte eine Kirchenglocke in meiner Küche geläutet. Ich gab mich geschlagen und trank meinen Cappuccino ohne Schaum dafür aber mit doppeltem Schuss. Er schmeckte göttlich und ließ mich für einen Moment alle Sorgen und alle Müdigkeit vergessen. Gierig schlang ich ihn hinunter, doch der erhoffte Energieschub blieb aus. Ich war hungrig von dem endlosen Hin-und Herwälzen, aber ich hatte keinen Appetit und verschob mein Frühstück auf später. Stattdessen holte ich mein Moleskine raus und beschloss, etwas zu schreiben. Ich spürte, wie mir etwas auf der Seele brannte und auf Papier gebracht werden wollte. Ich öffnete die Vorhänge und setzte mich auf meinen Lieblingsplatz an dem großen Fenster im Wohnzimmer. Aber obwohl die Sonne noch nicht so hochstand, knallte sie mir auf den Kopf und mir wurde schlecht. Also machte ich die Vorhänge wieder zu und schaltete die Stehlampe an. So saß ich eine Weile da und klopfte abwechselnd mit dem Kuli auf mein Büchlein und dann an meinen Kopf, ich klickte mehrmals die Spitze raus und wieder rein und begann schließlich auf dem Gehäuse rumzukauen. Ich erinnerte mich, irgendwo gelesen zu haben, dass schmerzliche Erfahrungen die beste Inspiration für Poesie bieten und beschloss, mich an einem Gedicht zu versuchen.

Die Dunkelheit kriecht leise in mein Zimmer
Die Nacht hüllt sich in ihr vertraut Gewand
In der Ferne ertönt verstörtes Gewimmer
Die Müdigkeit bringt mich um den Verstand
Die Schreie im Innern werden immer schlimmer
Des Schlafes scheuer Gruß bleibt unerkannt.

Krämpfe packen schmerzlich meine Glieder
Der schwere Wein benebelt meine Sinne
In der Ferne erklingen selige Lieder
Des Mondes hellen Glanz ich mich entsinne.

Die Leere verströmt im Raum ihren bitteren Duft
Die Sterne erinnern sanft an vergangene Zeit
In meinem Herzen verbreitet sich Einsamkeit
Des Geistes Fülle besteht aus schwerer Luft.

Das Ergebnis erschien mir irgendwie abstrus, aber wenigstens fühlte ich mich durch die geistige Tätigkeit ein bisschen wacher. Ich zog meine Sportsachen an und lief an den Strand. Plötzlich spürte ich ganz klar und deutlich, dass Antonio und ich eine Auszeit brauchten. Ich entschloss mich, für ein paar Wochen zu Freunden zu ziehen, um einen klaren Kopf zu bekommen, bevor ich eine voreilige Entscheidung träfe. Es waren Wochen der Reflexion. Ich meditierte jeden Morgen um 5 Uhr und nahm dann ein leichtes Frühstück zu mir. Ich esse normalerweise sehr viel, aber zu dieser Zeit bekam ich kaum etwas runter. Ich aß auch viel langsamer und besonnener, was ich sehr begrüßte, aber diese Entschleunigung manifestierte sich nicht nur beim Essen, sondern auch in allen anderen Lebensbereichen. Ich lief langsamer, sprach langsamer, arbeitete langsamer. Das brachte eine meditative Entspannung in mein Leben, nahm jedoch gleichzeitig das von mir so geliebte Feuer weg. Normalerweise brannte ich für alles, was ich tat. Die Leidenschaft strahlte aus meinen Augen, aus meinem Ausdruck, wenn ich etwas erzählte, wenn ich mich bewegte. Dieses Feuer schien nun erloschen zu sein oder vielleicht flackerten die Flammen klein und schüchtern vor sich hin, aber sie waren weit von einer Explosion entfernt. Ich nahm es als eine natürliche Veränderung des Lebens hin, als eine natürliche Entwicklung. Wahrscheinlich gehörte es einfach zum Älterwerden dazu, oder um es mit charmanteren Worten auszudrücken, zum Weiserwerden. Trotz aller schlauen Erkenntnisse und Einsichten glaubte ich immer noch, eine Denkerin zu sein und gab mich ganz meinen Gedanken hin. Das führte zu nichts und hätte vielleicht fatale Folgen gehabt, wenn nicht das Laufen und Meditieren mich immer wieder geerdet und zur Vernunft gebracht hätten. Eigentlich brachten sie mich von ihr weg und genau da wollte ich hin, aber mein Geist war noch nicht reif, das einzusehen. Nach drei Wochen des Fastens, Meditierens und Reflektierens fühlte ich mich schließlich bereit, Antonio zu einem Gespräch zu treffen. Ich hatte meine Entscheidung getroffen und war mir sicher, dass mich von einer Trennung nichts mehr abbringen könne. Unser Gespräch verlief sachlich und respektvoll. Antonio schien bereits vorher die gleiche Entscheidung getroffen zu haben wie ich, und so ging es uns hauptsächlich darum, einander zu danken für die wundervolle gemeinsame Zeit, für all die Liebe, die wir einander so offen und aufrichtig geschenkt hatten, all die Unterstützung, die einer dem anderen gegeben hatte. Wir sprachen auch darüber, dass wir beide füreinander nur das Beste wollten, aber eben eingesehen hätten, dass wir uns dies nicht bieten könnten. Wir waren einfach zu unterschiedlich, um uns gegenseitig auf einem gemeinsamen Lebensweg bei unseren Wünschen und Träumen zur Verwirklichung unseres besten Selbst zu verhelfen. Wir wünschten einander Glück, Erfolg und Liebe auf allen unseren Wegen und trennten uns in ehrlicher, ergebener Freundschaft. Wie oberflächlich, klischeehaft und stilisiert, aber es fühlte sich gut und richtig an. Zum Abschied nahmen wir uns in den Arm. Es gab keine Tränen und keine Reue. Wir stimmten schließlich ein in ein paar

Belanglosigkeiten und während wir weiterredeten, begleitete ich Antonio das kurze Stück vom Café zu seinem Apartment. Unter irgendeinem unbedeutenden Vorwand kam ich noch kurz mit hoch und dann war plötzlich all dieser klug und weise erscheinende Schwachsinn wie weggeblasen und wir hörten auf, uns gegenseitig etwas vorzuspielen. Hatte ich noch während des Gesprächs und sogar bei der Umarmung nicht das geringste Verlangen empfunden, konnte ich plötzlich mit meiner Gier, über ihn herzufallen, nicht länger an mich halten. All das unterdrückte Feuer explodierte in einer leidenschaftlichen Zeremonie unserer Sinne, in der wir all die zurückgehaltenen Emotionen der vergangenen drei Wochen freiließen und in einem ausgelassenen Liebesspiel jeder zu sich selbst und beide zueinander zurückfanden. Nachdem wir beide überzeugt gewesen waren, unsere Beziehung beenden zu wollen und uns dann doch wieder so tief und innig geliebt hatten, hatte ich keine Zweifel mehr daran, dass wir füreinander bestimmt seien. Wir gaben uns von da an große Mühe, unser Zusammenleben zur vollsten Zufriedenheit des jeweils anderen zu gestalten und fanden in der Lebensfreude, die wir gaben, auch unser eigenes Glück. Antonio versprach mir, dass wir innerhalb eines Jahres Dubai verlassen würden und ich versprach im Gegenzug, mich diese letzten Monate zu gedulden und die sympathischen Seiten der Stadt zu genießen. Die Trennung auf Zeit war gut, denn sie hatte uns erkennen lassen, wie sehr wir einander schätzen und doch wollten wir um jeden Preis vermeiden, dass es noch einmal so weit kommen könnte und gingen auf in dem vollen Einsatz, dieses Mal alles richtig machen zu wollen. Lotta und ihr Freund Henning kamen zu Besuch und zusammen hatten wir eine unvergessliche Zeit. Lotta und Henning hatten gerade eine Hochphase in ihrer Beziehung und wir steckten uns alle gegenseitig mit unserer übertrieben guten Laune an. Wir verbrachten einen herrlichen Tag im Wild Wadi Wasserpark, in dem wir herumtollten wie kleine Kinder und nicht mehr aus dem Lachen herauskamen, während wir zehnmal hintereinander zu viert in einem großen Gummireifen die Wildwasserbahn runterfuhren und uns dabei unaufhörlich im Kreis drehten. Ich fühlte mich wie auf einer Zeitreise in die Vergangenheit, als wir mit meinen Eltern im Wasserpark waren und von morgens bis abends nur gerutscht, geschwommen, gesprungen und getaucht sind. Am Abend setzten wir uns mit einer Pizza an den Kite Beach und sahen aufs offene Meer. Mir wurde wieder bewusst, wie umwerfend das von Gegensätzen geprägte Dubai sein kann. Auch und gerade wegen der alternativen Neigung von Lotta und Henning, die mich inspirierten, eine neue Perspektive auf die Stadt zu ergründen. Wir gingen auf ein Kunstfestival im alten Dubai, auf dem wir uns Skulpturen und Gemälde ansahen und Musikpräsentationen anhörten. Ich war überrascht und begeistert von der Kreativität und vor allem von der Tiefgründigkeit der arabischen Künstler, von denen viele, auch gerade emiratische Künstler, den Fehler im System zu durchschauen schienen und von innen durch ihre sehr gelungene Darstellung neuer, alternativer Lebensentwürfe umkrempelten. Ich habe zwar wenig Ahnung von Kunst, fühlte mich jedoch von der äußerst positiv ausfallenden Expertenmeinung der kritischen Kunststudentin Lotta bestätigt. In einem kleinen veganen Café mitten in Bastakiya machte sie viele Fotos von interessanten Ausstellungsstücken, die mit unterschiedlichen Perspektiven der Wahrnehmung spielten und dadurch einen Bewusstseinswandel inspirierten, genau ihr Spezialgebiet. Wir tranken Mint Lemonade und aßen vegane Sandwiches. Den ganzen Nachmittag saßen wir in diesem erfrischend einfachen, anderen Café, das gleichzeitig und eben gerade wegen seiner Einfachheit so besonders war und genossen die relative Kühle im Schatten eines Baumes, der inmitten des Patios als Aufhänger für eine Präsentation von Polaroids als Teil der Ausstellung diente. Wir beschlossen, an einem anderen Tag wiederzukommen, um uns die restlichen Kunstwerke anzusehen. Aber natürlich durften auch ein paar Klassiker des schicken Dubais nicht fehlen, und daher fuhren wir am Abend in die Dubai Mall und ergatterten einen Fensterplatz bei Wafi Gourmet, von dem aus wir eine perfekte Sicht auf die einzigartigen Wasserspiele vor dem Burj Khalifa hatten. Während wir arabische Köstlichkeiten verspeisten, sahen wir vier verschiedene Wasserspiele zu Musikstücken, von Whitney Houstons »I will always love you« über arabische Volksmusik bis zu Klassik. Doch so grandios diese Präsentationen auch waren, hier wurde mir wieder bewusst, was mir an Dubai nicht gefällt – der unüberschaubare Andrang der Menschenmassen war erdrückend und das Glanz- und Glamourspektakel erschien fade und langweilig im Nachklang des innovativen Kunstfestivals. Später stieß noch Lars, ein guter Freund aus Berlin, zu uns, der nach einem Auftrag für eine Fotostrecke in Denpasar auf der Durchreise eine Nacht in Dubai verbrachte. Sie wurde lang. Wir gingen rüber in den Souk und blieben bei einigen Drinks und exzellenter Chill-Lounge-Musik im Karma-Café hängen. Zum Glück war die Musik so ausgezeichnet, denn die Gespräche hinkten inzwischen ein wenig, einerseits aufgrund des fortgeschrittenen Alkoholpegels, andererseits aufgrund der Tatsache, dass ich das Gefühl hatte, zwischen drei Lagern zerrissen zu sein. Lotta und Henning, die über philosophisch-künstlerisch angehauchte Abenteuer des Lebens ohne großen Schnickschnack sprechen wollten. Antonio, der ein wenig mehr Logik und intellektuellen Touch in diese ihm zu abgedreht erscheinende Künstlerwelt bringen wollte. Und Lars, der eigentlich beides vereinte, aber am liebsten mit mir allein in einer entspannteren Location gewesen wäre, fern von diesem Luxusscheiß, da wo man die reine Seele dieses Landes spuren und wenn schon nicht mit Einheimischen, dann doch wenigstens mit »echten« Arabern zusammensitzen konnte und das wahre Leben atmen. Das wahre Leben. War es nicht dieses? Ich war schon wieder verwirrt und peinvoll ermahnt. Am nächsten Morgen traf ich mich mit Lars zum Frühstück, um noch kurz in bequemerer, gelösterer Atmosphäre mit ihm zu sprechen, bevor er zurück nach Berlin flog. Ich hätte ihm gern mein Lieblingscafé Raw gezeigt, das hätte ihm sicher gefallen, aber leider hatte das so früh morgens noch geschlossen und wir gingen stattdessen ins Common Ground in der Mall of the Emirates. Dort gab es auch deliziösen Kaffee, aber es war wieder so schick und steril. Lars bestellte sich einen Americano und einen Carrot Cake und ich trank meinen geliebten Magic, einen doppelten Espresso mit Milchschaum und aß dazu ein Croissant. Ich merkte Lars an, dass er nicht ganz glücklich damit war, schon wieder in einer Mall zu sein, aber aller Unzufriedenheit zum Trotz war dieses wahrscheinlich das authentischste Gesicht, das Dubai zu bieten hatte. Und als wir unseren Kaffee vor uns stehen hatten, von dem wir beide große Fans sind, atmeten wir tief durch und ließen uns auf ein unbeschwertes, lockeres Gespräch ein. »Dir scheint es ja hier inzwischen ziemlich gut zu gefallen!«, äußerte Lars. »Im Moment fühle ich mich tatsächlich recht wohl«, entgegnete ich, »nichtsdestotrotz ist Dubai definitiv nicht der Ort, an dem ich auf die Dauer bleiben möchte.« Ich war mir in meiner Aussage absolut sicher, denn ich fühlte mich in Dubai nach wie vor wie ein schwarzes Schaf. »Ich gehöre hier nicht hin, ich passe hier nicht her.« Hin oder her, Lars schien das anders zu sehen. »Ach mittlerweile passt du doch ganz gut hier her. Ich finde, du hast dich gut angepasst.« Das war wahrscheinlich nicht böse gemeint, tat aber trotzdem weh. Es hätte jedoch mehr wehtun müssen, um etwas zu bewirken, zumindest etwas Unmittelbares, denn zu dieser Zeit war ich einfach gerade zu glücklich und zufrieden mit allem, um es wieder in Frage zu stellen. »Ich weiß nicht«, sagte ich, »ich denke, ich bin einfach zu anders, um mich an dieses Glanz- und Glamourleben anzupassen. Aber ich habe entdeckt, dass es hier auch andere Seiten gibt, eine alternative Kunstszene zum Beispiel oder das abgerockte Café, das ich dir gern gezeigt hätte, mit alten Holztischen und zerrissenen Sofabezügen aus Kaffeesäcken.« »Mmh«, murmelte Lars skeptisch, »wegen mir hättest du dir da nicht so viele Gedanken machen müssen, und auch hier hätten wir nicht hinzulaufen brauchen. Ich meine, ja, der Kaffee ist gut, aber der ist doch viel zu teuer und wozu der ganze Scheiß? Um Teil dieser hippen Wannabe-Surfkultur zu sein? Da kann ich doch lieber mit echten Leuten unten an der Straßenecke einen Turkish Coffee für ein Fünftel des Preises trinken und erfahren, wie es sich anfühlt, Wolkenkratzer zu bauen, anstatt sie nur von außen zu betrachten.« Er machte mir schmerzlich bewusst, dass ich wohl trotz aller Ausbruchversuche nach wie vor in den Fängen des Konsumismus gefangen war, den ich doch eigentlich so verachtete. »Ja, das stimmt«, gab ich zu und versuchte gleichzeitig, mich zu entschuldigen, »es ist nur so, dass in den meisten arabischen Straßencafés nur Männer sitzen und man als Frau von diesen die ganze Zeit blöd angestarrt wird, wenn man es wagt, den Laden zu betreten.« Da war zwar tatsächlich was dran, doch Lars wollte mir die Aussage nicht abnehmen. Um die sich anbahnende Anspannung abzuschütteln sang er fröhlich: »Hey Pippi Langstrumpf, trallari trallahey trallahoppsasa, ich mach mir die Welt widdewidde wie sie mir gefällt.« Er hatte recht mit seiner Einschätzung. In Abu Dhabi war ich tatsächlich ein paar mal in solchen Cafés und Restaurants gewesen, in denen nur Männer saßen. Und obwohl es stimmte, dass sie mich komisch ansahen, liebte ich es, diesen Teil der Kultur zu entdecken, mittendrin zu sein, etwas Echtes zu spüren, anstatt nur mit anderen Expats in überteuerten Hotels zu sitzen. Was hatte sich geändert, dass ich es nun plötzlich vermied? Ich war gerade in so einer Hochphase, dass ich keine Lust hatte, mir über irgendetwas Gedanken zu machen, das mich aus dieser auch nur ansatzweise herausbringen könnte. Also verdrängte ich die Gedanken. »Ach komm, lass uns doch einfach den ausgezeichneten Kaffee genießen. Ich finde, ab und zu kann man sich auch ruhig mal selbst verwöhnen, auch wenn es teuer ist. Besonders nach einer langen durchzechten Nacht und viel zu wenig Schlaf.« »Ja, da hast du recht«, stimmte er mir zu, »ohne Kaffee geht gar nichts und er darf auch gern gut und stark sein.« »In dem Café, das ich dir zeigen wollte, hängt ein Schild an der Wand, auf dem steht ›Have another coffee, you can sleep when you're dead‹.« »So ist es! Das Leben ist zu kurz, um müde durch die Gegend zu laufen. Es gibt viel zu viel zu entdecken und zu erleben. Auf Bali habe ich zum Beispiel gerade das Surfen für mich entdeckt. Ich liebe es, auf den Wellen zu reiten.« »Das glaube ich. Ich würde es auch gern lernen. Es gibt so vieles, das ich noch lernen möchte, so viele Orte, die ich noch sehen will.« »Es gibt keine Zeit zu verlieren. Man muss die Chancen nutzen, die sich einem bieten. In der Regel kommen sie nicht zweimal. Und die Dinge selbst in die Hand nehmen, es fällt einem nichts einfach so in den Schoß. Die meisten Leute warten, dass ihnen alles auf einem Silbertablett serviert wird und selbst, wenn das tatsächlich passiert, ziehen sogar viele noch den Schwanz ein und verkriechen sich in ihrer Höhle.« Lars erzählte mir noch mehr von seiner Reise durch Indonesien und ich berichtete ihm von meinem Urlaub in Ruanda. Jemandem zuzuhören, der leidenschaftlich gern reist und Land und Leute kennenlernt ist fast, wie selbst dabei zu sein. Während ich seinen Erzählungen lauschte, hatte ich das Gefühl, wirklich in einem Surfer-Café irgendwo auf Bali zu sitzen. Er berichtete: »Ich glaube, man kann nur entweder das Leben lieben oder die Liebe in ihrer klassischen Form leben. Sobald die Leute heiraten, Kinder kriegen, sesshaft werden, ist es meist mit der Entdeckungslust aus. Dann hat man zwar Familienglück und Heimatgefühl, verliert jedoch die zauberhafte, magische Liebesbeziehung zum Leben selbst und das Licht der Leidenschaft erlischt dann immer mehr. Kann man jedoch dem Leben nicht widerstehen und stürzt sich immer wieder in neue Abenteuer, dann ist eine Beziehung oder Familie im klassischen Sinn so gut wie unmöglich.« »Das klingt sehr schlüssig. Ich habe noch nie darüber nachgedacht. Wahrscheinlich hast du recht, aber ich würde mir wünschen, dass doch beides möglich ist.« »Möglich ist alles, aber gesehen habe ich das noch nicht.« »Vielleicht gibt es auch einfach Phasen im Leben. Phasen, in denen man sich mehr der Familie zuwendet und dann wieder Phasen, in denen man auf Reisen geht. Und man kann ja auch gemeinsam reisen.« »Das stimmt, aber irgendwie ist es doch nicht das Gleiche, ob man ständig neue Kompromisse ausloten muss oder einfach selbst mit seinem Backpack loszieht und sein eigenes Ding macht.« »Da ist was dran, aber ich denke, es kommt auch darauf an, wen man an seiner Seite hat. Man kann sich ja auch ergänzen, statt sich im Wege zu stehen.« »Vielleicht. Letztendlich weiß sowieso immer nur jeder Mensch allein, was am besten für ihn ist. Wenn man sich zu sehr von anderen in den Kram reden lässt, wird man sich selbst untreu. Bleib dir einfach selbst treu! Du hast gelernt, was Freiheit bedeutet – vergiss das nie!« Auf dem Weg zum Flughafen sprachen wir noch über ein paar Ideen und Projekte, die wir für die Zukunft hatten, doch ich hörte nur mit einem Ohr zu, denn seine alles wieder durcheinanderzubringen drohende Mahnung klang noch nach und meine Gedanken schweiften stets zu ihr zurück. Freunde, die man selten sieht sind großartige Lehrer, denn sie nehmen Veränderungen viel besser wahr. Wieder wurde ich daran erinnert, meine innere Stimme bewusster anzuhören und ihr vor allem auch zu folgen. Das zu leben, was von selbst aus mir heraus wollte und nichts zu unterdrücken, um es anderen recht zu machen. Lektionen, die wir lernen müssen, kommen so oft auf den verschiedensten Wegen zu uns zurück, bis wir sie endlich umsetzen. Später ging ich am Strand laufen. Ich lief die Promenade entlang und hörte den Wellen zu. Ihr Rhythmus beruhigte meine Atmung, sie wurde tiefer und langsamer, bewusster. Fast geschah sie im Gleichklang mit den Wellen. Die Wellen, sie prallen so unaufhörlich ans Ufer. Immerzu kommen sie zurück ans Ufer, und verschwinden dann wieder im Meer. Wie gleich wir doch den Wellen sind in unserem unaufhörlichen Streben und Irren. Immerzu bemühen wir uns um ein Vorankommen, um einen Fortschritt in unserem Leben. Wir stecken all unsere Kraft in dieses Vorhaben und dann ziehen wir uns wieder zurück und müssen noch einmal von vorn anfangen. Als wäre die ganze Mühe umsonst gewesen. Es erscheint so sinnlos und doch habe ich etwas Essenzielles dabei gelernt. Wenn wir aufhören, nach dem Sinn in unseren Aktionen zu suchen, und stattdessen unsere Erfüllung in dem sich ständig wiederholenden Tun finden, dann offenbart sich uns der Sinn von selbst. Es ist gut und richtig, nach dem zu streben, was uns ruft, denn es führt uns zu unserer Bestimmung und darin allein liegt der Sinn verborgen. Dem zu dienen, wozu wir geschaffen sind, gibt unendlich mehr Erfüllung als alle Besitztümer dieser Welt. Und wieder schwappte eine Welle ans Ufer und ich spürte ihr kühles Nass an meinen Füßen und wieder zog sie sich zurück und hinterließ ein paar Muscheln und Steine im feuchten Sand. Ihr sanfter und doch so mächtiger Klang erzählte mir in der Stille meines Herzens Geschichten von fernen Küsten und unerforschtem Leben unter und über Wasser. War nicht das Leben viel zu schade, um jeden Tag nur das Gleiche zu sehen?

Am Abend kochten Lotta und Henning ein marokkanisches Couscousgericht und wir aßen zu viert und hörten die CD einer arabischen Musikerin, die wir auf dem Kunstfestival kennengelernt hatten. Wir unterhielten uns über Dubai und meine Schwester gab zu, dass sie eine ganz andere Stadt erwartet hatte. Obwohl sie nicht in den Emiraten leben wollen würde, war sie doch sehr positiv überrascht und freute sich über ihre neue Perspektive. »Und wie ist momentan die Situation mit Ezra?« fragte ich Lotta. »Die Vorfälle hinterlassen nach wie vor negative Vibrationen in der Luft, aber inzwischen hat Mama sich entschlossen, es gut sein zu lassen und den Kontakt wiederherzustellen. Sie meint, dass es ihr zwar nach wie vor sehr weh tue, sie aber nicht dazu in der Lage sei, ohne Kontakt zu ihrem Sohn zu leben. Auch ich vermisse Ezra, und wenn Mama ihn jetzt bald besuchen fährt, dann fahre ich auf jeden Fall mit. Papa hingegen findet, die Anschuldigungen und Angriffe von Ezra seien zu hart gewesen, um es einfach so gut sein zu lassen. Es sei zu viel kaputtgegangen.« »Ich bin da auch eher Papas Meinung. Es war wirklich alles ziemlich heftig, so heftig, dass ich zum Teil sogar dachte, es würde nie wieder ein Kontakt möglich sein. Aber das ist natürlich Quatsch. Auch ich vermisse Ezra und würde ihn gern sehen. Bis dahin muss aber wohl erst noch ein bisschen Zeit vergehen, denn ich wünsche mir ein konstruktives Gespräch. Ich habe keine Lust, dass es schon wieder in Streit ausartet, weil die offenen Wunden noch zu frisch sind.« »Das ist eine weise Entscheidung. So wie ich es mitbekommen habe, war der Streit ja auch hauptsächlich zwischen Ezra und Papa und dir. Ihr solltet wohl wirklich noch ein bisschen warten, bis die Zeit reif ist für einen Neuanfang.

Falls Mama und ich bald fahren, können wir euch ja berichten, wie die Lage vor Ort aussieht.« »Ja, das wäre sicher hilfreich.« Nach dem hervorragenden Essen spielten wir noch ein paar Runden Halli Galli, aber so sehr Antonio und ich uns auch anstrengten, wir hatten keine Chance gegen Lotta und Henning. Vor allem Hering, wie meine Schwester ihren Freund liebevoll nannte, hatte ein blitzschnelles Reaktionsvermögen und gewann dadurch fast immer.

Als ich im Bett lag, dachte ich über die Geschehnisse des Tages nach und beschloss, wieder viel mehr auszuprobieren, mich auf Neues einzulassen, neue Länder zu bereisen, neue Speisen zu kochen, neue Musik zu hören, und alles mit dieser offenen, unvoreingenommenen Haltung eines Kindes anzugehen. Zu entdecken, zu lernen, zu wachsen. Immer und immer wieder von vorn. Ich sah mir noch ein paar Posts auf Facebook an und schrieb meinem Freund Hector. »Hallo Hector, wie geht's? Mir gefällt das Zitat, das du auf Facebook gepostet hast. Es stimmt, das Wichtigste ist, zu erinnern, wer wir sind und eine klare Wahrnehmung zu haben. Nur so können wir Menschen sein und unser Leben leben, ohne uns manipulieren oder hinters Licht führen zu lassen.« Er antwortete: »So ist es. Ich vermisse unsere Gespräche und würde dich gern wiedertreffen.« »Ja, ich würde dich auch gern sehen und mit dir sprechen. Es gab von Anfang an diese besondere spirituelle Energie zwischen uns. Unsere Treffen haben mir immer geholfen, meine Verbindung zu Mutter Erde zu stärken.« »Das geht mir genauso. Und diese Verbindung zwischen uns ist immer da, egal ob du hier bist oder ganz weit weg.« »Ich glaube, wir alle haben unsere Führer auf unserem Weg, die uns daran erinnern, wer wir sind und uns wieder mit unseren Wurzeln verbinden.« »Ja, diese Führer helfen uns, die Tür zu öffnen zu dem universellen Wissen, das wir in uns tragen.« Ich sagte ihm, dass er schon immer ein ganz wichtiger Führer für mich gewesen sei und er entgegnete: »Danke für das Kompliment, aber ich habe mich auch sehr verändert.« »Das glaube ich, wir alle verändern uns doch ständig. Letztendlich ist das Teil des Erwachens, denn es ist kein Ziel sondern ein Weg.« »Das stimmt. Wie gut, dass wir nie aufhören, zu wachsen, auch wenn es nicht immer leicht ist.« »Ich würde dich gern treffen, um herauszufinden, wer du im Moment gerade bist auf deiner Reise und neue Ideen mit dir austauschen.« »Dito. Aber bis dahin vergiss nicht: In der heutigen Welt ist alles Lüge. Es lohnt sich nicht, jemand anderem zu folgen als deiner inneren Stimme.« »Ich bin deiner Meinung. Jedoch denke ich, dass sich hinter all den Lügen die Wahrheit verbirgt. Wer seiner inneren Stimme folgt, der findet diese Wahrheit, in sich selbst und überall.« »Ja, jeder trägt die Wahrheit in sich, doch leider ändert das nichts an so viel Ungerechtigkeit und Irrationalität.« »Nein, daran ändert es nichts. Aber ich denke, diese resultieren aus der fehlenden Integrität der Leute. Sie passieren, da die Leute nicht dazu in der Lage sind, ihre innere Stimme zu hören und stattdessen an all die Lügenmärchen glauben, die in der Welt zirkulieren. Und noch viel schlimmer, sie verbreiten diese Lügenmärchen so vehement, bis sie sich als vermeintliche Wahrheit etabliert haben. Wenn die Leute tatsächlich wüssten, wer sie sind und ihre Wahrnehmung schärfen würden, dann könnten all diese Ungerechtigkeiten und Irrationalitäten gar nicht erst passieren.« »So wie schon die 12-jährigen Kinder von Movimbo im Nicaragua

Krieg 1979 sagten: ›Die Lust zu spielen ist groß, aber der Park findet sein Ende.‹ Schütze dich vor dieser Welt und hör nicht auf, das Licht der Wahrheit zu verbreiten. Hör nicht auf zu wachsen, im Innern zu wachsen. Ich weiß, dass du eine bedeutende Frau bist!«

Vorm Einschlafen schrieb ich in mein Moleskine: *Alles ist Magie, sieh dich um! Überall ist Liebe und Licht und Schönheit und Fülle! Und du bist Teil dieser Einheit! Alles ist genauso, wie es sein soll, perfekt in seiner Imperfektion. Alles geschieht aus einem Grund und hat seinen zugrundeliegenden Sinn im kosmischen Tanz. Alles geschieht genauso, wie ich es will; es ist aus mir heraus entstanden. Ich möchte in dieser Erkenntnis, in diesem Wissen tanzen. Alles ist gut! Es ist perfekt! Ich bin perfekt! Perfekt in all meiner Fehlerhaftigkeit und Unvollkommenheit! Ich liebe mich genauso, wie ich bin und arbeite daher jeden Tag an mir, um das zu werden, was in meiner Bestimmung liegt. Das ist das Paradox des Lebens! Alles ist ein Paradox. Nimm es mit Humor und umarme den Wandel! Er ist die einzige Konstante, die es gibt! Bindung führt nur zu Leid! Das ist das Geheimnis des Lebens: Liebe alles, aber binde dein Herz an nichts! Liebe dich selbst, so wie du bist, aber verändere dich! Wachse, wachse, wachse! Wachse jeden Tag! Lerne und werde besser!*

10. Kapitel

Teresa und Lotta fuhren tatsächlich kurze Zeit später nach Schweden und verbrachten dort ein paar Tage mit Ezra. Sie berichteten, dass es vor Ort nicht im Geringsten das Gefühl gab, Ezra wäre gar nicht mehr er selbst, so wie es in den E-mails rüberkam. Er sei genau derselbe wie immer und schien sich auch nur zu wünschen, dass wir alle den Kontakt wieder aufnehmen würden und einen Neubeginn starten könnten. Es war ihm anscheinend gar nicht bewusst, wie sehr er uns verletzt hatte. Ich wusste zwar nicht genau, was ich davon halten sollte, freute mich jedoch sehr, dass der gute alte Ezra noch da war. Und er hatte ein fettes Ass im Ärmel, um mich nach Schweden zu locken – seine Frau Anika war schwanger. Ich beschloss, die beiden nach der Geburt ihres Kindes zu besuchen. Die verbleibenden Monate bis dahin sollten genug Zeit bieten, um alles zu verdauen und zu verzeihen. Doch wie es im Leben oft so ist, vergingen sie viel schneller als gedacht und als die ersehnte Reise vor der Tür stand, entstanden unvorhergesehene Komplikationen mit meinem Visum, dessen Erneuerung sich dadurch endlos in die Länge zog. Leider so weit, dass ich die Flüge nach Schweden stornieren musste. Ich hätte sie gern verschoben, aber ich hatte keinen Urlaub mehr und konnte daher nur über die Feiertage rund um das Opferfest verreisen. Ich war am Boden zerstört, denn ich hatte mich bereits wahnsinnig darauf gefreut, meinen Bruder wiederzusehen und vor allem auch, seinen Sohn kennen zu lernen. Levi war gerade ein paar Wochen alt und die Fotos und Videos, die ich von ihm zu sehen bekam, erweckten eine unstillbare Sehnsucht, ihn in den Armen zu halten und zu küssen. Antonio tröstete mich damit, dass wir stattdessen innerhalb der Emirate verreisen könnten und uns ein paar entspannte Tage in der Wüste machen würden. Obwohl ich natürlich weiterhin enttäuscht und traurig war, meinen Bruder und seine Familie nicht treffen zu können, vertraute ich dem Plan Gottes und freute mich über den Beistand und Trost von Antonio. Er tat auf einmal ganz geheimnisvoll und plante die Reise allein, denn er wollte mich gern überraschen. Neugierig und gespannt wartete ich auf den großen Tag.

Sechs Uhr morgens. Der Wecker klingelte. Ich drehte mich um und schaltete ihn aus. Die Decke neben mir war aufgeschlagen und der Platz im Bett schon leer. Das, was von Antonio noch zu sehen war, war der hin- und hergewühlte Bettbezug. Was er wohl diese Nacht geträumt hatte? Wenn er da gewesen wäre, hätte er mir sicher eine seiner abenteuerlichen Traumgeschichten erzählt. Die Welt seiner Träume ist bezaubernd chaotisch und formt sich in ihrer scheinbaren Zusammenhangslosigkeit ein faszinierend mysteriöses Gesamtbild. Im wirklichen Leben ist er deutlich strukturierter und organisierter und doch leuchtet in ihm die Flamme dieses leidenschaftlichen Chaos, dem seine ganz eigene Ordnung unterliegt. Doch an diesem Morgen war er schon beim Training. Auch ich warf mir schnell ein paar

Laufsachen über und machte mich auf zu meiner morgendlichen Runde um die Marina. Die Luft wurde langsam kühler und frischer und es wehte eine angenehme Brise. Ich atmete in gleichmäßigen tiefen Zügen und spürte die Verbindung zu meinen Wurzeln. Als ich am Wendepunkt hinter der Brücke den Weg zurück zum Ufer lief, schien mir die aufgehende Sonne ins Gesicht und ich begrüßte im Geiste den anbrechenden Tag: ›Hello sun in my face, hello you who made the morning and spread it over the fields! Watch now how I start the day in happiness, in kindness!‹ Zurück in der Wohnung traf ich dann auch Antonio, machte uns einen Cappuccino und hörte mir während des Trinkens seinen Traum an. Anschließend duschten wir, packten unsere Sachen und fuhren los. Wir nahmen auf dem Weg noch ein spätes Frühstück im Limetree Café zu uns und setzten die Fahrt ins für mich Unbekannte fort. Ich hatte keine Ahnung, wohin es gehen sollte. Nachdem wir unsere Reise nach Schweden canceln mussten, da ich mein Visum nicht rechtzeitig bekommen konnte, entschieden wir gemeinsam, das Wochenende in einer näher gelegenen Location zu verbringen. Das genaue Ziel blieb jedoch für mich eine Überraschung, genau wie alles andere, was an diesem unvergesslichen Wochenende noch passieren sollte. Wir hörten im Auto Electro Chill, während wir zuerst an Wolkenkratzern, dann an Mehrfamilienhäusern in arabischem Baustil und schließlich an unendlichen Wüstenstreifen vorbeifuhren. Am Anfang war der Sand noch gelblich und hart, von Steinen geprägt und wurde dann schließlich immer rötlicher und samtiger. Die Aufregung stieg und ich konnte es kaum noch abwarten. Als wir in die Auffahrt zum Banyan Tree einbogen, fühlte ich die Schmetterlinge in meinem Bauch aufflattern. Ich sah zu Antonio rüber. Er nahm das Strahlen in meinem Gesicht wahr und lächelte verschmitzt. Dieser Moment deutete bereits die Schönheit, Entspannung und Erfüllung der kommenden zwei Tage an. Aus dem Auto aussteigend atmeten wir die sanfte Wüstenbrise ein, als würde ihr betörender Duft uns vom Stress der vergangenen Tage befreien und uns bereit machen für ein gemeinsames Erlebnis auf einer ganz neuen Ebene. Nach dem Check-in wurden wir mit einem Golfcart zu unserem Apartment gefahren. Die kurze Tour durch die Mittagssonne ließ uns die erbarmungslose Hitze der Wüste spüren. Es war eine willkommene Erfrischung, in die kühle Luft des Appartments einzutreten. Der Eingangsbereich hinter der großen, schweren Holztür war gesäumt von einem orientalischen Kronleuchter, dessen kupferne Beschichtung vorsichtig vom hereinleuchtenden Sonnenlicht erhellt wurde. Rechts dahinter lag das riesige Bad, in dem, wie uns der Zimmerjunge erklärte, jeder seinen ganz eigenen Bereich hatte. In einem der unter den langen Spiegeln und eleganten runden Waschbecken angebrachten Holzschränke war der Fön für die Dame, in dem anderen der Rasierapparat für den Herren. Links ging es weiter durch das Schlafzimmer mit einem Kingsize-Bett unter einer hohen von Samtstoff gesäumten Decke aus tausendundeiner Nacht ins Wohnzimmer mit gemütlicher Fernsehcouch und Großbildleinwand. Der beste Part zeigte sich allerdings erst hinter den langen, dicken Samtvorhängen, die die Terrassentür bedeckten: Ein aus blauen Mosaiksteinen bestehender Infinity Pool lud ein zu einem Bad inmitten der Wüste. Als der Zimmerjunge sich nach ein paar kurzen Erklärungen zu Appartement und Hotel verabschiedete und wir die Tür hinter ihm schlossen, fasste ich mir mit beiden Händen an den Kopf, drehte mich staunend mit offenem Mund im Kreis herum und ließ mich schließlich auf das Bett fallen. »Wow River, das kann nicht dein Ernst sein!« »Nicht schlecht, eh?« Ich konnte nicht anders, als erst einmal die Flasche Champagner aus der Minibar zu köpfen. Wir machten es uns auf der Liege am Pool bequem und stießen mit Veuve Clicquot auf diese traumhafte Location und den Beginn des bis dahin schönsten Wochenendes unserer Beziehung an. »Wir haben ja schon oft darüber gesprochen, aber ich muss gerade wieder daran denken, dass alles aus einem Grund geschieht, dass alles irgendeinen Sinn hat. Ich war wirklich sehr traurig, als ich erfuhr, dass mein Visum nicht rechtzeitig fertig sein würde und wir die Reise nach Schweden absagen mussten. Aber ich habe mir gleich gedacht, dass es aus einem Grund passiert, dass es so sein soll und dass es gut so ist, wie es ist und jetzt wurde es mir mal wieder bestätigt. Ich glaube, wir sollen hier sein und es gibt keinen besseren Ort auf dieser Welt, an dem wir uns jetzt befinden könnten.« »Meinst du?«, entgegnete Antonio mit einem mysteriösen Lächeln. Er schien meiner Meinung zu sein, jedoch nicht viel dazu sagen zu wollen. Die kleine Flasche Champagner reichte gerade für eineinhalb Gläser und nachdem ich meinen letzten Schluck getrunken hatte, drängte ich auch Antonio, sein Glas zu leeren. Er stellte die Gläser auf dem Tisch ab und ich nahm seine Hand und zog ihn hinter mir ins Schlafzimmer. Wir begannen, uns zu küssen und einander auszuziehen. Nachdem wir gebührend das gemütliche Bett sowie einige andere Möbel des exquisiten Apartments eingeweiht hatten, schliefen wir schließlich erschöpft ein. Wir schliefen tief und fest und standen erst nach zwei Stunden wieder auf, um uns für das Abendessen fertigzumachen. Eine kalte Dusche ließ mich zu neuem Leben erwachen. Ich schlüpfte in den Bademantel, der in meinem Kleiderschrank bereit hing und begann, mich zu schminken. Als Antonio aus der Dusche kam und sich nackt vor das Waschbecken stellte, das genau neben einem großen Fenster angebracht war, scherzte ich, ob er denn wolle, dass ihn alle sähen. Normalerweise bin ich es, die splitternackt durch die Wohnung läuft und von ihm ermahnt wird. Spaßend tanzte er vor dem Fenster umher und grüßte die imaginären Zuschauer. Er schaltete die Lautsprecher im Bad an und wir stimmten uns bei Chillwave auf einen in seiner Perfektion alle Erwartungen übertreffenden Abend ein. Während wir uns die Zähne putzten, uns kämmten und anzogen, tanzten und lachten wir miteinander wie zwei ausgelassene Kinder. Antonio sagte mir, ich solle mein weißes Kleid anziehen. Zum ersten Mal schoss mir der Gedanke in den Kopf, dass es etwas zu bedeuten haben könnte, aber gleich verwarf ich diesen Gedanken wieder und beschloss, einfach nur zu genießen und mich dem Zauber der Wüste hinzugeben. Antonio knöpfte sein weißes Hemd zu, dass er mit einer roten Jeans und weißen Schuhen stilvoll kombinierte und schon klingelte es an der Tür. Das Golfcart war da, um uns abzuholen und zu unserer Destination zu bringen. Schnell sprühte ich noch ein wenig Parfüm auf, nahm meine Tasche und folgte Antonio in ein Abenteuer ohnegleichen. Wir fuhren durch den im Abendlicht sanft glänzenden Wüstensand zu einer Plattform, auf der nur für uns beide ein gedeckter Tisch bereitstand. Daneben ein kleiner Kühlschrank und ein Grill. Unser Fahrer zeigte uns die vorbereiteten Salate und Dips und erklärte, welches Fleisch und Gemüse es gab. Dann machte er sich auf den Weg, Lampen und Fackeln zu holen, die uns nach Sonnenuntergang die Plattform erhellen sollten. Bevor wir mit dem Essen begannen, liefen wir ein Stück durch die Wüste und setzten uns auf zwei sesselartige Stühle auf einem Hügel, von denen aus man einen traumhaften Blick auf den Sonnenuntergang hatte. Weit und breit war kein Mensch außer uns beiden. Wir fassten uns an der Hand und bestaunten die überwältigende Schönheit der Natur. Die Sonne leuchtete in einem intensiven Rotorange am blauen Wüstenhimmel und bewegte sich wie ein schwerer Feuerball in einem überraschenden Tempo immer näher auf die Sanddünen zu. Als der Feuerball vollständig aufgesogen war, blieb ein spektakuläres Farbenspiel am Horizont zurück. Wie auf einem Ölbild verschmolzen die wunderbarsten Rot-, Gelb-, Orange-, Pink-, Lila- und Blautöne ineinander und strahlten mit dem letzten Tageslicht durch die vereinzelt die Wüste schmückenden Bäume und Büsche. Als wir halbwegs aus dem Staunen wieder raus waren, gingen wir zurück zu unserer Plattform.

Antonio öffnete eine Flasche Malbec und konnte sein bezaubernd schelmisches Lächeln nicht unterdrücken, als ich ihn dabei fotografierte. Neugierig sah er sich die Saucen an und setzte sich dann die für ihn disponierte Kochmütze auf. Für mich lag eine Rose bereit. Bestückt mit den neuen Requisiten setzten wir die Fotosession fort. Inzwischen war der Fahrer zurückgekommen und zündete die Fackeln an, die er soeben in den Sand gesteckt hatte. Für den Tisch hatte er noch eine Lampe mitgebracht, die in vielen verschiedenen Farben leuchtete. Zwischen Rot, Grün, Blau, Gelb, Orange und Weiß entschied ich mich für die letzte Variante. »Gute Wahl«, bestätigte mich Antonio, »du hast einen ausgezeichneten Geschmack!« »Danke, ich weiß, nur das Beste ist gut genug!« Wir stießen mit dem Malbec auf dieses einzigartige Dinner in umwerfender Kulisse an und sahen uns dabei strahlend in die Augen. Dann holte Antonio die Vorspeisen aus dem Kühlschrank. Es gab verschiedene Käsesorten mit Weintrauben, Brot, Hummus, Insalata Caprese, Cesar Salad und extra für mich einen Bohnen-Thunfisch-Salat. »Wusstest du, dass Cesar ein mexikanischer Salat ist?«, fragte Antonio mich. »Nein echt?« »Ja, die Leute denken immer, dass er aus Italien kommt, aber in Wirklichkeit wurde er in Mexiko erfunden.« Ich war überrascht »Ich hätte weder gedacht, dass er aus Italien kommt, noch aus Mexiko. Ich hätte eher auf die USA getippt, Kalifornien oder so.« »Ja stimmt, wegen der Croutons wahrscheinlich.« »Genau, und wegen der cremigen Sauce. Apropos Sauce, ich finde das Pesto total lecker.« »Ja, schmeckt wirklich gut! Hast du schon den Thunfischsalat probiert?« »Nein, noch nicht, mach ich jetzt.« Als ich mir von dem Salat nahm, stand Antonio schon auf und holte das Fleisch aus dem Kühlschrank. »Was möchtest du zuerst essen? Es gibt Hähnchen, Rind, Lamm, Aubergine und Fisch.« Während er das fragte, packte er schon die Maiskolben aus und legte sie auf den Grill, denn damit anzufangen stand fest. »Wow so viel?« »Ja klar, es gibt auch noch Reis, Gemüse und Kartoffeln.« » Klingt alles gut, such du aus, womit du anfangen möchtest!« Er legte einfach erst mal von allem etwas rauf und ließ die Möglichkeit einer zweiten Runde offen. Der Thunfischsalat war so lecker, dass ich mich damit schon fast satt aß, aber bei dem köstlichen Duft, der vom Grill zu mir rüberzog, konnte ich mich dann doch noch zusammenreißen und etwas davon übrig lassen. Ich lehnte mich zurück, trank einen Schluck Wein und ließ meinen Blick durch die Landschaft schweifen. Deren idyllische Anmut schien zu perfekt, um wahr zu sein. Antonio, der mir gerade einen Maiskolben auffüllte, sah den glücklichen Ausdruck in meinem Gesicht und freute sich sichtlich, als ich ihm sagte, dass dies definitiv einer meiner Lieblingsorte auf der Welt sei. »Ich bin ja wirklich schon viel rumgekommen in meinem Leben, aber selten habe ich einen Ort von solch erhabener Schönheit gesehen.« »Es ist wahr, die Wüste hat ihre ganz eigene Faszination.« Ich rieb meinen Maiskolben mit Knoblauch und Harissa ein und erklärte nach Antonios erstauntem Blick: »Ich weiß, eigentlich verwendet man eine andere Marinade, aber ich dachte mir, das würde zur arabischen Wüste passen.« Antonio entschied sich für Mayonnaise und biss leidenschaftlich in den goldgelben knusprig gebratenen Kolben. Auch ich aß genüsslich weiter und war zufrieden mit der weiß-roten Saucenkombination, die sich farblich so hübsch mit dem Gelb ergänzte. »Meistens schmeckt mir Mais gar nicht so gut, aber dieser hier ist wirklich besonders lecker«, lobte ich den Chefkoch, während ich um den Kolben herumknabberte. Der Chef selbst meinte, er könne sich ein Barbecue ohne Mais überhaupt nicht vorstellen. Genauso wenig wie ohne Fleisch natürlich. Wir aßen, tranken, redeten, hörten Musik und lächelten uns immer wieder glücklich und verliebt an. Trotz der Fackeln und Lampen war es mittlerweile so dunkel, dass man nicht gut erkennen konnte, ob das Fleisch richtig durch war. »Probier mal und sag Bescheid, ob es noch mal auf den

Grill muss!«, bat Antonio mich. »Alles exquisit«, antwortete ich und das war es wirklich. Ob es wohl an der geheimen Zutat lag? »Es ist so wunderbar friedlich und ruhig hier«, fasste ich meine Bewunderung für diese meditative Atmosphäre in Worte. »Ja, es ist auch das Konzept des Hotels, dieses ganz spezielle Ambiente zu schaffen, das es einem erlaubt, aus dem Stress und den Sorgen des Alltags komplett auszubrechen.« »Das ist wirklich gelungen. So gut, dass es fast surreal scheint. Weißt du noch, als ich dir neulich erzählt habe, dass meine Mutter früher immer zu mir gesagt hat, ich solle mich kneifen, um sicher sein zu können, dass es kein Traum ist?« »Klar!« »Heute Abend musste ich mich schon so oft kneifen und immer kann ich es spüren, aber es kommt mir trotzdem vor, wie ein Traum!« »Und was ist, wenn ich dich kneife«, scherzte Antonio und zwickte mich. »Na ja, dann muss es wohl doch wahr sein.« Wir hatten die erste Runde Fleisch und Gemüse verspeist und waren schon ziemlich gut gefüllt. »Bereit für die zweite Runde?«, erkundigte Antonio sich. Ich war mir nicht sicher, ob es ernst gemeint war. »Vielleicht noch ein ganz bisschen, aber viel geht bei mir nicht mehr rein.« »War nur ein Scherz. Ich glaube, das schaffen wir nicht mehr.« »Nein, unmöglich. Es ist eindeutig zuviel.« »Anscheinend dachten sie, wir wären eine arabische Großfamilie« »Der Menge des Essens nach zu urteilen auf jeden Fall.« »Wie wär's mit Nachtisch?« »Klingt gut. Ein bisschen Nachtisch geht immer. Was gibt es denn?« »Es gibt Obstsalat und Panna Cotta mit Waldfruchtsauce.« Antonio räumte die leeren Teller ab und tischte die Früchte auf. »Wow lecker, der Obstsalat ist mit Mangosteen«, freute ich mich. »Kenn ich nicht, was ist das?« Ich zeigte auf die runde aufgeschnittene Frucht und erklärte ihm, dass ich sie schon mal bei Comptoir in einem Frühstückssalat gegessen hatte und sehr mochte. Er probierte sie und stimmte mir zu. Als wir den Nachtisch aßen, fragte er mich, was ich denn noch für Pläne für unsere verbleibende Zeit in Dubai hätte. Ob ich vielleicht nicht sogar auch noch ein Bistro wie Comptoir aufbauen wolle. »Dafür ist es, denke ich, inzwischen zu spät. Ich finde das Konzept zwar eigentlich genial, aber ich ziehe es vor, mich auf andere Dinge zu konzentrieren.« »Tja, du bist schon alt, da kann man nicht mehr viel erreichen im Leben!« »Das stimmt nicht, ich bin noch sehr jung! Ich kann noch alles schaffen, was ich mir vornehme.« »Und das wäre? Was willst du noch erreichen? Was ist dir wichtig im Leben?« »Ich will zum Beispiel noch ein Buch schreiben und das mache ich ja schon. Außerdem könnte ich mir vorstellen, meinen eigenen Laden aufzumachen. Ein Café in San Miguel, eventuell mit Sprachkursen, mal sehen. Schreiben, Unterrichten, Kaffee, das sind Leidenschaften für mich und es wäre schön, mich damit selbstständig machen zu können. Jedoch glaube ich inzwischen, dass es gar nicht so wichtig ist, was man macht, sondern umso wichtiger, dass man es mit Feuer und Leidenschaft macht. Dass man sich mit seiner Aufgabe identifizieren kann und glücklich ist. Wie dem auch sei, das Wichtigste ist mir, eine Familie zu haben, der Rest ist zweitrangig. Und auch dafür bin ich ja noch jung genug. Sieben Kinder schaffe ich bestimmt noch!« »Sieben?« »Ach Quatsch, war nur ein Scherz. Aber zwei oder drei hätte ich schon gerne. Und du?« »Also, mir ist auch die Familie am wichtigsten, ich möchte heiraten und Kinder haben, immer für meine Kinder da sein. Aber natürlich erfordert das auch eine gewisse finanzielle Sicherheit und daher habe ich auch den Wunsch, mich beruflich mit meinem eigenen Unternehmen zu verwirklichen. Das ist, wie du ja weißt, ein Traum, den ich schon lange verfolge. Und ich möchte mein eigenes Haus in Mexiko bauen.« »Ja, das wird sicher ein Traumhaus. Aber nur unter einer Bedingung!« »Die da wäre?« »Ich möchte auch mit in dem Haus wohnen.« »Na ja, mal schauen, ich denke, da ließe sich was machen. Ich könnte so ein Hausmädchenzimmer mit einbauen, wie es in Mexiko üblich ist.« »Ok, aber dann wenigstens mit Dolby Surround von Bose, so wie hier im Bad.« Antonio verteilte den letzten Schluck Wein auf unsere Gläser und suchte nach einer neuen Playlist. Aus den Lautsprechern klang plötzlich »I Follow Rivers«. Wieder spürte ich die Elektrizität und mich überkam eine leise Ahnung, dass dies etwas zu bedeuten haben könnte. Wieder verwarf ich den Gedanken und ermahnte mich, einfach die Magie dieses unendlichen Moments wahrzunehmen, für alles zu danken, nichts zu erwarten. Antonio nahm meine Hand, wir sahen uns in die Augen, lächelten, ließen unsere Hände wieder los, tranken einen Schluck Wein, sangen mit. Wir sprachen über unseren ersten gemeinsamen Sommer, in dem wir dieses Lied so oft gehört hatten und ich dachte daran, wie unglaublich es war, dass er mir tatsächlich gefolgt war und wir zwei Jahre später gemeinsam in der Wüste saßen, noch genau dieselben Menschen und doch ganz andere, wie der Fluss eben. »Würdest du mir überall hin folgen?«, fragte Antonio mich. »Natürlich, überall hin.« »Auch auf den Grund des Ozeans?« »Selbstverständlich, ich bin doch Arielle oder hast du das vergessen?« Er schmunzelte. »Und an den Nordpol?« »Auch an den Nordpol!« »Und wer würdest du da sein?« »Ich würde deine Freundin sein, deine Gefährtin, deine Komplizin.« »Und was hältst du davon, meine Frau zu sein?« Ich konnte es nicht fassen. Jetzt war es doch tatsächlich passiert. Ich fühlte das Kribbeln am ganzen Körper und konnte nicht anders reagieren, als mir vor Erstaunen und Überwältigung die Hand vor den offenen Mund zu halten. Vor lauter Ergriffenheit wusste ich zuerst nicht, was ich sagen sollte und drehte mich zur Seite. Also doch ein Traum. Ich drehte mich zurück. Nein doch nicht. Tief berührt sah ich den Ring an, den Antonio mir in der Schatulle entgegenhielt. Er war hinreißend. Ich nahm seine Hand und sagte, ihm in die Augen blickend: »Ja!« Wir standen auf und nahmen einander in die Arme. Unsere Gesichter dicht voreinander sagte ich ihm noch einmal, »Ja, natürlich!«, und wir küssten uns. Ich schüttete den Rest Wein aus meinem Glas in den Sand und wir spülten beide unsere Gläser aus, um dann mit eisgekühltem Champagner auf unsere Verlobung anzustoßen. Danach packten wir unsere Sachen zusammen und spazierten frisch verlobt und von Glück durchdrungen durch die Dünen zu unserem Apartment.

Wir feierten unsere Verlobung im Coya mit einem peruanischen Buffet. Alle unsere Freunde kamen, um uns zu gratulieren und mit uns auf unsere Liebe anzustoßen. Es gab die, die schon immer wussten, dass wir irgendwann heiraten würden, und die, die nach der ewigen On-Off-Beziehung schon nicht mehr daran geglaubt hatten. Wir tranken Pisco Sour und aßen Ceviche, Aji de Gallina und Lomo Saltado. Danach tanzten wir die ganze Nacht zur Livemusik einer kubanischen Band. Bei »Vivir Mi Vida« von Marc Anthony legte Antonio seine Hand um meine

Hüfte, drückte mich fest an sich und sah mir ganz tief in die Augen. Ich erwiderte seinen Blick und so hielten wir einen langen Moment inne und alles um uns herum verschwand. Ich fühlte in diesem Moment, dass alles perfekt war. Es war, als blickte ich in die Augen des Antonio, den ich zwei Jahre vorher kennengelernt hatte und ich erkannte, dass nicht er sich verändert hatte, sondern mein Bild von ihm. Wir feierten, als würde es kein Morgen geben und kotzten auf der Rückfahrt dem Taxifahrer an die Hintertür. Trotzdem gab es zu Hause noch eine private After-Party und schließlich schliefen wir befriedigt in einer innigen Umarmung ein und erwachten erst am nächsten Mittag. Ich bereitete ein mexikanisches Frühstück mit Maistortillas, Rührei, Bohnenmus und Koriander zu, und statt brunchen zu gehen, saßen wir das erste Mal seit Langem stundenlang im Schlafanzug am Küchentisch und hatten ein intimes Gespräch. Wir beschlossen, diese Frühstückstradition einzuführen, um mehr Qualitätszeit füreinander zu haben. Außerdem wollte Antonio gern wieder mehr in seine Fitness investieren und meldete sich zu einem Bootcamp an. Statt freitags zu saufen und zu feiern, gingen wir ins Kino und standen am nächsten Morgen früh auf, um an den Strand zu fahren. Antonio trainierte im Bootcamp und ich ging währenddessen laufen. Danach frühstückten wir am Kite-Beach und setzten uns anschließend mit einem Smoothie in die Hängesessel bei Jamba Juice. Diese Tage waren Fluchten aus dem stressigen Dubaier Alltag, die unserer Beziehung Energie und Frische gaben. Eine weitere Tradition, die wir einführten, waren Spieleabende mit Freunden. Wir luden Freunde zu uns nach Hause ein, bereiteten Tapas zu, unterhielten uns in vertraulicher Atmosphäre und spielten dann stundenlang Karten oder Domino. Es waren chillige Abende. Es war eine gute Zeit.

11. Kapitel

Im nächsten Jahr über die Osterfeiertage konnte ich dann endlich nach Schweden reisen. Da Antonio leider arbeiten musste, flog ich allein. Den ersten Tag verbrachte ich bei Ezra und Anika zu Hause, wo ich meinen Neffen Levi kennenlernte. Ich spielte und kuschelte die ganze Zeit mit ihm und vergaß dabei, dass ich eigentlich schon gern noch einmal über den kaltblütigen Schriftverkehr gesprochen hätte. Es ist unglaublich, was die Präsenz eines Babys in einem Menschen auslösen kann. Ich fühlte mich sacht und seelenruhig, voller Liebe im Herzen. Es war ein Wunder, ihn einfach nur anzusehen. Er war ein Wunder. Levi war inzwischen 7 Monate alt, aber er roch immer noch so gut wie ein frisch geborenes Baby. Ich bekam nicht genug davon, an ihm zu riechen. Es war perfekt, dass ich ihn einen Tag lang so ganz für mich allein hatte, abgesehen von seinen Eltern natürlich, die mir aber die Zeit mit ihm gönnten. Ich war glücklich, zu sehen, wie innig sie ihn liebten und wie rührend sie sich um ihn kümmerten. Sie waren wirklich fabelhafte Eltern und allein das entschärfte den Kirchenstreit ungemein. Und es war tatsächlich so, wie Teresa und Lotta mir mitgeteilt hatten, Ezra war allem Anschein den von ihm verfassten Texten zum Trotz noch derselbe. Er machte die gleichen Scherze und abgesehen von einigen unausgesprochenen Worten, die zwischen uns in der Luft hingen, war alles genau wie immer. Wir gingen mit Levi im Wald spazieren, bereiteten ihm Babybrei zu, von dem wir auch selbst naschten und ich durfte mich im Wickeln üben, wobei ich direkt von Levi angepinkelt wurde. Am nächsten Tag kamen meine Eltern sowie Lotta und Henning aus Hamburg angereist und wir fuhren in ein Haus im Wald, in dem wir ein paar Tage zusammen verbrachten. Es waren beschwingte, heitere Tage. Die Meisten von uns trafen sich morgens zu einem gemeinsamen Waldlauf. Danach frühstückten wir ausgiebig und gingen dann einkaufen, spazieren oder ins nahegelegene Schwimmbad. Levi liebte das Wasser und planschte mit seinen kleinen Händchen wie verrückt darauf herum. Genau wie Ezra damals, wollte er gar nicht wieder rauskommen. Wir Erwachsenen wechselten uns ab, mit ihm zu baden und gingen der Reihe nach in die finnische Sauna. Es war wahnsinnig heiß da drinnen und um die süße Qual perfekt zu machen, peitschten wir uns zusätzlich mit Birkenquasten aus. Das war himmlisch wohltuend und gleichzeitig wurde die Sauna von einem aromatischen Birkenduft erfüllt. Nach einigen Aufgüssen duschten wir uns ab und sprangen in den eiskalten See vor der Tür. Zwischen den Gängen tranken wir Kaffee und aßen Buller. So verbrachten wir den ganzen Tag, bis wir ausgelaugt und hungrig waren. Im Haus bereitete Carlo uns seine berüchtigten Sandwiches zu, von denen wir nicht genug bekommen konnten und danach plünderten wir noch die Süßigkeiten Schublade. Am nächsten Tag war Ostern und wir fuhren mit dem Auto ein Stück weiter in den Wald hinein zu einem Grillplatz. Teresa war vorher schon dort gewesen und hatte überall Ostereier versteckt. Wie kleine

Kinder suchten wir gierig nach unseren Schokoladenhasen und Blätterteigeiern und freuten uns über eine reiche Beute. Nach einem ausgiebigen Waldspaziergang samt Erklimmen einer Aussichtsplattform und Elchbeschau, breiteten wir auf der Lichtung unser Picknick aus und grillten Würstchen und Marshmallows. Wir machten einen Wettbewerb, wer die meisten Marshmallows in seine Wangen stecken und dabei immer noch verständlich »Du-hast-mich-gefragt-und-ich-hab'-nichts-gesagt« sagen konnte. Es war total lustig und wir kamen aus dem Lachen nicht mehr heraus. Am Ende gewann Ezra haushoch mit 26 Marshmallows im Mund. Vor Freude über seinen Sieg, führte er den Riverdance auf und Levi guckte seinen Papa stolz an und versuchte mit seinen kleinen Beinchen in der Luft die Bewegungen nachzuahmen. Eine unvergessliche Tanzvorstellung. Beim Abschiedslauf unterhielten mein Vater und ich uns darüber, dass es definitiv noch eine Aussprache werde geben müssen, dass diese jedoch hier im Urlaub die einzigartige Familienidylle kaputtgemacht hätte, die noch um einiges wichtiger war als der anstehende Wortwechsel. Das Leben ist doch viel zu kurz, um sich seine kostbare Zeit durch auf Stolz und Rechthaberei basierenden Streit zu vermiesen. Im Endeffekt fand die Aussprache niemals statt.

Zurück in Dubai berichtete ich Antonio von unserem fulminanten Urlaub und er war traurig, nicht mit dabei gewesen zu sein. Er hatte einen Urlaub dringend nötig. Also beschlossen wir spontan, für ein verlängertes Wochenende nach Athen zu fliegen. Und schon saßen wir in einem Café am Flughafen und tranken Flat White. Antonio war in Gedanken versunken. Ich stieß ihn an und fragte: »Du denkst doch wohl nicht immer noch über dieses Projekt nach?« Es ging gerade wieder ziemlich stressig zu in seinem Job und das derzeitige Projekt beschäftigte ihn sehr. Gerade deshalb hatte er eine Auszeit dringend nötig. »Ja, ich denke tatsächlich über das Projekt nach. Tut mir leid.« »Du musst deine Gedanken loslassen.« »Ich weiß, aber das ist nicht so einfach. Die Gedanken kommen ständig zurück.« »Ja, ich verstehe, was du meinst. Das werden sie auch die ganze Zeit tun und du wirst jedes Mal denken: ›Ok, jetzt denke ich diesen einen Gedanken zu Ende und dann entspanne ich mich.‹ Aber dann kommt der nächste Gedanke und immer so weiter. Also musst du jetzt einfach entscheiden, dass es keinen Zweck hat. Entweder willst du den Urlaub genießen oder aber an die Arbeit denken. Beides wird nicht gehen.« »Du hast ja recht! Aber was soll ich tun, wenn die Gedanken kommen? Ich will ja nicht, dass sie mich belästigen, aber ich schaffe es auch nicht, mich vor ihnen zu verschließen.« »Vielleicht ist gerade das das Problem. Verschließe dich nicht vor den Gedanken! Lasse sie zu! Wenn sie kommen, dann nimm sie still an und sag ihnen, dass du dich ihnen zu einem späteren Zeitpunkt widmen wirst! Versuch nicht, die Gedanken durch Gedanken zu bekämpfen! Wenn du denkst, dass du nicht denken willst, dann ist ja auch das ein Gedanke und jeder Gedanke ruft einen Weiteren hervor und schon bist du in einer Spirale gefangen und bekommst Kopfschmerzen. Atme einfach tief ein und dann lass mit einem langen bewussten Ausatmen alle Gedanken los!« Es schien zu funktionieren und Antonio holte auf dem Flug seinen verpassten Schlaf nach.

Als wir in Monastiraki ankamen, stiegen wir aus der Bahn aus und liefen über den Marktplatz zu unserem Hotel. Kaum hatten wir einen Fuß aus der Station gesetzt, wurden wir durch unsere Koffer als Touristen enttarnt und zwei Jamaikaner mit selbstgemachten Armbändern stürzten auf uns zu. »Hello my friend, welcome to Athens!« Sie strahlten über das ganze Gesicht, wobei sie uns jeder ein Armband ums Handgelenk wickelten. »No worries my friend, you just give what you want.« Zuerst weigerten wir uns noch und sagten, dass wir keine Armbänder kaufen wollten, aber sie ließen nicht locker. »Just give what you want, what's coming from your heart, God bless your heart!« Antonio drückte dem Boss einen Zehner in die Hand und er beauftragte seinen Gefährten, uns in einer kleinen Zeremonie zu segnen. Sein Begleiter legte unsere Hände, an denen er die Armbänder nun festgeknotet hatte, übereinander und wiederholte die Segnungen des Anführers: »May you find love, peace and happiness, may you spend your lifes together in joy, may you have lots of children and a beautiful family, may god always bless your ways!« Nachdem die Zeremonie beendet war, durften wir uns küssen. Unsere beiden neuen Freunde luden uns noch ein, am Abend auf den Marktplatz zurückzukommen und kündigten eine Live-Musik-Session an, die wir auf keinen Fall verpassen dürften und entließen uns dann mit unseren Bob-Marley-Armbändern ins Getümmel. Die Sonne schien und alle Athener schienen auf der Straße unterwegs zu sein. Die Cafés waren voll, die Sitzmöglichkeiten auf dem Markplatz belegt und überall standen Menschen und aßen, tranken und redeten wild durcheinander. Auf unserem Weg durch die Menge kamen uns weitere Jamaikaner mit Armbändern entgegen, aber dieses Mal gelang es uns, sie abzuwimmeln. Auf der anderen Straßenseite angekommen, sahen wir, dass direkt neben unserem Hotel noch ein Eingang zu einer Metrostation war, aber der kleine Schlenker, der uns direkt ins Athener Geschehen einsog, war ein willkommener Umweg. Wir brachten unsere Koffer ins Zimmer, machten uns kurz frisch und waren bereit, mehr von dem bunten Treiben zu entdecken. Wir entschieden uns für die rechte Seite und kamen an ein paar Geschäften und Restaurants vorbei auf einen weiteren kleinen Marktplatz. Neugierig liefen wir durch die Gassen und beobachteten die Leute und deren Lifestyle. Die Atmosphäre war bestimmt von der Energie des rasanten Pulsierens der Stadt und doch gleichzeitig sehr gechillt. Die Einheimischen hatten einen alternativen, aber trotzdem schicken Stil, kombinierten Lässigkeit mit Eleganz. Die Meisten liefen mit Zigarette und Coffee to go in der Hand herum oder tranken Kaffee in einem der vielen Straßencafés. An jeder Ecke waren Coffeeshops und Gyrosläden, aus deren offenen Türen und Fenstern der verführerische Geruch nach Kaffee und Fleisch die Luft erfüllte. Unser Appetit wurde angeregt und durch unsere verräterischen Blicke auf die Teller der Gäste, die an den Außentischen saßen, wurden wir zur gefundenen Beute, der nach weiterer Kundschaft Ausschau haltenden Kellner. Mit dem gleichen Nachdruck wie unsere jamaikanischen Freunde, versuchten sie, uns in ihre Restaurants zu locken und es übertraf einer den anderen in seiner Überredungskunst. Ein wenig überfordert von dem übereifrigen Ehrgeiz der charmanten griechischen Süßholzraspler, befreiten wir uns vorerst aus deren Fängen, indem wir versicherten, nach einem kurzen Stadtbummel zurückzukommen. Nachdem wir uns die himmlischen Versprechungen über die einzigartigen griechischen Köstlichkeiten angehört hatten, wurde es auf einmal still. Nur einen Schritt um die nächste Straßenecke und das lebendige Ambiente erstickte in einer bedrückenden Verlassenheit. Keine Menschenseele war zu sehen und die Gebäude schienen wie ausgestorben. Die Geschäfte standen leer und hinter den abgesperrten Eingängen lag überall Müll. Die Wände waren mit sozialkritischen Graffitis und anarchistischen Slogans besprüht. An einer heruntergekommenen Straßenlaterne hing verloren ein verrosteter Fahrradreifen an einem alten Zahlenschloss. Der abrupte Wandel ließ diese ernüchternde Leere surreal erscheinen. Wir liefen den vernachlässigten Gehweg entlang, der unsere Anwesenheit mit scheuer Skepsis zu beäugen schien und waren von dieser unwirklichen Erscheinung noch völlig eingenommen, als wir an der nächsten Kreuzung eine weitere Überraschung entdeckten. Wieder wandelte sich das Straßenbild innerhalb weniger Meter immens und die ausgestorbene Leere wurde nun zu einer arabischen Bastion. Ein Geschäft reihte sich hier an das andere, aber statt griechischem Schmuck und Handwerk fand man arabisch inspirierte Haushaltswaren und Elektroartikel sowie Shishas. Die bekannt aussehenden Männer waren in weißen Kandoras gekleidet und hatten ernste, ein wenig streng wirkende Gesichtsausdrücke und erschienen im Vergleich zu den offenen, lebensfrohen Griechen griesgrämig und fade. Die gesamte Straßenzeile wirkte trist und verstärkte die Unwirklichkeit der Umgebung. Ein paar Autos fuhren vorbei und hier und da sah man Leute die Läden betreten oder verlassen, aber die Bewegungen hatten nichts von der ansteckenden Hochstimmung des ersten

Eindrucks, der uns bei unserer Ankunft überfiel. Die kleine Reise durch die Kehrseite der krisengeschüttelten Eurozone brachte uns schließlich, genauso schnell wie sie uns eingefangen hatte, zurück in das pulsierende Herz der Stadt, an dem sich das mysteriöse Dreieck wieder schloss. Ich hing noch meinen Gedanken nach, als Antonio mich fragte: »Also, welches Restaurant hat auf dich den besten Eindruck gemacht?« Ich überlegte kurz und sagte: »Mh, also lecker sah es überall aus, aber ich glaube ich fand es da am ansprechendsten, wo heute Abend die Live-Musik gespielt werden soll.« »Ah ja, ich glaube, ich weiß, welches du meinst. Hast du schon Hunger?« Ich hatte ziemlichen Hunger, also machten wir uns auf den Weg zu dem Restaurant und konnten durch unsere Rückkehr zumindest diesen einen Kellner sichtlich erfreuen. Wir aßen köstliches Gyros und Fetakäse, tranken griechischen Wein und ließen uns von den Klängen der griechischen Musik davontragen an einen Ort, an dem die Folgen der Krise noch nicht ihre Spuren hinterlassen hatten. Zum Nachtisch wurde uns zum Dank für unsere Loyalität noch Panna Cotta und Ouzo serviert. Während des Essens fiel mir auf, dass erstaunlich viele hübsche Frauen auf der Straße unterwegs waren. »Welche Frau gefällt dir?«, fragte ich Antonio. »Ich meine, welche berühmte Frau, welche Schauspielerin?« »Es gibt viele hübsche Frauen. Lass mich überlegen … ich glaube, am besten gefällt mir Jennifer Lawrence. Sie hat unglaublich sinnliche Lippen und ihre Ausstrahlung ist so authentisch, irgendwie unschuldig und gleichzeitig wahnsinnig verführerisch.« »Ja finde ich auch. Sie hat eine ganz besondere Schönheit, die auf eine Art den Standards entspricht und doch gleichzeitig mit ihnen bricht. Es gibt etwas an ihr, das sie von anderen Models abhebt.«

»Genau, sie lächelt anders, guckt anders. Sie versucht nicht, in ein bestimmtes Schema zu passen, sondern ist einfach sie selbst. Das erinnert mich an eine andere Frau, die ich wahrscheinlich sogar noch schöner finde: Marilyn Monroe. Ihr Sex-Appeal ist einfach atemberaubend und sie vereint Erotik und Intelligenz wie keine andere.« »Du hast einen guten Geschmack! Eine wirklich beeindruckende Frau. Sie hatte das Leben durchschaut. Besonders gefällt mir ihr Zitat: ›Unvollkommenheit ist Schönheit, Wahnsinn ist Genialität und es ist besser, absolut lächerlich zu sein als absolut langweilig‹.« »Mir gefällt auch, Wenn ich alle Regeln befolgt hätte, hätte ich es nie zu etwas gebracht‹.« »Ich finde es erstaunlich, wie viele großartige, außergewöhnliche Menschen diese Wahrheit durchschaut haben und wie viele Menschen, die gern großartig und außergewöhnlich wären, sie nicht durchschauen.« »Das ist richtig. Aber leider hat das mit dem Durchblick ja auch seine Kehrseite. Ich glaube nicht, dass es Zufall ist, dass so viele Ausnahmemenschen so früh gestorben sind.« »Wahrscheinlich nicht. Sicher wussten sie etwas, das ihnen zum Verhängnis wurde. Marilyn Monroe, JFK, Bruce Lee, John Lennon, Che Guevara, Bob Marley, Diana und so weiter.« Wir unterhielten uns noch ein bisschen weiter über diese Ausnahmemenschen und ihr tragisches Schicksal und überlegten, ob wir ihr Geheimnis gern wüssten, auch wenn es uns zum Verhängnis werden würde. Antonio, der eindeutig die blaue Pille gewählt hätte, war wenig begeistert, dass ich die rote schlucken würde.

Wir zogen weiter und ergatterten mit Glück noch einen Tisch auf der Dachterrasse des 360. Im schräg gegenüberliegenden A for Athens war die Bar bis in die letzte Ecke voll. Wir bestellten uns eine Flasche Nemea und stießen auf die Möglichkeit an, die Welt entdecken zu können. Ich blickte hinüber zu den von Heizpilzen umringten Tischen, an denen sich die größtenteils rauchenden Gäste versammelten. Während jemand den Qualm seiner Zigarette in die Luft blies und eine weiße Wolke sich am schwarzen Horizont auflöste, streifte ein kühler Windhauch mein Gesicht und durchzuckte mich durch seinen Geruch nach kaltem Rauch ein kurzes Schaudern. Mir war, als würden sich die Atome der kalten von Tabakaroma durchzogenen Luft mit denen der Musik und dem als Hintergrundgeräusch wahrnehmbaren monoton-rhythmischen Stimmengewirr vermischen und durch meinen Kopf in mein Bewusstsein eindringen, um sich von dort genau wie die Rauchwolke im Dunkel der Nacht vor der Kulisse der Akropolis aufzulösen. Majestätisch thronte sie auf dem Felsen und ließ ihre Schönheit im Scheinwerferlicht erstrahlen.

Am nächsten Morgen stand ich früh auf und ging im Park neben dem Panathinaiko-Stadion laufen. Nachdem ich ein paar Runden gedreht hatte, blieb ich auf einer der Emporen am Stadion stehen und dehnte mich. Ehrfürchtig blickte ich auf die lange, schmale Tartanbahn und stellte mir vor, wie hier vor über 100 Jahren die ersten Olympischen Spiele der Neuzeit ausgetragen wurden. Der edle Kampfgeist und die leidenschaftliche Siegeslust lagen noch in der Luft und machten diesen Schauplatz zu einem athletischen Treffpunkt der Spitzenklasse. Energiegeladen lief ich zurück zum Hotel und ging gemeinsam mit Antonio frühstücken. Wir kosteten den angesagten Athener Kaffee und konnten uns davon überzeugen, dass er wirklich ausgezeichnet war.

Danach beschlossen wir, uns die Akropolis nun auch von innen anzusehen und spazierten über den Marktplatz den Hügel hinauf. Dabei kamen wir an einigen Ruinen vorbei, die schon lange vor unserer Zeitrechnung wichtige Begegnungsstätten der Bürger und Adligen waren. Wir trafen dort auf viele streunende Katzen, deren Anwesenheit mich an die Ausgrabungen der unterirdischen Stadt in Rom erinnerte. Diese imposanten Orte erhielten durch die Präsenz der geschmeidigen, unberechenbaren Tiere ein mysteriöses Flair, eine sagenumwobene Luft, die zu atmen, einen auf eine Zeitreise schickt. Als wir die Akropolis erreichten, stand die Sonne bereits im Zenit und erwärmte den grandiosen Schauplatz. Mit offenen Mündern verharrten wir eine Weile im Eingangsbereich vor dem überwältigenden Meisterwerk menschlicher Baukunst. Auch wenn es nur noch Überreste der einstigen Festung waren, konnte man trotzdem den Geist der fleißigen, loyalen Arbeiter spüren, die ihr Herz und ihre Seele in das Errichten eines zeitlos schönen, Ehrfurcht gebietenden Wundertempels gesteckt hatten. Ich schloss für einen Moment meine Augen und als ich sie wieder öffnete, wähnte ich mich inmitten der Philosophen und Denker, die noch heute durch ihre Weisheiten und ihre revolutionären Ansichten unsere Weltsicht beeinflussen und unsere geistige Entwicklung stimulieren. Wie gut, dass wir dank der Literatur auch heute noch mit diesen Ausnahmemenschen kommunizieren können. Dankbar nahm ich die Anwesenheit dieser beeindruckenden Köpfe wahr und schwelgte in der inspirierenden Aura ihrer Hinterlassenschaft. Schließlich spazierten wir weiter durch die zauberhaften Tempelreste und setzten uns nach einer Weile auf einen Stein, um den spektakulären Ausblick über die Stadt zu genießen. Antonio und ich waren uns einig, dass Athen über eine ganz spezielle Faszination verfügt. Aber nicht nur die kulturelle, sondern auch die kulinarische Komponente hatte es uns angetan. Wir gönnten uns einige griechische Köstlichkeiten, bevor wir uns aufmachten ins Akropolismuseum, um dort noch mehr über die historischen Hintergründe des UNESCO-Weltkulturerbes zu erfahren.

Am nächsten Morgen vor unserem Rückflug gingen wir noch auf den Kunstmarkt und kauften ein paar Mitbringsel für Freunde und Familie. Neben Schmuck und Kunsthandwerk wurden auf einem Flohmarkt auch antike Möbel und Musikinstrumente verkauft. Gern hätte ich etwas davon mitgenommen, um unsere Wohnung in Dubai zu renovieren, doch ich beschloss, mich noch ein paar Monate zu gedulden und die Vorfreude auf ein neues Leben auszukosten.

Als wir aus Athen zurückkamen, hatte Antonio schrecklich viel Stress mit dem Projekt, über das er am Flughafen so lange nachdenken musste. Wenn er von der Arbeit nach Hause kam, war er meist angespannt und schlecht gelaunt. Wenn er überhaupt nach Hause kam. Ich beschäftigte mich indessen mit der Hochzeitsplanung, doch all meine Ideen und Konzepte wurden von ihm kritisiert. Unsere positiven Gewohnheiten der gemeinsamen Trainingsessions, Frühstückszeremonien und Spieleabende hatten sich mehr und mehr verflüchtigt. In den wenigen Gesprächen, die wir hatten, stellte sich heraus, dass wir nicht nur von der Hochzeit, sondern auch von der Ehe ziemlich unterschiedliche Vorstellungen hatten. Ich fühlte mich mehr und mehr in die Rolle der Hausfrau gedrängt und bekam Angst davor, meiner Freiheit beraubt zu werden. In Mexiko verwendet man für Ehepartner denselben Ausdruck wie für Handschellen. Ich verstand plötzlich warum. Wenn unsere Beziehung schon nach der Verlobung so eine krasse Wendung nahm, wie sollte es dann erst nach der Hochzeit werden? Je mehr ich organisierte, desto mehr schnürte sich mir die Kehle zu. Ich flog für ein paar Wochen nach Hamburg, um mir vor Ort einige Locations anzusehen, sowie DJs und Fotografen zu treffen. Es war eine willkommene Flucht in meine Heimatstadt, die mich mit einem noch nie dagewesenen Gefühl der Freiheit und Toleranz aufnahm und festhielt. Der Gedanke nach Mexiko zu gehen und nur noch im Urlaub nach Hamburg zurückzukehren, war bedrückend. Ich war viel in der Stadt unterwegs und lernte neue Leute kennen. Alles war so einfach und authentisch. Ich traf mich mit Lars, der für ein paar Tage in seinem Fotoatelier in Hamburg war. Wir kletterten aufs Dach des Altbaus aus der Vorkriegszeit und blickten bei Wein und Käse von oben auf die Hamburger Straßen im Licht der untergehenden Sonne. »Ich liebe das Künstlerdasein,« sagte Lars, »auch wenn es nicht immer leicht ist. Manchmal hat man alles, das Bankkonto ist voll, man wird zum Galadinner eingeladen, alle reißen sich um einen. Und dann wieder hat man nichts, muss seine letzten Ersparnisse zusammenkratzen, sich bei Freunden durchschnorren, Jobs hinterherlaufen. Das ist sicher nichts für jeden, aber ich liebe es. Ich bin immer glücklich. Ich bin immer derselbe.« »Ich weiß genau, was du meinst. Meines Erachtens nach ist das die Hingabe an das Leben: aus der Schublade heraus zu treten und Gottes Hand zu nehmen, immer weiter durch die festgefahrenen

Schichten zu sich selbst vorzudringen, seine Intuition zu stärken, tiefe innere Ruhe und Gelassenheit sowie Klarheit im Geist zu erlangen und sich so gefestigt, so verwurzelt und verbunden, so voller Vertrauen und Zuversicht hinter dem Vorhang hervorzutrauen und sich nackt zu zeigen, in all seiner Menschlichkeit, sein Leid zu seinem Verbündeten zu machen, seine Erfahrung komplett anzunehmen mit all ihren Höhen und Tiefen, das Leben loszulassen, die Vorstellung loszulassen, dass man irgendetwas kontrollieren kann, die Kontrolle abzugeben, die Masken abzulegen, hinter denen man sich so schön verstecken und vorgeben kann, alles unter Kontrolle zu haben, sich nackt auf die schussfreie Bahn zu stellen und zu sagen: ›Hier bin ich in all meiner Fehlerhaftigkeit und Unvollkommenheit, ohne Masken, ohne Schutzschild und ich habe nichts unter Kontrolle, es gibt eine höhere Macht, die mich durch meine innere Stimme auf all meinen Wegen leitet und zu meiner höheren Bestimmung führt‹.« »Das klingt ziemlich abgedreht. Aber im Grunde hast du schon recht. Wenn man dieser Macht vertraut und zum Geschehen wird, anstatt es kontrollieren zu müssen, dann hat man einen unerschütterlichen Halt in sich selbst und braucht sich nicht an irgendwelchen imaginären Vorhängen festzuklammern.« »Der Sinn des Lebens ist, zu sein und zu tun, was wir wirklich lieben. Dazu müssen wir aus unserer Schublade herauskommen und frei sein, atmen, dem Leben Liebe einhauchen.« »Ich komme mit den Vorgaben und Erwartungen der Gesellschaft nicht klar, also entfliehe ich ihnen, baue mir ein Leben außerhalb des Systems auf, in dem ich meinen eigenen Regeln folgen kann, oder eben nicht.« »Das ist großartig! Auch ich befinde mich auf dem Weg dahin. Und auf diesem Weg habe ich aufgehört, irgendetwas von dem Leben oder von anderen Personen zu erwarten, damit es gut genug sein kann, wie es ist, denn das ist es längst und es ist nur eine Entscheidung meines Geistes, das zu sehen oder nicht.« »Wenn du diesen Reichtum und diese Fülle wahrnimmst, dann kannst du sie in die Welt hinaustragen und bekommst gleichzeitig immer mehr davon. Pass bloß auf, dass du nie ins Unbewusstsein abdriftest und dem System in die Arme spielst!« Damit sprach er genau das an, was ich tief im Inneren befürchtete. Wir philosophierten noch ein bisschen weiter, bis ich mich recht früh verabschiedete, da ich mich spontan zum Haspa Marathon angemeldet hatte, der am kommenden Tag in Hamburg stattfand. Auf der Bahnfahrt schrieb ich in mein Moleskine: *Heute in meinem Gespräch mit Lars ist mir mal wieder richtig bewusst geworden, wie sehr sich Menschen an materiellen Dingen festhalten, um nicht so nackt dazustehen. Gesellschaftliche Normen und Erwartungen bombardieren sie mit Gegenständen, die sie besitzen müssen, mit Speisen, die sie essen sollten, Aufgaben, die sie erfüllen sollten, Kleidung, die sie tragen sollten, Ländern, die sie bereisen sollten, Filmen, die sie gesehen haben müssten et cetera. Sie malen sich ein Bild von einer Realität, die diesen Anforderungen so gut es geht gerecht wird und leben in diesem Bild, trauen sich nicht aus dem Rahmen heraus, denn sie haben Angst vor dem, was sich hinter den Schleiern verbergen könnte, die ihnen die Sicht auf die Welt jenseits der Erscheinungen verdunkeln. Was sie dort finden würden ist das Gleiche, das tief in ihrem Inneren verschlossen ist. Sie meiden diesen Ort, denn er birgt Emotionen, mit denen sie nichts anzufangen wissen, vor denen sie sich fürchten. Um dort hinzugelangen müssten sie zuerst die Schleier fallen lassen und hätten dann nichts mehr, woran sie sich festhalten können. Das macht ihnen Angst, denn würden sie tatsächlich zu dem Ort in sich selbst gelangen, stünden sie dort völlig nackt, völlig wehrlos, völlig verletzlich, völlig ausgeliefert und träfen auf Emotionen, die sie nicht kennen, von denen sie überfordert wären, denn sie begreifen nicht, dass sie das ganze Universum sind. Ich bin so unendlich dankbar, dies verstanden und verinnerlicht zu haben. Ich liebe dieses Gefühl, alle Schleier fallen zu lassen, nackt auf dem Feld zu stehen, mich an nichts festhalten zu können und meinen Emotionen zu begegnen. Ich schlage nicht um mich wie ein Ertrinkender im Wasser und verzerre dadurch die Sicht, sondern bin ruhig, klar und gelassen. Ich fühle mich in diesem Moment besonders tief verwurzelt mit Mutter Erde. Durch diese ruhige Wachheit und Verbundenheit mit Mutter Erde nehme ich die Synchronizitäten besser wahr und folge meiner Intuition. Ich bin komplett frei und brauche mir keine Zwänge aufzuerlegen. Ich glaube an mich, vertraue dem Leben und lasse mich aufs Geschehen ein. Ich will nie wieder auch nur im Geringsten daran zweifeln, dass sich alles magisch fügt und ich mich bedingungslos auf das Leben einlassen kann.*

Ich hatte gehofft, auch meinen Bruder oder meinen Vater zum Mitlaufen beim Haspa Marathon überreden zu können, aber leider waren beide verletzt. Ich ließ mich dadurch jedoch nicht von meiner Teilnahme abhalten. Erneut nahm ich mein Marathonfrühstück allein zu mir und befestigte meinen Chip am Schuh sowie meine Startnummer am Shirt. Zusätzlich zog ich mir noch eine Jogginghose und eine alte Vliesjacke über, denn es war wirklich arschkalt.

Ich fuhr mit der S21 zum Dammtor und lief mich dann ein Stück durch Planten un Blomen ein. Nachdem ich meinen Beutel abgegeben hatte, ordnete ich mich im Startfeld ein, schmiss meine alte Extrakleidung an den Straßenrand und hüpfte mich warm. Ich war euphorisch, endlich mal wieder in meiner Heimatstadt zu laufen. Diese empfing mich unberechenbar mit einem Hagelschauer, der mir die ersten 5 Kilometer gnadenlos ins Gesicht schlug. Aber ich ließ mich davon nicht beirren, schließlich war ich mit diesen Wetterlaunen aufgewachsen. Ich dachte an einen Spruch, den ich kürzlich auf einem T-Shirt gelesen hatte: »Ich bin aus Hamburg, nicht aus Zucker.« In diesem Sinne kämpfte ich mich durch den Sturm, kämpfte mich über die Reeperbahn nach Altona, wendete in die Elbchaussee und während ich zurück in Richtung Zentrum lief, zogen die Wolken langsam zurück und vorsichtig kam die Sonne hervor. Ich erfreute mich der frischen, auflockernden Wetterlage und konnte meine Lieblingsstelle kaum erwarten. Berauscht lief ich auf St.Pauli den Fischmark runter und die ekstatischen Bongo Beats am Straßenrand befeuerten meine Schritte, bis ich das Gefühl hatte zu gleiten. Ich erinnerte mich an einen Trick, von dem Ezra mir mal erzählt hatte, drückte mir mit den Mittelfingern an die Schläfen und verinnerlichte dabei diesen magischen Moment, um ihn später an einer schwierigeren Stelle wieder hervorzurufen. Ich lief am kultigen Hamburger Hafen entlang, vorbei an den Backsteingebäuden der Speicherstadt, durch den Wallringtunnel an die Binnenalster und nach einem Schlenker dann um die Außenalster. Es wimmelte von Zuschauern und Musikern, die für Spaß und gute Laune sorgten und diese Lauferfahrung zu einem ganz besonderen Event machten. Verliebt sah ich den Segelbooten auf der Alster hinterher, die in der atemberaubenden Kulisse der stilvollen Villen auf dem Wasser schipperten und zweifelte nicht daran, dass diese Perle tatsächlich die schönste Stadt der Welt sei. Nachdem ich auch am Stadtpark, der grünen Lunge Hamburgs, vorbeigelaufen war und schließlich die City Nord erreichte, kam das Unwetter zurück und traf mich hart, denn ich war inzwischen schon ein wenig abgekämpft. Ich drückte erneut meine Mittelfinger an die Schläfen und vergegenwärtigte mir den zauberhaften Moment vom Fischmarkt und tatsächlich fühlte ich dadurch die unvergleichliche Energie in meinen Körper zurückkehren. Ich konnte sie zwar nicht die ganze Zeit halten, aber sie machte das letzte Stück durch Eppendorf Richtung Planten un Blomen deutlich geschmeidiger. Als ich den Fernsehturm sah, wusste ich, ich hatte es fast geschafft und gab noch einmal alles. Trotz des unzureichenden Trainings erreichte ich mit 3 Stunden 25 Minuten fast meine Bestzeit aus Dubai. Ich war zufrieden, vor allem aber erfüllt von diesem unnachahmlichen Prachtlauf. Und während ich mein Siegerbier trank, dachte ich im Herzen, dass dieses Wanderleben doch wirklich ein Segen und Fluch zugleich ist.

12. Kapitel

Ich hatte während des Marathons viel darüber nachgedacht, dass es an der Zeit sei, Dubai zu verlassen. Am nächsten Tag schrieb ich einen Brief an Antonio, den ich während meiner Zeit in Hamburg etwas vernachlässigt hatte.

Hallo River,
Ich weiß, dass ich in den letzten Tagen mal wieder ziemlich abwesend war. Ich weiß, dass du von mir erwartest, dass ich mehr Präsenz zeige und dir Ereignisse umgehend mitteile, um diese unmittelbar zu teilen. Generell sehe ich das auch genauso wie du, jedoch fällt mir die virtuelle Kommunikation über die Sozialen Medien schwer und ich würde viel lieber mit dir sprechen. Wenn es dir so wichtig ist, dann werde ich dir mehr Mitteilungen auf WhatsApp schicken, aber mir persönlich gibt das nichts. Ich wünsche mir mehr tiefe Gespräche, Sex der Geister, spirituelle Intimität. Ich muss nicht unbedingt jeden Tag wissen, ob du gerade bei der Arbeit bist, beim Sport oder zu Hause und ob es dir gut geht oder du nicht die beste Laune hast, aber ich muss wissen, was dich tief im Inneren berührt und bewegt, was dich über deine alltäglichen Gepflogenheiten hinaushebt, welche Mächte dich antreiben, welche Ängste dich zurückhalten und welche Ungerechtigkeiten du nicht erdulden kannst. Ich will sehen, wer

du wirklich bist, hinter den Masken des Gesellschaftszirkus. Ein Bild von dir zu bekommen, auf dem du lächelnd Bier trinkst und mir einen angenehmen Abend wünschst, ist ja ganz nett, und wenn es dir etwas bedeutet, dann werde ich mich bemühen, dir öfter solche Bilder zu senden. Ich bitte dich jedoch auch im Gegenzug darum, dich mehr zu öffnen für echte Gespräche, deine Essenz in ihnen preiszugeben, in die dunkelsten Bezirke deiner Seele vorzudringen und sie mir zu offenbaren. Ich will dich sehen, ich will dich spüren, ich will dich wirklich kennen.

Ich bewundere dich für die Hingabe und Leidenschaft, die du in deine Arbeit investierst, aber gleichzeitig bin ich traurig, dass kaum freie Zeit, geschweige denn Energie für diese bleibt. Es tat unserer Beziehung außerordentlich gut, zusammen Sport zu machen und zu frühstücken, gemeinsame Zeit zu Hause zu verbringen. Schade, dass wir diese wertvollen Gewohnheiten nicht beibehalten konnten. Ich sehne mich danach, mehr Spaß zusammen zu haben. Aber vor allem sehne ich mich nach einem Leben fern von dieser Glamour-Show.

Es ist nichts Neues, dass ich während meiner Zeit in Abu Dhabi festgestellt habe, dass die Emirate definitiv nicht das Land sind, in dem ich für längere Zeit leben möchte. Der Materialismus und die Oberflächlichkeit sind omnipräsent und geben allem einen Touch von Luxus und Scheinheiligkeit. Das geht mir inzwischen ziemlich auf den Sack. Ich stimme dir zu, dass es durchaus auch Vorteile gibt, die Welt ist überall schön. Die teuren Bars und Restaurants mit ihrem Ambiente aus Tausend und einer Nacht in einem futuristischen Hollywood haben ihren besonderen Charme. Sie haben ihn einmal, zwei-mal, dreimal, aber dann hat er sich abgenutzt. Zumindest für mich. Es scheint mir, der Drehort eines Hollywoodfilms zu sein oder ein gigantischer Vergnügungspark, aber der hat nichts zu tun mit der Realität. Ich sehe nichts Reales. Natürlich hat auch das Künstliche etwas Künstlerisches, das sich in der Stadt spiegelt und daran finde ich durchaus Gefallen. Aber inzwi-schen langweilt mich diese Art von Kunst, denn ich sehe in ihr nur den Ausdruck von Reichtum und der Gier nach mehr ... immer größer, immer teurer, immer luxuriöser, glitzernder und so weiter. Jeglicher Sinn fürs Maßhalten ist längst verlo-ren gegangen. Ich verstehe, dass ich nicht einverstanden sein muss mit der Art und Weise, wie die Dinge in Dubai gemacht werden, dass ich mich auf die schönen Dinge konzentrieren kann, die es zweifelsfrei gibt. Aber ich kann meine Augen vor der Habsucht nicht verschließen und die Konfrontation mit der Dekadenz ist unvermeidlich. Ich möchte über niemanden richten; ich habe in den Emiraten wundervolle Menschen ken-nengelernt und jeder muss selbst entscheiden, wie er oder sie leben möchte. Ich habe eben nur für mich allein festgestellt, dass mir dieser Lebensstil nicht gefällt und ich darüber hinaus in dieser Welt keinen Platz für mich finde. Ich versuche es ja, ich versuche es wirklich. Ich liebe dich und ich danke dir dafür, dass du zu mir gekommen bist. Ich bin so glücklich, dass wir eine Wohnung zusammen haben und ich möchte auf jeden Fall an deiner Seite bleiben. Und hier beginnt das, was ich dir nur so schwer beschreiben kann. Du scheinst zu glauben, so-lange ich an deiner Seite glücklich bin und auch die Vorteile in Dubai erkenne, dürfte es keinerlei Probleme geben. Vielleicht hast du damit sogar recht, theoretisch, aber praktisch ist das nicht ganz so leicht.

Diese Welt, die in einem unbedeutend geringen Zeitraum aus dem Boden geschossen ist, erscheint mir wie ein großer Zirkus um einen Brunnen aus Geld, der dazu dient, all den Reichtum und die Macht zu demonstrieren, und wir sind die Artisten, die Teil dieser großen Show sein wollen, ein Stück vom Glamour abhaben möchten und auch ein bisschen glitzern. Aber all das ist so falsch und leer. Ich weiß, ich sollte mich nicht daran stören. Wenn doch alle ihre Freude daran haben, dann kann ich das sicher auch. Und das möchte ich ja, wenn es nur für einen bestimmten Zeitraum ist, obwohl es mir nicht mehr schmeckt. Das Problem ist, dass ich mich in diesem Zirkus gefangen fühle, wie ein Tier in einem Käfig. Und das sage ich nicht, weil ich es irgendwo so gehört habe, oder weil ich glaube, ein Tier in mir zu haben, oder weil ich gegen das System rebellieren will. Ich fühle mich tatsächlich so und es macht mich ganz verrückt. Bislang ist es mir immer gelungen, das Tier in mir zu besänftigen, insbesondere durch das stundenlange Laufen am Strand. Aber jetzt, nachdem ich während meiner Reisen so viel Zeit in der Natur verbracht habe, fällt es mir schwer, es wieder einzusperren. Und gerade jetzt ist es in Dubai zu heiß, um draußen laufen zu gehen und das Training im Fitnessstudio reicht nicht aus. Im Endeffekt sind das auch nur Maschinen hinter einer Scheibe. In der Nacht vor meiner Abreise musste ich, wie schon so oft in Abu Dhabi, um 2 Uhr nachts laufen gehen, um einschlafen zu können. Ich fühlte mich verzweifelt, frustriert, deprimiert. Ich fühlte eine unbändige Lust zu leben und eine Taubheit aufgrund der Tatsache, diese Lust kontrollieren und limitieren zu müssen. Genauso, wie ich das Leben genießen und zelebrieren kann, mit dem glücklichen Lächeln, das dir so gefällt, kann ich auch leiden und Schmerz empfinden.

Die Intensität ist extrem. Ich habe den Eindruck, dass du von mir erwartest, eine gemäßigte, zufriedene, wohlerzogene Frau zu sein. Ich möchte nicht sagen, dass ich das nicht sei, ich habe durchaus meine süßen, netten, niedlichen Seiten. Ich kann auch sehr ernst und intellektuell sein oder ruhig, spirituell und philosophisch oder schlecht gelaunt, anstrengend und eine richtige Nervensäge. Darüber hinaus gibt es noch eine dunkle Seite, die ich dir gern zeigen würde, wie alle anderen, auch wenn ich sie bislang versteckt habe.

Du weißt, was ich über Kontrolle denke. Du kennst meine Meinung über ein ans System angepasste Leben. Du weißt, dass ich in den Tag hineinlebe, den Moment lebe, mich in ungeplante Abenteuer stürze, aber nicht gut darin bin, meinen Tagesablauf zu organisieren, mein Leben zu strukturieren. Und doch gleichzeitig erwartest du es von mir. Ich hatte bereits ein gewisses Gleichgewicht in meinem Leben gefunden, das jedoch nur bestand, indem ich das Tier in mir annahm und in Frieden mit Mutter Erde lebte, abgewendet vom technologischen Fortschritt und insbesondere von den Strukturen, die uns die moderne Gesellschaft aufdrängen will. In Dubai gelange ich wieder und wieder an den Punkt, an dem dieses Gleichgewicht aus den Fugen gehoben wird, da mich der Weg hier hartnäckig von Mutter Erde weglockt und durch die Maske schickt. Ich bin nicht länger gewillt, mich dieser entwürdigenden Prozedur zu unterziehen.

Ich verstehe, dass wir hier sind, um Geld zu verdienen. Und ich teile deine Ansicht, dass eine gewisse Summe Geld dazu beiträgt, ruhiger und entspannter zu leben. Jedoch denke ich, dass alles, was darüber hinausgeht, ein unnötiges Extra ist und nicht im Geringsten zu einem besseren Lebensstandard und erst recht nicht zu einem erfüllten Dasein führt. Es ist sicher kein Zufall, dass die glücklichsten Menschen in den ärmsten Ländern leben. Ohne die vielen Ablenkungen, mit denen wir in reichen Ländern konfrontiert werden, ist es einfacher, das zu sehen, was wirklich zählt. Einfachheit, Bescheidenheit, Aufrichtigkeit, Freiheit, Leidenschaft, Liebe. Selbstverständlich lassen sich diese Tugenden auch trotz viel Geld erlangen, allerdings scheint es mir, dass die Wahrnehmung reicher Leute häufig von zu viel Glitzerstaub beeinträchtigt wird. Dieser hat seinen Reiz und wirkt durch seinen Glanz anziehend, ich spreche dabei aus eigener Erfahrung. Aber ich habe erkannt, dass sich hinter diesem Glanz nichts verbirgt als eine leere Welt, die bei mir ein Gefühl der Betäubung hinterlässt. Ich fühle mich eingesperrt und begreife jetzt, dass dieser gehobene Lebensstandard nicht das ist, was ich anstrebe. Gleichzeitig ist mir auch klar, dass du ihn sehr wohl anstrebst und er es dir ermöglicht, deinen Platz in dieser Welt zu finden und dich darin zu behaupten. Die Frau an deiner Seite zu sein bedeutet also, mich bis zu einem gewissen Grad anzupassen, einen Großteil meines Lebens im Kreise reicher Leute zu verbringen, schicke Restaurants zu besuchen, teure Reisen zu unternehmen. Und das möchte ich tun. Und dann wieder nicht. Das Tier in mir rebelliert. Ich muss laufen gehen.

Ich glaube, das Beste ist, wir reden, wenn ich zurück bin.

In Liebe,
dein Spiegel

In Dubai berichtete ich Antonio von meinen Sorgen und Gedanken. Er schien mich zu verstehen und versuchte, auf mich einzugehen, doch irgendwie war der Wurm drin. Ich wurde zusehends unzufriedener. Trotzdem bemühte ich mich weiterhin, das Positive zu sehen, denn das hatte ich schließlich versprochen, so wie Antonio versprochen hatte, dass wir innerhalb des kommenden Jahres Dubai verlassen würden. Dieses Jahr neigte sich nun dem Ende zu und auf all meine Anfragen nach einem Wegzug bekam ich nur ausweichende Antworten. Ich traf mich in dieser Zeit öfter mit Saif und heulte mich wieder mal bei ihm aus. »Ich habe das Gefühl, festzustecken«, klagte ich ihm mein Leid. Er versuchte mich erst einmal zu beruhigen: »Mir kommt es eher so vor, als wärest du in einem wichtigen Lernprozess. Und solange man lernt, lebt man. Wenn man nicht mehr lernt, hat man auch aufgehört zu leben. Und lernen impliziert Wandel. Man kann also gar nicht gleich bleiben: Zu leben heißt, sich zu verändern. Darum braucht man auch keine Angst zu haben, irgendwo festzustecken und nicht weiter zu kommen, denn solange man lernt, gibt es keinen anderen Weg und keine andere Möglichkeit, als doch irgendwie immer weiterzukommen.« »Da hast du recht, aber es ist irgendwie alles gerade scheiße und aussichtslos.« »Das Leben ist hart. Immer wieder fällt man hin und knallt auf den Asphalt. Es kann wehtun und erniedrigend sein, aber das ist das Leben. Es geht darum, immer wieder aufzustehen und neu anzufangen, immer nach vorn zu blicken, in jedem Moment eine neue Chance zu sehen. Und sich nicht unterkriegen zu lassen. Schwierige Momente sind nicht böse. Sie sind notwendig und lehren uns, was wir wissen müssen. Und es gibt in jedem Moment immer auch

Schönes. Man braucht sich nur umzusehen und entdeckt tausend zauberhafte Kleinigkeiten, die einem ein Lächeln ins Gesicht zaubern.« Das stimmte natürlich und schon deshalb musste ich lächeln. Ich war vorerst besänftigt und schrieb in mein Moleskine: *Wir müssen lernen, dankbar zu sein für das, was wir haben und es wird mehr. Wir können den Lauf des Flusses nicht lenken; er fließt von selbst. Wenn wir ihn durch uns fließen lassen, dann geschehen Wunder. Das wahre Glück besteht darin, zu erkennen, dass alles nur ein großer, merkwürdiger Traum ist. Aber wir müssen ihn träumen. Wenn wir versuchen, ihn in eine logische Form zu pressen, dann geht er kaputt. Also lass los, lass dich in dich selbst fallen. Das Schwierigste auf dieser Welt ist, man selbst zu bleiben, während von allen Seiten versucht wird, einen zu verändern. Aber gleichzeitig ist es das Einfachste, denn das Herz vergisst nie und alles in einem schreit danach, man selbst zu sein. Warte nicht darauf, erlöst zu werden. Die einzige Erlösung kommt von innen und sie heißt Entscheidung. Entscheide dich, du selbst zu sein und dein Leben zu leben. Entscheide dich, aus dem Herzen zu leben und das Leben in dankbarem Enthusiasmus zu zelebrieren.*

Doch all das war leichter gesagt als getan. Nach weiteren nervenaufreibenden Tagen des Ringens um Kompromisse und Gleichgewicht, der Funkstille nach dickköpfigen Auseinandersetzungen, saß ich in der Metro und atmete tief durch. Ich hätte lieber nicht ganz so tief einatmen sollen, denn der Geruch der eng zusammengepferchten Menschenmenge war nicht gerade frisch und blumig, um es vorsichtig auszudrücken. Es gibt doch eindeutig zu viele Menschen auf dieser Erde, die es vorziehen, ihren penetranten

Schweißgeruch mit schlechten Parfüms zu besprühen als sich eine überfällige Dusche zu gönnen. Ich richtete mein Augenmerk auf den positiven Nebeneffekt des Wassersparens und erfreute mich an dem ungewöhnlichen Glück, trotz des übergroßen Menschenandrangs einen heißbegehrten Sitzplatz ergattert zu haben. Ich sah mich um und stellte zu meiner Zufriedenheit fest, dass niemand in der Nähe war, der diesen Sitzplatz dringender brauchte als ich, lehnte mich entspannt zurück und holte mein Kursbuch raus, um noch einmal meine Unterrichtsvorbereitung zu überfliegen. Doch irgendwie wollte es mir nicht gelingen, mich auf den Stoff zu konzentrieren und meine Gedanken schweiften immer wieder ab. Dann unterbrach die Ansage in der Metro meine Tagträume. Ich wunderte mich über den Einfluss der Sprache auf unsere Gedanken, der Gedanken auf unsere Persönlichkeit und so weiter. Ich fragte mich, wie stark unsere Persönlichkeit wirklich von äußeren Faktoren, wie zum Beispiel Sprache und Kultur, abhängt. Jeden Tag in der Metro hörte ich auf Arabisch die Durchsage: »Die Türen schließen und die nächste Station ist …« Und ohne zu wissen, welches Wort was bedeutet und wie die Wortstellung im Satz ist, konnte ich plötzlich ein bisschen Arabisch sprechen. Ist es mit allen Dingen, die wir oft genug hören so, dass sie sich in unser Gehirn einbrennen und wir sie, ohne ihre Bedeutung gänzlich zu erfassen, in unsere Sprache aufnehmen? Was bedeutet das für uns als Menschen? Sind wir dann zum Teil nichts weiter als die Summe unserer Eindrücke und Erfahrungen, die sich in unserer Persönlichkeit wiederspiegeln? Und wenn ja, wie groß ist dieser Teil? Und was bedeutet das für unsere Art zu leben? Wir müssten dann ja unendlich viel vorsichtiger mit unserer Zeit und unseren Gewohnheiten umgehen. Denn alles, was wir tun, all das, womit wir uns beschäftigen, wird zu dem, was wir sind. Wer sind wir denn, wenn wir den ganzen Tag Fast Food in uns reinstopfen und Talkshows gucken, wenn wir die »Bild«-Zeitung lesen und Candy Crush Saga spielen, irgendeinen Schwachsinn auf Facebook posten und uns auf Twitter zutexten lassen, anstatt in die Natur zu gehen, dem Wind in den Bäumen, dem Fluss zu lauschen, die Tiere zu beobachten, klassische Musik zu hören, gute Bücher und Poesie zu lesen, interessante Gespräche zu tiefgründigen Themen zu führen, uns mit uns selbst auseinanderzusetzen, unseren Körper und unsere Seele wahrzunehmen? Wenn alles, was wir oft genug hören, Einzug in unsere Gedanken nimmt und sich auf diese Weise unser Charakter bildet, müssen wir alles infrage stellen, von dem wir glauben, es sei die Wahrheit. Die eine Wahrheit existiert nicht und jegliche Illusion von ihr vernebelt uns die Sicht, nimmt uns die Möglichkeit wirklich zu sehen. Erst wenn wir leer sind von vorgefertigten Meinungen, können wir mit der Seele eines neugeborenen Kindes in die Welt ziehen und diese entdecken und in ihrer reinsten Form wahrnehmen. Nur so können wir wirklich leben. Erneut durchkreuzte die Durchsage meinen Gedankenfluss und plötzlich schreckte ich hoch. Ich hörte den Namen meiner Station und sprang schnell auf, um mich, gerade noch rechtzeitig, durch die Menschentraube zur Tür und schließlich hinaus zu quetschen. Vor lauter spirituellem Wirrwarr in meinem Kopf, hatte ich die Chance verpasst, meine Unterrichtsvorbereitung durchzulesen. Irgendwie erschien mir das Thema des Kapitels auf einmal stinklangweilig und auch die Grammatik war nicht besonders gut erklärt. Spontan entschloss ich mich, etwas anderes zu machen und mir schoss eine Idee nach der anderen in den Kopf. Ich erinnerte mich an den Text »Keine Lust mehr auf McDonald's«, den ich auf Deutsche Welle gelesen hatte und dazu gab es ein passendes Grammatikspiel auf Aspekte online. Ich musste allerdings alle Materialien noch ausdrucken, das Spiel laminieren, die Kärtchen dazu ausschneiden. Ich warf einen Blick auf meine Uhr, nahm meine High Heels in die Hand und rannte los zum Institut. Ich schaffte es gerade noch rechtzeitig, alles vorzubereiten und betrat voller Elan den Klassenraum. Von der ersten bis zur letzten Sekunde waren alle Studenten voll bei der Sache. Wir führten eine spannende, lebendige Debatte zu den Vor- und Nachteilen von Fast Food und ich war erstaunt und begeistert, wie angeregt und wortgewandt sich alle Teilnehmer einbrachten. Sogar die Relativpronomen verstand wirklich jeder und das Spiel dazu sorgte für viel Spaß und eine freundschaftliche Atmosphäre im Kurs. Als zum Schluss die Smartphones gezückt wurden, um das Tafelbild zu fotografieren, sah ich nicht ganz ohne Stolz meine übersichtliche, farbenfrohe, präzise Tabelle am Whiteboard an. Doch mein Stolz verflog schnell, als ich mir bewusst machte, dass das ja gar nicht ich gezeichnet hatte. Es wirkte diese wundersame, großartige Macht durch mich, die alles fließen und gelingen lässt, die alles weiß und alles kann und nichts von mir erwartet, als mich ihr hinzugeben. Oh wie gern würde ich doch immer in dieser Hingabe verweilen. Und doch weiß ich sie vielleicht gerade deshalb so sehr zu schätzen, da sie mir immer wieder entgleitet. Bevor dies geschah, wollte ich sie noch bis zum letzten Tropfen auskosten. Ich zog mir im Bad meine Laufsachen an, holte mir am Kiosk zwei Snickers und ein Wasser und lief nach deren Vernichtung energiegeladen und euphorisiert los in Richtung Strand. Es kam mir vor, als würde ich schweben. Alles war von einer Leichtigkeit und Schwerelosigkeit bestimmt, die sich anfühlte, als würden meine Beine vom Erdboden gezogen, als bedürfte es keines Krafteinsatzes, meinen Körper fortzubewegen. Ich glitt raschen Schrittes dahin und erreichte in Windeseile den 10 Kilometer entfernten Strand. Meine Energie hatte kein Stück nachgelassen und angeregt von der traumhaften Kulisse des Kite-Beach mit dem beleuchteten Burj al Arab im Hintergrund, beschleunigte ich in der Kurve auf den Holzsteg und zog an einigen Läufern vorbei. Diese Strecke vom Vier Jahreszeiten bis zum ersten Fischerdorf war mein Lieblingsstück am Strand und ich saugte die Schönheit der Umgebung in mich auf, um meine Energie für die letzten, die schwierigsten Kilometer aufzusparen. Es war, als würde die Energie der Umgebung mich tragen. Als würde es gar nicht meine Energie und die der Umgebung geben, sondern nur die Energie des Universums. Ich erinnerte mich an ein Zitat der Tarahumara: »Wenn du auf der Erde und mit der Erde läufst, dann kannst du ewig laufen.« Und ich verstand, was sie damit meinten: Nur wenn man die Energie in sich selbst sucht und aus sich selbst heraus nutzt, dann nutzt sie sich ab. Ist man jedoch verbunden mit der universellen Energie, dann kann man endlos laufen. Mir kamen die Wörter und die Sprache wieder in den Sinn und ich dachte darüber nach, wie wunderschön sie sein können, wie poetisch. Es hat mich schon immer fasziniert, Wortkonstruktionen und Satzgefüge zusammenzubauen, die mit ihrer enormen Ausdruckskraft den Verstand ohrfeigen und, wenn auch nur für einen Sekundenbruchteil, außer Gefecht setzen und so dem Bewusstsein den Blick auf die magische Geheimwelt, die sich hinter ihnen verbirgt, ermöglichen.

Ich lief am Burj al Arab vorbei, auf die Sufouh Road, vorbei an den Riesenvillen der Scheichs. Vor mir erstreckte sich schon die Skyline von Dubai Marina. Es waren noch circa 7 oder 8 Kilometer bis zum Ziel. Ich wurde noch einmal schneller und sprintete neben den Nobelkarossen die Straße entlang. Ich konzentrierte meinen Geist darauf, die Kraft und Energie meines Umfelds zu kanalisieren und richtete meine Wahrnehmung darauf aus, deren Wirkung in meinem Körper zu spüren. Ich fühlte mich unschlagbar. Meine Schritte waren lang und elegant, wie die eines Jaguars. Mein verschwitztes Shirt klebte mir am Bauch und obwohl dies auf offener Straße nicht gern gesehen war, riss ich es mir vom Leib und rannte im Sports Bra weiter. Meine Muskeln und Gelenke schmerzten inzwischen, aber die Kraft und Gier immer weiter zu laufen, ließen nicht nach. Wie ein wildes Tier jagte ich über den Asphalt der Betonwüste und fand in dieser Bewegung, von der ich nicht mehr wusste, ob sie aus eigenem Willen oder von einer von außen einwirkenden Macht geschah, meinen Sinn und meine Bedeutung. Auf all den anderen Affenzirkus hatte ich mal wieder keinen Bock mehr. Ich war drauf und dran, einen Schlussstrich zu ziehen.

Nachdem ich Saif bei unserem nächsten Treffen weiter die Ohren vollgeheult hatte, sagte er mir offen und ehrlich, dass er das Gefühl habe, ich hätte mich auf etwas eingelassen, für das ich nicht geschaffen sei und ich solle einen Rückzieher machen, bevor es zu spät sei. Bevor wir tatsächlich von Dubai nach Mexiko ziehen würden, könnte es sich nur noch um Jahre handeln und sowieso wäre ich in Hamburg viel besser aufgehoben. Ich kann mir zwar meine eigene Meinung bilden, doch seine Worte fanden Resonanz. Auf WhatsApp schrieb ich ihm, dass mir unser Gespräch sehr geholfen hätte und ich tatsächlich darüber nachdenken würde, alles abzubrechen und Dubai zu verlassen. Danach ging ich laufen, und als ich wieder in der Wohnung ankam, stand Antonio im Wohnzimmer, sah mich mit kaltem Blick an und forderte mich auf, meine Sachen zu packen und zu gehen. Er hatte den Chat auf WhatsApp gelesen und war so verletzt, dass er nicht einmal darüber sprechen wollte. Ich blieb für ein paar Tage in einem Hotel, kündigte meinen Vertrag, brach alle Zelte ab. Ich hatte noch vier Wochen in Dubai zu arbeiten. Ich nutzte diese Zeit, um ein paar Freunde zu treffen und mich von ihnen zu verabschieden. Außerdem hatte ich auch noch einen Termin beim Hautarzt wegen meiner erneut auftretenden Akne. Die Ärztin sah sich mein Gesicht an und verschrieb mir eine Creme. Mehr als an den Pickeln, blieb ihr Blick jedoch an einem Leberfleck über meinem linken Ohr hängen. Sie sprach mich darauf an: »Dieser Leberfleck sieht verdächtig aus. Haben Sie den mal untersuchen lassen?« »Ja, er wurde mir sogar schon einmal von meinem Hautarzt in Hamburg entfernt, ist dann nach einigen Monaten jedoch wieder neu gewachsen. Mein Arzt sagte mir, das könne vorkommen und sei unbedenklich.« »Das stimmt. Es bedeutet jedoch nicht, dass sich nicht mit der Zeit gefährliche Zellen bilden können. Ich würde gern sicherheitshalber eine Biopsie durchführen, wenn das für Sie in Ordnung ist.« Ich willigte ein und sie entfernte ein kleines Stück von dem Leberfleck.

In der Nacht danach schlief ich mal wieder nicht gut, oder besser gesagt, gut eigentlich schon bloß nicht wirklich lange. Um viertel nach vier war ich wach und habe nach einigen Wiedereinschlafversuchen schließlich meditiert, gefrühstückt und war dann ein paar Stunden laufen. Anschließend habe ich geschrieben: *Ich liebe diese langen Läufe, man kann so richtig schön seinen Körper spüren und seinen Geist leer denken. Manchmal dauert es jedoch auch eine Weile, bis er leer ist, und es kommen einem alle möglichen Gedanken in den Kopf. Das Gute ist, dass es beim Laufen in der Regel interessante Gedanken sind, von denen man inspiriert wird. Mir kam heute die Dokumentation über den Amazonas wieder in den Sinn, die ich bei meinem letzten Aufenthalt in Hamburg mit meinen Eltern gesehen habe. Sie demonstrierte auf wunderbare Weise die Symbiose des Yin und Yang. Alles setzt sich zusammen aus gegensätzlichen Polen, die einander Kraft und Energie geben. Der Amazonas wurde als grüne Hölle bezeichnet, weil in ihm viel Böses, viele Gefahren lauern. Wenn man dieses Böse, diese Gefahren nicht akzeptieren kann, dann findet man sich in der Tat in einer Hölle wieder. Erkennt man jedoch, dass sie ein lebensnotwendiger Teil des Systems sind, ohne die es zusammenbrechen würde, dann wird aus der Hölle ein Paradies. So ist es nicht nur mit dem Amazonas, sondern mit allem im Leben: mit gesellschaftlichen Systemen, mit zwischenmenschlichen Beziehungen, aber auch ganz einfach mit sich selbst. Alles besteht aus zwei gegensätzlichen Energien, die im Gleichgewicht gehalten werden müssen. Alles schließt und öffnet sich, wie eine Faust, denn sonst wäre es gelähmt. Diese Bewegung muss man zulassen, denn wenn man etwas in sich unterdrückt oder meidet, so wie es bereits* in Ökosystemen versucht wurde, indem zum Beispiel Tiere entfernt wurden, von denen man meinte, sie würden nur Schaden anrichten, dann wird genau wie in diesen benannten Ökosystemen, was als gut und wichtig angesehen und deswegen vor den Bösewichten versucht wird zu schützen, nicht etwa aufblühen sondern welken. Genauso ist es auch im Menschen: Wenn man meint, man müsse seine bösen Seiten abtöten beziehungsweise unterdrücken, damit die guten Seiten sich entfalten können, dann geht der Schuss höchstwahrscheinlich nach hinten los. Man kann nicht selektiv unterdrücken. Ich möchte damit nicht sagen, dass jetzt jeder schlecht werden sollte, sondern dass man diese sogenannten schlechten Seiten als Teil des Lebens akzeptieren und sie nutzen könnte, um seine guten Seiten gedeihen zu lassen, so wie auch die gefährlichen Tiere, indem sie jagen, töten und Pflanzen fressen, das Ökosystem aufrechterhalten. Auch in der Liebe ist es so. Auch sie ist nicht und kann nicht nur sanft und liebevoll, freundlich und zuvorkommend sein. Wenn sie brennen und leidenschaftlich sein soll, dann muss sie auch wüten können, verletzen und vielleicht sogar zerstören. Meiner Meinung nach ist alles auf der Welt so. Alles Leben auf unserem Planeten ist ein Ebenbild von Gott und Gott ist Liebe. Jedes Lebewesen besteht also aus Liebe und ist somit Yin und Yang, eine wundervolle Komposition aus Männlichkeit und Weiblichkeit, Licht und Dunkelheit, Aktivität und Ruhe, Gewalt und Zärtlichkeit. Nur wenn die gegensätzlichen Pole einander ergänzen, kann kreatives Leben entstehen. Gottes ideenreicher Schöpfungskraft seiner Liebe Ausdruck zu verleihen, sind keine Grenzen gesetzt. In der atemberaubenden Vielfalt der Natur ist dies deutlich zu sehen. Und meiner Meinung nach ist es auch genau das, *was uns Menschen von anderen Lebewesen unterscheidet. Es sind zwar alle Lebewesen aus Liebe erschaffen, aber eine grenzenlose kreative Schöpfungskraft, dieser Liebe Ausdruck zu verleihen, hat nur der Mensch. Gleichzeitig verfügt er jedoch auch über eine grenzenlose kreative Zerstörungskraft. Alles, was er aus Liebe tut, was er aus dem Herzen tut, ist heilig, denn es kommt von Gott und durch Gott. Liebe ist die geheime Zutat, die allem eine besondere Note verleiht. Wenn man aus dem Herzen lebt, dann hat das Leben einen Sinn, eine Erfüllung. Wenn man jedoch nicht aus dem Herzen lebt, dann spürt man diesen Sinn, diese Erfüllung nicht. Wenn ich mein Feuer und meine Leidenschaft unterdrücke, die mich sehr intensiv und überschwänglich leben lassen, dann unterdrücke ich auch meine Liebe; dann bin ich zwar ruhiger und langsamer, aber es kommt auch nicht so sehr aus meinem Herzen. Diese Erkenntnis kommt immer wieder zu mir zurück, ich komme immer wieder zu mir selbst zurück und das ist auch gut so. Ich kann auch inzwischen diesen ganzen ernährungstechnischen Bullshit nicht mehr hören. Auf der einen Seite hat der Spruch, »Was mich nicht umbringt, macht mich stärker«, allgemeine Anerkennung und jeder traut es seiner Seele zu, mit emotionalem Ballast nicht nur fertig zu werden, sondern auch daran zu wachsen. Beim Geist ist es noch viel schlimmer, dieser wird ohne zu zögern dem größten Schrott ausgesetzt. Auf der anderen Seite wird der Körper glorifiziert und vor jeglicher, noch so minimaler Belastung zu schonen versucht. Als ob unser Körper nicht mit Abwehr und Selbstschutzmechanismen ausgestattet wäre und durchaus mit Belastungen klarkommen würde, sehr gut sogar. Gilt nicht auch hier für den Körper: »Was mich nicht umbringt, macht mich stärker?« Natürlich hat* der Körper seine Grenzen, genauso wie Geist und Seele eine Belastungsgrenze haben. Seelischer Schmerz lässt uns wachsen, macht uns stärker, aber wenn er die Überhand gewinnt, dann kann das fatale Folgen haben. Es sollte immer mehr Positives als Negatives im Leben geben, andersrum hält man es nicht lange aus. Das ist beim Essen nicht anders. Natürlich verträgt der Körper Burger, Eis und Schokolade. Solange eine gesunde Ernährung überwiegt, ist das überhaupt kein Problem. Aber nein, der sich bewusst ernährende Bürger bekommt schon Angst, wenn ein halber Teelöffel Zucker an seinem Essen ist. Es ist erwiesenermaßen so, dass Menschen, die glücklich und optimistisch sind, ein gesundes Sozialleben haben und sich nicht durch Ängste und Sorgen verrückt machen lassen, obwohl sie rauchen, trinken, essen worauf sie Lust haben et cetera, gesünder sind und eine längere Lebenserwartung haben als sich bewusst ernährende Veganer, die sich durch ihre zwanghafte Art einschränken und selbst verrückt machen. Wie so vieles, bestätigt auch das wieder, dass man sich selbst so sein lassen und lieben sollte, wie man ist, aus dem Herzen leben und das Leben in bewusster Achtsamkeit zelebrieren sollte. Wenn man sich immer wieder auferlegen will, wie man zu sein und zu leben hat, dann schüchtert man sich selbst ein und beraubt sich seiner kreativen Fähigkeiten. Wenn man sich verändern will, dann funktioniert das nicht durch Zwänge, sondern nur durch vorsichtige Veränderungen und Anpassungen im Alltag, durch das Leben von Fragen, um langsam und allmählich in die Antworten hineinzuwachsen. So kann ich zum Beispiel laufen, meditieren oder Yoga machen und habe dann automatisch mehr Appetit auf gesunde Lebensmittel und ich kann mich beim Essen an den Tisch setzen, den Fernseher *ausmachen und mich auf meine Mahlzeit konzentrieren, dann esse ich automatisch bewusster. So kann ich die Erfahrung machen, dass das Essen besser schmeckt und mich viel mehr befriedigt. Wenn ich mich hingegen dazu zwinge, einen Salat zu essen und keinen Bissen davon als angenehm und lecker wahrnehme, dann macht das nicht nur keinen Spaß, sondern ist auch darüber hinaus nicht gesund.*

Bei unserem nächsten Treffen berichtete ich Saif von meinen Gedanken und er zog mich damit auf, dass wir doch schon mal ein ähnliches Gespräch gehabt hatten. »Du scheinst von dem Thema nicht loszukommen. Könnte es daran liegen, dass du Erleuchtung anstrebst? Ich weiß von anderen Buddhisten, dass sie auf Weißbrot verzichten, um die ersehnte Erleuchtung zu erreichen.« »Ich bin keine Buddhistin. Und außerdem glaube ich eher, dass es bei der Erleuchtung darum geht, zu erkennen, dass die Welt der Erscheinungen, die uns von Kindesbeinen an eingehämmert wurde und in die wir uns hinein projizieren, eine Illusion ist und es hinter dem Schleier der gesellschaftlich normierten eine objektive Realität gibt, in der wir mit allem verbunden und das ganze Universum sind. Gesteigerte Vibrationen schärfen die Wahrnehmung und stärken so die Verbindung zu Mutter Erde. Produkte wie Weißbrot sind dabei wohl eher nicht so förderlich und daher führt vielleicht eher die Erleuchtung zum Verzicht als andersrum, aber ich denke nicht, dass es eine zwingend notwendige Vorschrift für die Erleuchtung ist, beziehungsweise dass es so etwas überhaupt gibt.« »Du hast mal wieder sehr eloquente Worte gefunden, um deinen Überlegungen Ausdruck zu verleihen. Aber auch, wenn ich nur die Hälfte von dem verstanden haben, was du gerade von dir gegeben hast, so ist doch bei mir angekommen, dass in deinem Inneren ein Widerstreit herrscht. Irgendeinen Kampf musst du da gerade mit dir selbst ausfechten.« »Da hast du wohl leider recht. Dazu werde ich ja auch demnächst in Hamburg genügend Zeit haben.« »Ich werde dich vermissen.« »Ich dich auch. Aber du bist jederzeit herzlich willkommen, mich zu besuchen.« »Das mache ich bestimmt!«

13. Kapitel

Als ich den Anruf aus der Klinik bekam, dass die Ergebnisse der Biopsie eingetroffen seien und ich doch bitte vorbeikommen möge, um diese mit der Ärztin zu besprechen, ahnte ich Böses. Doch optimistisch wie ich bin, verdrängte ich das Gefühl ganz schnell wieder und erinnerte mich daran, dass der gleiche Leberfleck ja bereits in Hamburg untersucht und als unbedenklich eingestuft worden war. Und die Hautärztin in Dubai hatte selbst gesagt, dass sie dies auch vermutete und es nur bestätigen wolle. Nun saß ich ihr gegenüber und sie machte keinen großen Bogen, indem sie mir direkt mitteilte: »Ich habe eine gute und eine schlechte Nachricht für Sie! Welche möchten Sie zuerst hören?« »Die Schlechte zuerst.« Ich befand mich in erwartungsvoller Schockhaltung. Mein Körper bereitete sich innerlich auf einen Schlag vor. Ich atmete tief ein und nahm all meinen Mut zusammen. Trotzdem geriet ich ins Schwanken, als ich hörte: »Sie haben schwarzen bösartigen Hautkrebs.« Ich ließ das dicke Ding kurz sacken und fing mich einigermaßen wieder bei dem Gedanken daran, dass nun zumindest noch eine gute Nachricht hinterherkommen würde. Und tatsächlich fiel mir ein Stein vom Herzen, als die Ärztin hinzufügte: »Zum Glück haben wir es rechtzeitig genug entdeckt. Der Hautkrebs hat weniger als einen halben Millimeter Durchmesser. Das bedeutet, dass er noch nicht ins Gewebe übergegangen ist. Sobald dies geschieht, sind die Überlebenschancen schlecht. Daher schlage ich vor, dass wir den Leberfleck umgehend entfernen. Ich verstehe natürlich, wenn Sie erst einmal eine Nacht darüber schlafen möchten, bevor Sie sich entscheiden. Aber in diesem Fall zählt wirklich jeder Tag und ich rate Ihnen, nicht zu lange zu zögern.« Ich vertraute meinem Bauchgefühl, dass ich mich besser sofort auf den Operationstisch legen sollte. Mir blieb ja auch wirklich nicht viel anderes übrig. Und dann ging es los. Ich bekam einige Betäubungsspritzen und während ich auf deren Wirkung wartete, bereiteten die Ärztin und ihre Assistentinnen die Operation vor. Ich sah mir die Scheren und anderen Instrumente lieber nicht an und versuchte stattdessen an etwas Angenehmes zu denken. Mir kamen ein paar schöne Erinnerungen in den Sinn, aber so ganz wollte es mir nicht gelingen, in ihnen zu schwelgen und meine Gedanken schweiften stets zurück zur bevorstehenden OP. Wenn die Stelle doch wenigstens irgendwo anders wäre. Ich konnte es nicht leiden, wenn mir jemand am Kopf herumfummelte, und das weiße Tuch, das nun über meinem Gesicht lag, machte es nicht unbedingt besser. Nur der Bereich, der operiert werden sollte, war sichtbar. Ich dachte daran, dass ich noch lebe und spürte eine tiefe Überzeugung, dass ich dies auch weiterhin tun würde. Das gab mir Kraft und Hoffnung. Und trotzdem hatte ich Angst. Als nach der Entfernung störender Haare der erste Schnitt gemacht wurde, spürte ich, wie sich mein ganzer Körper anspannte. Die Stelle selbst war zwar betäubt, aber drum herum fühlte ich ein Spannen und Ziehen. Die Vorstellung daran, dass in meinem Gesicht herumgeschnitten wurde, war unerträglich und wollte mich nicht loslassen. Ich dachte daran, wie groß die Wunde sein würde. Die Ärztin hatte mir vor der Operation erklärt, dass um den Fleck herum zu jeder Seite 1 Zentimeter Haut rausgeschnitten werden müsste, da der Hautkrebs sich schon so weit ausgebreitet haben könnte. Vor meinem inneren Auge sah ich, wie diese große offene Wunde zusammengenäht wurde und mir wurde schlecht. Wahrscheinlich ging das alles in Wirklichkeit ganz schnell, aber es kam mir vor wie eine Ewigkeit. Steif lag ich auf der Liege und versuchte, stärker zu sein als der Schmerz, größer als die Angst. Doch es wollte mir einfach nicht gelingen. Unentwegt musste ich an die Schere denken, an Nadel und Faden, an Blut und Wunde. Ich bemühte mich, meinen Geist darauf zu konzentrieren, diese gewaltigen Gefühle zu besiegen, indem ich all meine Kraft zusammennahm. Ich dachte daran, wie stark und mutig ich bin und versuchte mich davon zu überzeugen, dass ich doch ganz leicht mit dieser lächerlichen Angst fertig werden könnte. Ich merkte nicht, dass mein Ansatz völlig falsch war. Je mehr ich an die Schmerzen und die Angst dachte, desto größer wurden sie. Als ich das Gefühl hatte, es nicht mehr länger ertragen zu können, nahm eine der Schwestern meine Hand und hielt sie fest. In diesem Moment konnte ich endlich loslassen. Ich kämpfte nun nicht mehr mit den überwältigenden Gefühlen, sondern ergab mich ihnen. Ich erkannte, dass ich nicht stärker sein musste und ließ meine Schwäche zu. Und vielleicht war gerade das meine Stärke. All die Anspannung wich aus meinem Körper und ich fing an zu weinen. Es waren Tränen der Verzweiflung und des Glücks. Die ganze Zeit über hatte ich das Gefühl gehabt, zu fallen und plötzlich schwebte ich. Ich wusste, dass alles gut ist.

Trotzdem fing ich erneut an zu weinen, als ich aus der Klinik trat. Ich konnte immer noch nicht fassen, was gerade passiert war. Und doch ließ der dicke weiße Verband um meinen Kopf keine Zweifel daran. Ich rief am Goethe-Institut an, um mich krank zu melden und während ich in Kurzform von dem Vorfall berichtete, stockte meine Stimme und ich musste immer wieder schlucken. Danach bat ich Saif, mich abzuholen. Während ich auf ihn wartete, ging ich auf die Toilette und sah mich im Spiegel an. Es kam mir vor, als wäre durch die Operation mein linkes Augenlid nach unten gezogen und merkwürdig verformt. In Kombination mit dem dicken Verband und meinem blassen, verheulten Gesicht sah das ziemlich gruselig aus. Dementsprechend sah Saif mich auch recht erschrocken an, als wir uns im Einkaufszentrum neben der Klinik trafen und ich musste direkt wieder anfangen zu heulen. Zum Glück konnte er mich gleich danach durch seine Scherze über mein Aussehen zum Lachen bringen. Er lud mich auf ein fettes Eis mit Sahne ein und genau wie in meiner Kindheit beruhigte das kühle Eis meinen Schmerz und besänftigte meine Gedanken. Bis ich im Bett lag und in der Dunkelheit die Zimmerdecke anstarrte.

Die nächsten Tage waren geprägt von viel Schlaf, viel Schokolade und viel Schreiben. Nicht unbedingt in dieser Reihenfolge. Ich reflektierte mich selbst und das Leben, und nährte meine Nerven mit riesigen Lindt-Tafeln. Zwischendurch schlief ich immer wieder ein. Aber ich fuhr auch in die Stadt und traf Leute, hatte gute Gespräche und wichtigen Beistand. Der Wichtigste war ich mir jedoch selbst. Ich fand eine unbändige, tiefe Kraft in mir, die mich in dieser Krise unglaublich stark machte und mich ermutigte zu kämpfen, komme was wolle. Ich schrieb in mein Moleskine: *Ich habe immer nach der einen allumfassenden Weisheit gesucht, die das Leben in seiner Komplexität erfasst und in einem einfachen Satz zusammenfasst und dadurch leitet. Statt dieser Weisheit habe ich die Erkenntnis gefunden, dass es sie (zumindest in der Form, in der ich sie gesucht habe) nicht gibt. Weisheiten haben es an sich, in Wörtern ausgedrückt zu werden und Wörter können eben immer nur eine Seite der Wahrheit wiedergeben, was letztendlich dazu führt, dass von dieser Wahrheit auch das Gegenteil wahr ist. Dieser scheinbare Widerspruch lässt sich in keiner aus Worten bestehenden Weisheit ausdrücken. Jede neue Weisheit erschafft auch immer einen neuen Widerspruch. Das ist eine Endlosschleife, ein Teufelskreis. Der einzige Weg aus diesem Kreis heraus, ist der Weg nach innen. Nur wenn ich mich von der Stille an den Kern des Lebens bringen lasse, erkenne ich, dass dort alle Weisheiten des Lebens sich zu einer einzigen großen Weisheit vereinen und sich alle vermeintlichen Widersprüche in ihr auflösen. Es braucht nur einen tiefen Atemzug, den man wahrhaftig in diesem Moment wahrnimmt und schon befindet man sich an dem Ort, an dem alles eins ist und alles einen Sinn ergibt. Das Gleiche gilt auch für das eigene Selbst, denn auch dieses versucht man stets, durch Worte zu definieren. Jegliche Definition limitiert den Menschen, denn sie kann genau wie bei jeder Wahrheit immer nur eine Seite zur Zeit erfassen. Auch hier muss man sich von der Ebene der Worte auf die Ebene der Wahrnehmung begeben, an der man bereits in seiner Vollkommenheit existiert und sich alle vermeintlichen Widersprüche auflösen. Man muss sozusagen die Seite des Geistes wechseln, von den Gedanken zum Bewusstsein. Wenn man seine Gedanken als Grundlage nimmt, für das, was man ist, dann ordnet man sich selbst diesen unter und wird somit von ihnen kontrolliert. Man kann sich dann nie in seiner Vollkommenheit sehen. Wenn man jedoch hinter den Geist ins Bewusstsein vordringt, dann erkennt man, dass dort bereits alle Gedanken existieren und sich zu einem großen Ganzen vereinen. Dann braucht man nicht mehr seine Gedanken zu verwenden, um darüber nachzudenken, wer man ist und wie man ist oder wie man sein sollte, sondern man weiß das alles schon. Man ruht in sich, kann sich einfach so sein lassen, wie man ist und braucht sich nichts mehr aufzuzwingen. Man befindet sich in einer ruhigen Wachheit und erkennt in seiner Umwelt die Zeichen, die einen auf seinem Weg leiten. Der Geist ist wie ein Auge. Wenn wir das sind, was vom Auge gesehen wird, dann befinden wir uns in der Verwirrung der Gedanken und Erscheinungen und werden von diesen kontrolliert. Wenn wir jedoch zum Bewusstsein werden, das hinter dem Auge steht, dann sind wir das Sehen selbst und bringen Klarheit in die Verwirrung. Als würden wir von der Ebene der Wellen in die Tiefen des Ozeans vordringen, in denen alles ruhig und klar ist und sich die Sterne und der Mond in uns spiegeln können. Das Einzige, was zählt, ist also, den Geist ausschließlich für die Erinnerung und die Wahrnehmung zu verwenden, denn dafür ist er geschaffen. Er ist nicht fürs Denken geschaffen und unsere wichtigste Aufgabe ist es, dies zu unterlassen. Es ist, als würden wir eine Skulptur bauen, die wir selbst sind. Wenn wir außen sind und den Meißel in den Stein hauen, dann sind wir gefangen in den Gedanken darüber, wie wir aussehen sollten und wie wir das so hinkriegen können. Sind wir jedoch in*

dem Stein, dann wissen wir schon, wer wir sind und müssen
nur auf die Zeichen achten und verstehen, wann wir welche
Schicht entfernen. Man könnte es auf so viele unterschied-
liche Arten formulieren, aber ob Ozean, Auge oder Skulptur,
das Wichtigste, das alle diese Metaphern ausdrücken, ist,
dass es nicht nur nutzlos ist, sondern schlichtweg lächerlich,
in den Gedanken Antworten zu suchen, wenn man selbst die
Antwort ist. In Worte gefasst, können die Gedanken immer
nur eine Seite der Wahrheit darlegen, aber in deinem Inne-
ren existiert die ganze Wahrheit, denn diese bist du selbst.
Wenn man sich von seinem Atem an den tiefsten inneren
Kern transportieren lässt, an dem man sich dieser Tatsache
bewusst ist, dann ist alles gut, egal wie es ist.

Ein paar Untersuchungen standen mir vor meiner Rück-
reise nach Deutschland noch bevor, um sicherzugehen,
dass der Krebs sich an keinem anderen Ort in meinem
Körper ausbreitete. Die Ultraschalluntersuchung und
der MRI-Scan waren für den letzten Abend vor meinem
Rückflug geplant. Auf dem Weg zum Arzt erhielt ich eine
Nachricht von Antonio. Er wollte sich gern von mir ver-
abschieden und außerdem hätte ich ein paar Dinge in der
Wohnung vergessen. Wir verabredeten uns für 21 Uhr.
Der Arztbesuch zog sich jedoch aufgrund der überfüllten
Praxis in die Länge. Als ich endlich die Ultraschalluntersu-
chung hinter mir hatte, saß ich erneut gefühlte Stunden im
Wartezimmer. Schließlich wurde ich aufgerufen, allerdings
nicht zum Scan, sondern zum Arzt. Er wollte mit mir über
die Ergebnisse des Ultraschalls sprechen. Bei den Tests am
Hals und unter den Armen sah alles bestens aus. Allerdings
konnten wir nicht fortfahren mit dem MRI Scan, da in

der Gebärmutter etwas zu sehen war. Ich muss ziemlich ungläubig dreingeschaut haben, denn der Arzt beruhigte mich sogleich und erklärte mir, dass es sich dabei um nichts Besorgniserregendes handelte. Er sah mich erwartungsvoll an. So als hätte ich die Antwort darauf, was es sein könnte. Da ich offenbar nichts zu erzählen hatte, fuhr er fort: »Es sieht auf den Ultraschallbildern nach einer Schwangerschaft aus!« Boom. Krasses Ding. »Schwangerschaft? Nein, das ist unmöglich. In der Tat habe ich seit inzwischen über einer Woche meine Tage und keine Ahnung, was da los ist. Aber schwanger? Nein, ganz sicher nicht.« Der Arzt erklärte mir, dass die Blutungen auch in einer Schwangerschaft auftreten könnten und er nicht befugt wäre, die Untersuchungen fortzusetzen, solange bezüglich der Ultraschallergebnisse keine Klarheit bestünde. Da in seiner Klinik keine Blutuntersuchungen durchgeführt würden, könnte er mich auf meinen Wunsch an ein nahegelegenes Krankenhaus überweisen, die Blutergebnisse abwarten und den Scan gegebenenfalls danach durchführen. Nachdem er mit dem Krankenhaus telefonisch Kontakt aufgenommen und einen Termin für mich organisiert hatte, machte ich mich auf den Weg. Als ich aus der Klinik auf die Straße trat, musste ich erst mal tief durchatmen. Ich konnte nicht glauben, was ich gerade gehört hatte. Ein dickes Ding nach dem anderen. Ich versuchte, mich zu beruhigen und zu konzentrieren. Es war schon ziemlich spät und Antonio wartete auf mich. Ich rief ihn an und erklärte ihm, dass die Untersuchungen länger gedauert hätten als geplant und ich nun noch einen Krankenhausbesuch abstatten müsste, zu dem ich mir seine Begleitung wünschte. Wie gut, dass wir sowieso für diesen Abend verabredet waren. Ich hätte den

Schwangerschaftstest nicht ohne ihn machen wollen. Er holte mich ab und gemeinsam fuhren wir ins Krankenhaus. Auf dem Weg dorthin schilderte ich ihm so kurz wie möglich die Lage. Ich erzählte ihm von dem Hautarztbesuch, der Biopsie und der Krebsdiagnose, von der OP, der Ultraschalluntersuchung und dem Schwangerschaftsverdacht. Es muss ganz schön heftig gewesen sein, diese geballte Ladung an Ereignissen um die Ohren gehauen zu bekommen. Aber natürlich war es für mich selbst noch heftiger. Er hörte mir aufmerksam zu und nahm meine Hand. Als wir im Krankenhaus ankamen, nahm er mich in den Arm, sah mir in die Augen und sagte mir, dass es ihm leid täte, in dieser Zeit nicht für mich dagewesen zu sein. Natürlich wäre es schön gewesen, an diesen schwierigen Tagen einen geliebten Menschen an meiner Seite zu haben, aber alles passiert aus einem Grund und es war wohl eine Phase, die ich alleine durchstehen musste.

Nachdem mir von einer Krankenschwester Blut abgenommen wurde, informierte mich der Arzt, dass das Ergebnis circa eine halbe Stunde dauern würde. Antonio und ich nutzten die Zeit, um in einem Bistro nebenan einen Kaffee trinken zu gehen und ein wenig ausführlicher über die vergangenen Tage sowie unsere Trennung zu sprechen. Wir saßen einander gegenüber und blickten uns in die Augen, als wäre es unser erstes Date. Es lag eine aufregende, kitzelnde Spannung in der Luft, eine starke Anziehungskraft und knisternde Energie begleitet von einer neugierigen Beobachtung und Begutachtung dieses interessanten, bezaubernden Menschen. Ein sich vorsichtig herantastendes Entdecken dessen, was da zwischen uns passiert war. Wie konnte es sein, dass wir uns so auseinandergelebt, voneinander entfernt hatten, dass wir den Zauber nicht mehr wahrnehmen konnten, einander nicht mehr mit diesem unvoreingenommenen, offenen Herzen anschauen konnten wie in diesem Moment? Viele Verletzungen und Enttäuschungen kamen ans Licht, tief menschliche Fehltritte und Fehlinterpretationen. Antonio beichtete mir, dass er meine Nachrichten gelesen hatte und vermutete, ich hätte eine Affäre mit Saif. Ich klärte das Missverständnis auf und entschuldigte mich für meine verletzenden Worte. Langsam näherten sich unsere Hände auf dem Tisch und berührten sich vorsichtig und zart. Wir erforschten sie, als würden wir sie noch nicht kennen und tatsächlich schien es, als kannten wir sie nicht. Wie war es möglich, die Hände des Menschen nicht zu kennen, mit dem man seit drei Jahren zusammenlebt? Sieht man denn tagtäglich an ihnen vorbei, berührt man sie denn etwa, ohne dieser Berührung seine ganze Aufmerksamkeit zu schenken? Es schien fast, als wäre diese traurige Tatsache der einzig wirkliche Grund, aus dem wir uns getrennt hatten, denn alle anderen so schrecklich wichtig scheinenden Probleme, stellten sich im Gespräch als Belanglosigkeiten heraus. Ich kann mich heute kaum noch an den Inhalt des Gesprächs erinnern, denn die Worte hatten wenig Bedeutung. Es war das Gefühl zwischen uns, das den Moment ausmachte und uns die Antworten gab, nach denen wir suchten. Eigentlich wollten wir doch nur wissen, dass wir einander liebten und schätzten, dass wir einander nicht absichtlich wehtun wollten und keine bösen Absichten hatten, dass wir für einander da waren und uns gegenseitig helfen würden, komme was wolle. Mit dieser Gewissheit im Herzen machten wir uns auf den Weg zurück ins Krankenhaus. Am Schalter angekommen, warteten wir kurz auf den Arzt. In diesen paar Minuten des Wartens wurde mir mulmig. Das Ergebnis der Untersuchung könnte erneut mein ganzes Leben umkrempeln. Der Arzt lächelte mich an und fragte: »Was wünschen Sie sich denn? Positiv oder negativ?« Ich antwortete ihm, dass beides gut wäre. Und er gratulierte mir: »Herzlichen Glückwunsch, Sie sind schwanger!« Ich konnte es kaum glauben. Zwar hatte alles auf dieses Ergebnis hingedeutet, aber trotzdem fühlte es sich unwirklich an. Die Ärzte hatten mir doch immer vorausgesagt, dass ich möglicherweise nie ein Kind bekommen könnte und wenn, dann nur mit einer Hormonbehandlung. Drei Jahre lang hatten wir ungeschützten Geschlechtsverkehr und in dem Moment, in dem wir uns trennten, war ich auf einmal schwanger? Ich hatte ein paar harte, anstrengende Wochen hinter mir und freute mich auf meine Heimkehr nach Hamburg am kommenden Tag, auf den Beginn eines neuen Lebens, als Single, frei, ungebunden, offen und bereit für neue Abenteuer. Dieses neue Abenteuer schien ganz anderer Natur zu sein, als ich es mir vorgestellt hatte. Und es war gut so, es erfüllte mich mit unendlicher Liebe und ruhiger Gelassenheit. Ich spürte ein unerschütterliches Vertrauen in den Plan Gottes. Antonio und ich nahmen uns in den Arm und hielten uns fest. Noch vor ein paar Stunden hätten wir die Geschehnisse nicht im Entferntesten erahnen können, und jetzt standen wir hier und waren einfach nur glücklich. Wir standen eine Weile so da, Arm in Arm, und schwelgten in unserer Glückseligkeit. Dann entschlossen wir uns, ein Stück am Strand spazieren zu gehen. Hand in Hand liefen wir den Holzweg entlang, wunderten uns, wieso wir das nicht viel öfter getan hatten und freuten uns darüber, dass diese Nacht mit sternenklarem Himmel uns anlockte und uns die perfekte Kulisse bot, einvernehmlich zu entscheiden, dass wir dieses Kind wollten und für es da sein würden, was immer auch zwischen uns passiere. Wir spürten beide, dass eine höhere Macht uns wieder zueinander führte, wollten jedoch in diesem Rausch des Gefühls- überschwangs nichts überstürzen und entschieden uns, die Sache ganz langsam anzugehen. Antonio hätte sich zwar gewünscht, dass ich geblieben wäre, aber ich fühlte, dass es an der Zeit für mich war, Dubai zu verlassen und er war verständnisvoll. Ich lag die ganze Nacht wach in seinen Armen und wunderte mich über die Rätselhaftigkeit des Lebens. Es war mir nicht gegeben, sie zu enträtseln, doch indem ich mich ihr hingab, konnte ich sie intensiv leben, den Schmerz genauso sehr wie die Freude. Am nächsten Morgen brachte Antonio mich zum Flughafen und ich flog zurück nach Hamburg.

14. Kapitel

Ich war total überwältigt von den Emotionen, die es mit sich brachte, beinahe sein Leben zu verlieren und dann plötzlich nicht nur sein eigenes zurückzuhaben, sondern noch ein weiteres in sich zu tragen. Dieses winzige Wesen erfüllte mein Herz mit einer unvergleichlichen Euphorie und gab meinem neugewonnenen Leben einen tiefen Sinn und Halt, der meinen Fokus wegnahm, von all dem, was ich wollte und zu brauchen meinte. Meine Aufmerksamkeit galt jetzt diesem bezaubernden, entstehenden Menschenkind, das in mir wachsen und gedeihen wollte. Ich war bereit, zum ersten Mal in meinem Leben nicht zuerst an mich selbst zu denken und war erstaunt, wie viel reicher ich mich dadurch fühlte. Doch dieser Reichtum und diese Erfüllung hatten auch eine dunkle Seite. Ich blutete immer noch und war in Sorge um mein kleines Baby. Ich las viel über Blutungen in der Schwangerschaft und teilweise waren die Informationen erschütternd. Doch ich tröstete mich damit, dass der Nachrichtengehalt, den man im Internet findet, fast immer schockierender Natur ist und es auch normal und unbedenklich sein konnte. Ich suchte meine Frauenärztin auf und erfuhr, dass ich in der fünften Woche war. Sie erklärte mir, dass zwischen der fünften und sechsten Woche das Herz des Embryos zu schlagen begänne. Das

Herz meines Babys schlug noch nicht, doch sie besänftigte mich, das Heranwachsende nicht durch Sorgen zu belasten und den nächsten Termin abzuwarten, der vielleicht schon die ersehnten Herztöne aufzeigen könnte. Ich war mir sicher, dass die Psyche der Mutter einen großen Einfluss auf ihren Sprössling hatte und richtete all meine Konzentration auf optimistische Gedanken, um so eine positive Entwicklung zu stimulieren. Auch beschloss ich, mich weiterhin so viel wie möglich zu schonen, obwohl ich voller Tatendrang war. Am Abend sah ich mir mit meinen Eltern »Victoria« an. Ich war begeistert von diesem Film. Er kam genau zur richtigen Zeit und traf genau mein aktuelles Lebensgefühl. Er beinhaltete viele Dinge, die mich gerade beschäftigten und gab ihnen eine fassbare und verständliche Form. Er gab sozusagen der Veränderung in meinem Leben einen Namen. Durch all die Ereignisse der vergangenen Wochen war mir sehr deutlich ins Bewusstsein gerückt, was ich eigentlich schon immer wusste: dass der Sinn des Lebens ist, es zu leben. Ich hatte begriffen, dass es jeden Moment vorbei sein kann und man daher jeden Moment in all seiner magischen Schönheit wahrnehmen und leben sollte. Dies macht den Zauber und die Faszination des Lebens aus. Das wurde meiner Meinung nach auf wunderbare Weise in dem Film dargestellt. Es ging alles um den Moment, um die bedingungslose Präsenz in ihm, um die vollständige Hingabe an ihn.

Nach dem Film schlief ich sofort ein. Mitten in der Nacht wachte ich auf. Es war stockdunkel. Ich musste pinkeln, blieb aber noch ein paar Minuten liegen, bis meine Augen sich an die Dunkelheit gewöhnt hatten. In diesen paar

Minuten tauchten Bilder meines Traumes auf. Ich war auf einer Party bei Freunden zu Hause. Das Haus war voll, die Musik war laut und die Getränke reichlich. Ich hatte schon ziemlich viel getrunken und musste mal. Um zur Toilette zu gelangen, musste man durch eine Kammer gehen. Dort hingen Jacken und Mäntel aber es standen auch viele andere Gegenstände herum, alte Lampen und Regale, die im Haus nicht mehr gebraucht wurden. Ich konnte den Lichtschalter nicht finden und stolperte durch die dunkle Kammer zum Bad. Ich glaubte, einen Schatten zu sehen, aber wahrscheinlich war es nur ein Mantel, der an der Garderobe hing. Schnell schloss ich die Badezimmertür hinter mir und setzte mich auf die Klobrille, gerade noch rechtzeitig. Beinahe hätte ich mir in die Hose gemacht. Beim Abwischen sah ich besorgt, dass ich immer noch blutete. Ich spülte das blutige Klopapier runter und machte mich auf den Rückweg. Als ich die Tür öffnete, sah ich wieder den Schatten. Dieses Mal bewegte er sich ganz eindeutig. Ich erkannte einen schwarzen Umhang mit Kapuze. Es sah nach einem Mann aus und er schien etwas in der Hand zu halten, aber es war zu dunkel, um es genau zu sehen. Ich wollte wissen, was es mit dieser Gestalt auf sich hatte und lief ihr hinterher. Die Gestalt drehte sich zur Seite und ich erkannte jetzt eine Sichel in ihrer Hand, die unter dem weiten schwarzen Ärmel hervorguckte. Ich packte die Gestalt an der Schulter und wendete sie so zu mir, dass ich sie von vorn sehen konnte und blickte sie nun direkt an. Ich wollte ihr Gesicht sehen, doch sie hatte keins. Unter der Kapuze war nur Dunkelheit zu sehen. Ich erschrak und wachte auf.

Am nächsten Tag ging ich mit meinen Eltern an der Alster spazieren. Nach einer Runde um die Außenalster gönnten wir uns Kaffee und Kuchen im Café Gnosa. Während wir auf unseren Kaffee warteten, ging ich auf Toilette und wie so oft, kam beim Pinkeln Blut mit aus der Scheide. Dieses Mal jedoch war die Konsistenz schleimiger und es fühlte sich merkwürdig an. Ich sah in die Kloschüssel und entdeckte einen richtigen Schleimpfropf. Ich hatte ein sehr mulmiges Gefühl dabei, aber ich überzeugte mich davon, dass alles gut ist und ging schnell wieder raus. Ich blieb positiv und verlor meine Hoffnung nicht. Ein paar Tage später lag ich wieder auf dem Untersuchungsstuhl in der Gynäkologie. Die Frauenärztin strich mir mit dem kühlen Ultraschallgerät über den Bauch. Auf dem Bildschirm zeigte sie mir meine Gebärmutter. Bis heute habe ich ihre Worte nicht vergessen. »Sehen Sie mal hier! An dieser Stelle, an der letzte Woche noch der Embryo zu sehen war, ist jetzt nichts mehr.« Ich traute meinen Ohren nicht und wollte diese ernüchternde Realität nicht wahrhaben. Mein Baby konnte nicht weg sein, es durfte nicht weg sein. Doch die Frauenärztin hatte keine Zweifel. Sie erzählte mir noch etwas davon, dass meine Blutungen weiter andauern würden und sie noch vorhandene Teile von Mutterkuchen und Embryo durch eine Ausschabung entfernen könnte, wenn ich wollte, aber ich wollte bloß noch raus. Ich lief auf die Straße und brach in Tränen aus. Es tat so sehr weh. Es war so ein schmerzlicher Verlust. Dieses kleine Wesen war der Innbegriff eines Neubeginns, eines neuen Lebens. Und nun war es tot. Es war weg. Es stand auch für einen Wiederanfang meiner Beziehung. Wie gern hätte ich Antonio in diesem Moment an meiner Seite gehabt, damit wir uns gegenseitig hätten trösten können. Ich erinnerte mich an unseren Spaziergang am Strand, nachdem wir von der Schwangerschaft erfahren hatten. Es tat so gut, seine Hand zu halten. Langsam beruhigte ich mich wieder und trocknete mein Gesicht mit einem Taschentuch. Doch als ich zu Hause ankam und meine Mutter mich nach dem Ergebnis fragte, schossen mir die Tränen wieder in die Augen. Meine Mutter umarmte und tröstete mich. Ich wusste, dass sie meinen Schmerz verstand und fühlte mich in ihrer Wärme geborgen, aber die Tränen liefen weiter. Als ich dachte, die Quelle wäre erschöpft, rief ich Antonio an, doch sobald ich ihm mitteilte, dass wir unser Kind verloren hatten, kam ein neuer Schwall. Mein Gesicht war rot und brannte und ich war erschöpft und ausgelaugt. Ich war noch nicht bereit, diese Realität anzunehmen und entfloh ihr in den Schlaf. Ich nahm mir die Zeit zu trauern und zu leiden, gab mich dem Schmerz ganz hin und ließ ihn in mich ein. Es waren harte, dunkle Tage, Tage des Abschiednehmens von meinem kleinen Engel. Es gab Menschen, die versuchten, mich von diesem Leid zu befreien, aufzuheitern, abzulenken. Mich darauf einzulassen, hätte die Situation wahrscheinlich einfacher gemacht, wäre den Geschehnissen jedoch nicht gerecht geworden. Im Nachhinein bin ich froh, die Dunkelheit in ihrer Tiefe erforscht zu haben, denn nur so kann ich sie als Teil von mir akzeptieren und im Einklang mit ihr leben. Eines Tages wachte ich auf und verstand, dass dieser kleine Engel sehr wohl einen Neuanfang in meinem Leben so wie auch in meiner Beziehung markierte, jedoch nicht dazu bestimmt war, weiterhin Teil dessen zu sein. Mein Baby ebnete den Weg nach meiner Krebsoperation mit einer magischen Kraft, mit einem tieferen Bewusstsein, das mich als Teil der Einheit mit allem Leben verband und mein Herz mit einer unbändigen Liebe erfüllte. Es brachte Antonio und mich wieder zusammen und öffnete uns die Augen dafür, was uns das Wichtigste im Leben war: eine gemeinsame Familie. Und das war stärker, als alles, was uns trennte. Ich dankte diesem Wunderwesen für die schönsten Geschenke, die ich mir je für einen Aufbruch zu neuen Ufern hätte wünschen können und ließ die Notwendigkeit los, es um jeden Preis dabeihaben zu müssen. Ich ließ es gehen an diesen magischen Ort, von dem es mir die Erkenntnisschimmer und die Kraft einer göttlichen Verbindung geschickt hatte, in dem Wissen, dass es dort sein wollte, und musste und doch gleichzeitig auch immer bei mir sein würde. Mein Leid wandelte sich in Kraft und Stärke. Ich war erfüllt von Liebe und Mut, von Freiheit und Leidenschaft. Endlich ließ ich meinem Tatendrang freien Lauf und stürzte mich ins Leben. Zuerst ließ ich mir auf der Reeperbahn ein Bodhi-Tree-Tattoo stechen. Es steht für die Verbindung zu meinem ungeborenen, verstorbenen Kind, das mich lehrte, dass es keine Geburt und keinen Tod gibt. Es hat mich aufgeweckt und mich das Sehen gelehrt. Anfangs verstand ich nicht, was ich da sah. Das war der dunkelste Moment und dieser ist bekanntlich kurz vor Sonnenaufgang. Ich lernte, zu verstehen, was ich sah. Ich erkannte mich selbst. Dieses Tattoo soll mich immer daran erinnern. Anschließend fuhr ich mit Lil und ihrem Freund aufs Wacken Open Air. Bei duftendem Sommerregen hüpften wir vor der Bühne auf und ab und ließen uns treiben in den Wellen der Musik. Als wir später vor unserem Zelt auf der Wiese saßen und Bier tranken, hatte ich den Petrichor noch in der Nase und blickte von der still lächelnden Einheit des Seins durchdrungen in die bezaubernde Kulisse der wahrhaftigen Welt, ließ mich in sie fallen und schwebte in mir selbst. Dieser Zustand der vollkommenen Ruhe und Gelassenheit, des Herausgerissenseins aus dem verrückten Treiben der zivilisierten Welt, das Stillstehen in der Mitte der Zeitlosigkeit und das Eindringen in die sich hinter den Erscheinungen verborgene überfüllte Leere hielt mir einen Spiegel vor, in dem ich die unerreichbaren Tiefen meines inneren Kerns fand und alles seine Bedeutung und Wichtigkeit verlor, was nicht dazu führte, diesen nach außen zu tragen und zu leben. Wir feierten drei Tage durch, ernährten uns dabei von Dosenfraß und tranken warmes Bier. Es tat gut, einfach mal so komplett die Sau rauszulassen und nur zu machen, worauf ich gerade Lust hatte, ohne die geringsten Bedenken dabei zu haben, geschweige denn Scham oder Schuldgefühle. Ich wollte nur jeden Moment intensiv wahrnehmen und feiern. Doch gleichzeitig wurde auch mein Bewusstsein für einen aktiven und gesunden Lebensstil noch geschärft. Ich begann, mich vegan zu ernähren und integrierte Unmengen an grünen Blättern, Samen und Kernen in meine Diät. Ich fühlte mich fit wie nie zuvor und beschloss, endlich den lang ersehnten Ultramarathon zu laufen. Ich trainierte wie besessen, lief von meiner Wohnung in Altona stundenlang an der Elbe entlang und dachte dabei nach: ›Ich möchte meine Aufmerksamkeit auf die schönen und faszinierenden Dinge des Lebens richten und mich von diesen verzaubern lassen. Wenn ich verliebt bin, dann ist auf einmal alles wunderschön, aber nicht weil sich die Beschaffenheit der Dinge verändert, sondern weil ich eine andere Perspektive auf sie habe, eine andere Seite von ihnen wahrnehme. Und ich bin verliebt. Ich bin verliebt in das Leben, es ist großartig und atemberaubend schön, wundervoll und fantastisch. Ich lebe im Paradies, im Schlaraffenland. Ich brauche mich nur umsehen und habe alles, wonach sich mein Herz je sehnen könnte. Was ich mir wirklich sehnlichst wünsche, ist schon da, ich muss nur mein Herz öffnen, um es zu sehen und meinen Mut zusammennehmen, um den großen Schritt der Ungewissheit darauf zuzugehen. Wenn ich die Magie durch mich wirken lasse, dann fügt sich alles um mich herum auf magische Weise. Wer bin ich, um so groß und hell zu sein? Wer bin ich, um es nicht zu sein? Ich bin das Universum in ekstatischer Bewegung, wir alle sind das Universum in ekstatischer Bewegung und unsere Aufgabe ist es, der Welt das uns Spezielle und Einzigartige so rein und aufrichtig wie möglich zu geben. Und genau da bin ich angekommen. Das ist nicht immer perfekt, aber das muss es auch nicht sein. Fehler zu machen, gehört zum Mensch sein dazu und viele Fehler sind sehr hilfreich und wichtig, um an ihnen zu lernen und zu wachsen. Wichtig ist, dass wir uns selbst treu bleiben und das sagen, was wir denken und das tun, was wir sagen. Dass wir uns nicht aus dem Gleichgewicht bringen lassen von Schicksalsschlägen, sondern die Schwierigkeiten umwandeln in positive Energie, stark und gefasst bleiben, egal was uns widerfährt, menschlich bleiben; rein, aufrichtig, ehrlich und gut. Und das Leben leben, in vollen Zügen, mit Feuer und Leidenschaft, leben, lieben, leiden, brennen.‹

Nach einem langen Lauf an der Elbe chattete ich mit Hector: »Ich habe auf Facebook dein Foto der Lilie gesehen und mich an den Sommer erinnert, als wir gemeinsam die Lilien im Garten deiner Tante aufblühen sahen. Sie sind wirklich wunderschön!« Nachdem wir über die Schönheit der Blume gesprochen hatten, fragte er mich, wie es mir ginge. »Es geht mir sehr gut. Genau wie du sehe ich den Blumen und Bäumen beim Blühen und Wachsen zu und erfreue mich an der Faszination der frühsommerlichen Naturschauspiele. Ich liebe diese Jahreszeit und deren Früchte, aber die Blüten sehen anders aus als die in Nicaragua.« »Wie wundervoll, das ist das Wundervollste, was es gibt auf der Welt!« »Ja, ich liebe die Jahreszeiten und den damit einhergehenden Wandel der Natur; die Transformation im Mantel des Sterbens und Erwachens. Ich denke, wir können viel von Mutter Erde lernen: Altes gehen zu lassen, um Neuem Platz zu machen. Das einzig Beständige ist der Wandel.« »Ja, das stimmt. Es ist nicht einfach, die Natur ist komplex. Mutter Erde ist weise. Vielleicht kannst du mir ein paar Fotos schicken von deinen Lieblingsblumen aus Deutschland!? Ich würde gern die Blumen sehen, die dich umgeben. Und vielleicht kannst du sie morgens fotografieren, da sind sie am schönsten.« »Bislang habe ich noch nie Fotos gemacht von den Blumen, denn meistens beobachte ich sie, wenn ich Laufen gehe und ich laufe ohne Smartphone. Nächstes Mal nehme ich es mit und schicke dir ein Bild.« »Ich freue mich, dass es dir gut geht und du im Reinen bist mit dir selbst. Pass gut auf dich auf! Und genieße die Zeit in und mit der Natur!« »Danke Hector. Weißt du, durch unser Gespräch muss ich gerade daran denken, dass auch ich fast sterben musste, um wieder zu neuem Leben zu erwachen. Ich hatte bösartigen schwarzen Hautkrebs und wäre fast gestorben, aber jetzt lebe ich und es ist das schönste Leben, das man sich vorstellen kann.« »Ooh, du bist sehr stark und gehst immer als Siegerin hervor.« »Ich habe die bewusste Achtsamkeit gefunden, nach der ich suchte und ich empfinde eine tiefe Dankbarkeit für das Leben. Ich mache mir nicht mehr so viele Sorgen um Kleinigkeiten wie vorher, sondern fühle, dass alles aus einem Grund geschieht und alles einen Sinn ergibt und so kann ich den Dingen ihren Lauf lassen und absolut präsent sein im Moment, mit Feuer und Leidenschaft leben.« »Der Mensch gleicht der Natur in dem Sinne, dass er sich in ständigem Wandel befindet, sich ständig erneuert.« »Du hast recht. Das habe ich von der Natur gelernt und mich jetzt, als ich deine Fotos von der Lilie sah, daran erinnert.« »Deine Wahrnehmung ist jetzt ganzheitlich und rein und ich könnte darauf schwören, dass du auch noch weiser geworden bist! Jetzt wirst du deine Aufmerksamkeit auf all das Gute und Wirkliche dieser Welt richten und es in deinem Herzen spüren.« »Ich bin der Meinung, wenn wir ein offenes Herz und einen klaren und fokussierten Geist haben, können wir immer etwas von der Natur sowie von unseren Mitmenschen lernen. Doch die meisten Menschen sind gefangen in ihrer eigenen kleinen Welt voll von Stress und Problemen und sie lassen so viele Dinge unbeachtet an sich vorbeiziehen.« »Ich erinnere mich, wie du auf Ometepe weitergelaufen bist, obwohl du dir den Fuß verletzt hattest. Da habe ich verstanden, dass du eine starke und sehr entschiedene Persönlichkeit hast. Du bist ein wunderschönes und wahnsinnig starkes Geschöpf. So bist du in meinem Geist.« »Ich war schon immer stark und entschieden, aber auch oft unreif. Ich habe gelernt, geduldiger zu sein. Ich gebe nicht so schnell auf, aber ich kann jetzt auch akzeptieren, dass die Natur ihr eigenes Gesetz hat, ihren eigenen Regeln folgt. Wenn mir jetzt etwas wie auf Ometepe passiert, dann frustriert mich das nicht mehr so wie damals. Ich habe gelernt, dass die Dinge nicht immer so laufen müssen, wie ich mir das vorstelle, sondern dass manchmal etwas ganz anderes und doch gleichzeitig viel Besseres passiert als das, was ich eigentlich wollte. Ich erinnere mich, dass es mir nicht gefiel, als du meinen Plan, den ganzen Tag zu laufen, unterbrachst, um zu den Wasserfällen auf den Berg zu steigen.« »Mir gefällt die neue Gaia, es würde mir sehr gefallen, mit dir auf Ometepe einen Kaffee zu trinken, deine Stimme zu hören, in deine Augen zu sehen und bis spät in die Nacht zu reden, über alles zu reden – es gibt so viel.« »Jetzt kann ich ablassen von meinen Plänen und offen sein für den Zauber der geschieht, wenn ich den Dingen ihren Lauf lasse und mein Herz öffne für die Schönheit, die sich in jedem Moment verbirgt. Du hast mich zu einem der atemberaubendsten Orte gebracht, die ich kenne und ich denke gern daran zurück, wie wir unter dem Wasserfall gebadet haben und uns danach auf einen Stein setzten und uns unterhielten. Damals habe ich nicht verstanden, warum dir gerade Geduld so wichtig war.« »Ja, ich weiß. Darum habe ich auch gar nicht erst versucht, es dir zu erklären. Gewisse Dinge versteht man erst, wenn die Zeit reif dafür ist.« »Du hast recht. Heute weiß ich, dass Geduld eine der wertvollsten Tugenden ist. Sie hilft, Klarheit in seinem Geist zu bewahren, sich nicht durch äußere Umstände verrückt machen zu lassen, sondern mit seiner tiefen inneren Ruhe und Gelassenheit in Kontakt zu bleiben. Geduld hilft, den Moment bewusst wahrzunehmen und zu leben, ganz gleich was er bringt, ihm für seine Schönheit zu danken und für sein Leid zu verzeihen oder aber sich selbst zu verzeihen, wenn dies einmal nicht gelingt.« »Das hast du sehr treffend ausgedrückt. Geduld bedeutet auch, in dem Wissen zu leben, dass alles seine Zeit hat und lehrt, das kommen zu lassen, was kommt, das anzunehmen, was da ist und das gehen zu lassen, was geht.« »Und gleichzeitig hilft sie dabei, das zu erreichen, was man wirklich will. Die meisten Ziele bleiben unerreicht, weil die Menschen irgendwann aufgeben, keine Geduld mehr haben. Sie wollen die Dinge sofort haben, auch wenn sie noch gar nicht bereit dafür sind. Und wenn sie es dann doch sind, haben sie schon die Geduld verloren und sehen das Ziel vor ihren Augen nicht mehr.« »Geduldig sein, heißt zu sehen, in ruhiger Wachheit zu beobachten und bewusst zu handeln. Geduld ist der Schlüssel zu bewusster Achtsamkeit.« »Es war fabelhaft, mit dir zu sprechen. Du bist ein großartiger Freund und ich trage dich immer im Herzen und im Geist.« »Danke gleichfalls! Du bist immer in mir. Du kannst dich auf einen Freund verlassen. Es gibt noch viele bezaubernde Orte zu sehen und zu fühlen. Pass gut auf dich auf! Ich wünsche dir, genau wie der Natur, nur das Beste und eine schnelle Genesung. Eine Umarmung für das stärkste Mädchen, das ich kenne!«

Am Ende des ersten Monats in Hamburg flog ich nach Dubai, um Antonio zu besuchen. Ich überredete ihn zu einem Fallschirmsprung und gemeinsam stürzten wir uns über der Wüste in die Tiefe. Es war ein wahnsinniger Adrenalinkick. Im freien Fall schossen mir blitzschnell alle Gedanken aus dem Kopf und ich wurde so energisch ins Zentrum des Moments gerissen, dass ich von seiner Magie gefesselt der Ewigkeit mitten in ihr zauberhaftes Antlitz blickte. Alles um mich herum leuchtete in tausendfacher Schönheit auf und es kam alles aus mir und in mich zurück. Plötzlich ging der Fallschirm auf und ich schwebte in dieser verzauberten Wüste, befreit und zugleich gefesselt. Ich nahm die Leine in die Hand und wir drehten uns mit dem Fallschirm ein paar Mal wild im Kreis, bevor wir auf die Landebahn zusteuerten und unsere Füße wieder auf die Erde setzten. Es war einfach nur geil, eine der besten Aktionen, die ich je in meinem Leben gemacht habe. Wenn ich Geld hätte, würde ich jede Woche springen. Das Leben war gut, ich war sehr zufrieden. Doch stand an dieser Schwelle zu neuen Abenteuern noch eine wichtige Entscheidung an. Zurück in Hamburg dachte ich viel darüber nach, wie es weitergehen sollte auf meinem Weg.

Dabei halfen mir meine inzwischen täglichen Läufe an der Elbe. Ich lief schnell und determiniert und so waren auch meine Gedanken. Am Abend trank ich Wein und schrieb. Und ich erkannte, dass mir nichts eine so tiefe Zufriedenheit und innere Ausgeglichenheit gibt wie das Laufen und das Schreiben. In diesen Aktivitäten liegt der Kern meiner Freiheit und Leidenschaft. In ihnen kann sich meine Seele entfalten. Ich erkannte auch, wieder einmal, wie wichtig und nahrhaft es für mich ist, allein zu sein. In Dubai war mein Alleinsein oft ungewollt und zwanghaft, doch aus eigener Entscheidung und eigenem Willen heraus, offenbarten sich mir der Reiz und Wert der Ruhe und Meditation. Wenn ich reden wollte, besuchte ich meine Eltern oder Freunde. Wir unternahmen Fahrradtouren an den Oortkatensee, machten Picknick im Hayns Park und gingen auf der altonale spazieren. Das war mein Lieblingsteil. Die altonale begann genau vor meiner Tür, so dass ich schon

zum Frühstück runterlief und mir Churros mit Schokolade holte. Später lief ich über den Flohmarkt, sah mir die
Kunststände an und hörte den Musikern zu. Besonders gefiel mir der Auftritt von Amane mit Adam Bousdoukos als
Leadsänger. Auch Antonio wollte sich diese Veranstaltung
nicht entgehen lassen und kam für ein paar Tage zu Besuch.
In der alternativen Atmosphäre Altonas waren wir auf einmal ganz andere Menschen als im schicken Dubai. Das Lebensgefühl rief Erinnerungen wach an die ersten Wochen
unserer Beziehung in Hamburg, in denen wir noch so unvoreingenommen und offen waren. Uns auf dem alten Sofa
im Wohnzimmer meiner Wohnung zu lieben, gab unserer
Zweisamkeit eine ganz andere Energie als der routinierte
Verkehr im bekannten Luxusbett. Ich suhlte mich in der
Abwechslung und nahm tausend Möglichkeiten wahr, anders zu sein und uns immer wieder neu kennenzulernen.
Wie aufregend die Liebe doch sein konnte, wenn man sie
nur ließ! Wir aßen Falafel auf dem Altonaer Marktplatz,
kauften uns Hippie-Kleidung und tanzten damit beim Ab-
schlusskonzert vor der Bühne im Regen. Es war so vor-
züglich wildvergnügt, dass ich das Gefühl hatte, mit niemandem so freimütig sein zu können wie mit Antonio, so
innig und doch gleichzeitig immer wieder frisch verliebt.
Als wir zurück in meiner Wohnung waren, kniete ich vor
ihm nieder und machte ihm einen Heiratsantrag.

Am Wochenende danach kam Saif zu Besuch nach Hamburg. Ich lud ihn ein ins elbgold, denn ich wollte ihm beweisen, dass es in Hamburg genauso guten Kaffee gibt, wie
in Dubai. Und das Beste war, dass es nicht nur Kaffee gab,
sondern auch Wein. Die Atmosphäre war zwar nicht so

ruhig und gelöst wie bei Raw, doch wir schafften uns unseren eigenen Raum der Entspannung inmitten des Chaos. Ich erzählte ihm von all meinen verrückten Aktionen der vergangenen Wochen und wie gut es tat, meinem Herzen zu folgen, ohne mich dabei mit den Erwartungen der Gesellschaft auseinanderzusetzen. »Ich liebe die Freiheit der Unabhängigkeit von Meinungen anderer. Ich weiß genau, was ich will, ich habe es nie so sehr gewusst wie jetzt, und niemand außer mir weiß, was gut für mich ist.« »Das sehe ich. Du wirkst total gelassen und zufrieden mit dir selbst und dem Leben. Du scheinst etwas gefunden zu haben, nach dem du lange suchtest. Ich freue mich für dich.« »Ja, ich freue mich auch sehr.« »Ich glaube, es ist hier in Hamburg aber auch einfacher, sich von den Meinungen anderer frei zu machen als in Dubai. In der arabischen Welt kommt man nur schwer gegen den Druck von außen an und wird immer wieder zur Rechenschaft gezogen.« »Du hast recht, wobei es so ganz einfach wahrscheinlich nirgendwo ist, besser gesagt, so einfach wie man es sich eben macht. Entweder will man andere zufriedenstellen oder man will sein Leben leben, koste es, was es wolle. Ein guter Freund von mir hat dieses intensive, erbarmungslose Leben einmal »Leben atmen« genannt. Darunter verstehe ich, dass man es mit jedem Atemzug ganz tief in sich einsaugt und beim Ausatmen wieder gehen lässt, seine ganze Seele in diesen Moment investiert, aber nicht daran bindet. Wenn man das Leben nicht atmet, dann entsteht ein Energiestau und man wird ganz steif. Es ist also egal, was es ist, ob eine schöne oder schlimme Erfahrung, ein angenehmer oder unangenehmer Moment, alles will gelebt werden, intensiv aufgesaugt und wieder losgelassen werden.« »Das klingt alles sehr hübsch, aber dazu ist es auch unabdingbar, dass man sich freimacht von gesellschaftlichen Anforderungen und Erwartungen, dass man darauf scheißt, was andere von einem denken.« »Ja, dass man sich sogar von seinen eigenen Gedanken freimacht und einfach nur das Leben einatmet und wieder ausatmet. Dann kann man alles leben und ganz bewusst wahrnehmen, ohne sich davon brechen zu lassen.« »Ich glaube, das Problem der Menschen ist, dass sie gewisse Dinge einatmen, aber nicht wieder ausatmen wollen und somit ins Ungleichgewicht kommen, aber so funktioniert das Leben nicht. Alles verlangt nach Ausgleich. Daher finde ich auch deine Entscheidung, dein eigenes Ding zu machen, ohne Rücksicht auf Verluste, sehr konsequent, aber sie kann auch zu Problemen führen.« »Das ist wahr. Aus diesem Grund habe ich viel zu oft den Kopf eingezogen und mich kleiner gemacht, als ich bin. Nur aus Nettigkeit, um andere zufriedenzustellen und aus Angst, der Herausforderung nicht gewachsen zu sein. Damit ist jetzt Schluss. Ich weiß, wer ich bin und ich weiß, was ich kann. Es ist mir egal, was andere darüber denken. Ich habe nur dieses eine Leben und will so viel wie möglich da rausholen.« »Eine Frau, ein Wort!«, erwiderte Saif und holte dabei ein kleines, schwarzes Moleskine aus seiner Tasche. »Ich glaube, das hast du bei unserem letzten Treffen in Dubai liegen gelassen.« »Oh ja! Ich hatte es schon überall gesucht.« Dankbar nahm ich mein Büchlein entgegen. »Ich habe es mir durchgelesen und finde es ziemlich gut«, sagte Saif. »Hey, das ist geheim. Das sind meine Gedanken und Ansichten.« »Ich weiß. Aber abgesehen davon, dass ich das Meiste sowieso schon aus unseren Gesprächen kenne, hast du doch gerade gesagt, dass du dein Leben gnadenlos leben willst und dir dabei die Meinung anderer egal ist. Ich teile dir meine trotzdem mit. Ich finde das, was du geschrieben hast, großartig und denke, du solltest es veröffentlichen. Du hast nichts zu verlieren.« »Danke für das Kompliment, aber ich denke, das behalte ich doch lieber für mich.« »Überlegs dir noch mal!«, forderte er mich auf. Und das tat ich. Seine Worte gingen mir nicht aus dem Kopf und wie ich es drehte und wendete, erschien es mir doch immer wieder, als hätte er recht und ich sollte es tatsächlich veröffentlichen. Außerdem spürte ich tief in meinem Inneren eine Stimme, die danach verlangte, seinem Rat zu folgen. Ich las mir die Aufzeichnungen noch einmal durch und war selbst bewegt und ergriffen von den Ereignissen und Erfahrungen, die ich dort festgehalten hatte. Am Ende waren noch einige Seiten frei. Ich beschloss, diese noch zu füllen und dann das Buch zu veröffentlichen. Mein umfangreicher Trainingsplan hielt mich jedoch vorerst davon ab und schließlich geriet dieses noble Vorhaben in Vergessenheit. Es fiel mir erst zwei Jahre später wieder in die Hände, als ich meinen Koffer packte, um meinen Bruder in Schweden zu besuchen und endlich mit ihm Marathon zu laufen.

15. Kapitel

Als morgens um 5:50 Uhr mein Wecker klingelte, drehte ich mich auf den Bauch, drückte mein Gesicht ins Kissen und überlegte ernsthaft einen Moment lang, den Marathon nicht mitzulaufen und stattdessen weiterzuschlafen. Einen Moment lang. Dann lächelte ich über meine Dummheit, stützte mich auf meinen Händen nach oben und schwankte noch schlaftrunken ins Badezimmer, wo ich mir das Gesicht mit kaltem Wasser wusch. Ich zog mich an und ging rüber zu meinem Bruder, um mit ihm zusammen ein Marathonfrühstück zu essen: Brot mit Nutella, Banane, Heidelbeermarmelade und Chia-Samen. Auf dem Weg nach draußen dachte ich noch, dass ich vielleicht lieber einen Schlüssel hätte mitnehmen sollen, vertraute dann aber darauf, dass die Haustüren um 6 Uhr morgens geöffnet werden. Doch zu meinem Erstaunen war die Haustür zur Wohnung meines Bruders noch verschlossen. Auch die Tür zu der Wohnung, in der Antonio und ich mit unserem Sohn Mika schliefen, war zu. Ich lief ein paar Mal auf und ab, in der Hoffnung, dass schon bald jemand kommen würde, die Tür aufzuschließen, aber nichts geschah. Zu blöd, dass in Schweden die Klingel zur Haustür nicht auch von außen zu betätigen ist. Inzwischen hatte es angefangen zu regnen, doch obwohl es recht kühl und ungemütlich war, lief ich durch den Regen hin und her auf einer Höhe, auf der Ezra mich auf jeden Fall sehen musste, sollte er aus dem Fenster gucken. Doch er guckte wohl nicht aus dem Fenster. Auf der Wiese sah ich einen kleinen Apfel liegen und beschloss, diesen an die Fensterscheibe seines Wintergartens zu schmeißen. Blöderweise, oder sollte ich sagen glücklicherweise, landete der Apfel direkt auf der Terrasse seiner Nachbarn, die der frühen Stunde zum Trotz bereits am Frühstückstisch saßen. Erstaunt blickte mich das ältere Pärchen an. Die Frau stand auf, öffnete die Tür und entgegnete auf meine kurze Erläuterung der Situation, dass doch ab sechs Uhr morgens die Türen geöffnet seien. Als ich ihr sagte, dass ich dies auch gedacht hätte, es jedoch nicht der Fall sei, kam sie netterweise zum Eingang und ließ mich rein. Endlich. Ich ging die Treppe hoch und klopfte an die Wohnungstür. Da mein Bruder immer noch kein Lebenszeichen von sich gab, ging ich einfach rein. Dieses Mal hatte ich mehr Glück: Die Tür war offen. Ezra stand in der Küche und sah aus, als schliefe er noch. Von meiner Schilderung der Vorfälle schien er nur die Hälfte zu verstehen. Anscheinend brauchten wir beide erst einmal einen guten Kaffee. Zum Glück hatte ich am Vortag den leckeren Bio-Kaffee aus Guatemala in der Schokoladenfabrik besorgt. Während ich den Kaffee aufsetzte, toastete mein Bruder das Baguette und wollte in seiner Verwirrung den von mir so geliebten Milchschaum zubereiten. »In Anbetracht des bevorstehenden Marathons«, erinnerte ich ihn, »ist das wohl nicht die beste Idee!« Wir nahmen unseren Kaffee also schwarz zu uns, gemeinsam mit der fertigen Marathonschnitte im Wintergarten. Aufgrund der noch frischen Temperaturen wickelten wir uns in Vliesdecken ein und wärmten unsere Hände an den heißen Tassen. Wir blickten auf den atemberaubenden Wald in der Morgendämmerung und obwohl die Flora und Fauna so ganz anders aussah, erinnerte mich diese Atmosphäre irgendwie an meine Reisen in Mittelamerika. Vielleicht einfach deshalb, da wir dort meistens früh morgens irgendwo in faszinierenden Naturkulissen schwarzen Bio-Kaffee tranken und gute, tiefgründige Gespräche führten. Je mehr der Kaffee unsere Sinne weckte, desto anregender wurde auch die Unterhaltung mit meinem Bruder. Wir bewunderten den der Morgendämmerung inneliegenden Zauber des Anfangs, der unbegrenzten Möglichkeiten. Es war, als ob ein Vorhang fiele, als ob jeden Tag ein Vorhang fiele, der es immer wieder aufs Neue möglich macht, das zu verwirklichen, was am Vortag nur reine Phantasie war oder gar ernüchternde Niederlage. Wieder kommen die Sonnenstrahlen zwischen den Baumwipfeln hervor und man kann es noch einmal versuchen, ganz gleich was bisher passiert ist oder nicht. Es ist, als würde einen die Dämmerung von vergangenen Fehlern und zukünftigen Herausforderungen befreien und sagen: »Sieh her, ein neuer Tag beginnt und es gibt nur diesen Tag, es zählt nur, was du heute tust!« Und die Bäume flüstern Geheimnisse des Lebens: »Sei still im Herzen! Fühle dein Sein und belaste es nicht mit Gedanken des Gewesenen und nicht Gewesenen. Dein Weg ist nur einer von vielen und er ist nicht richtig oder falsch; er ist nur ein Weg. Wenn du dich zu diesem Weg hingezogen fühlst, dann geh ihn mit ganzem Herzen und ganzer Seele, aber denke nicht darüber nach, stelle ihn nicht infrage und fürchte ihn nicht! Wenn du dich von ihm gerufen fühlst, dann ist es dein Weg und niemand kann über diesen Weg für dich urteilen!« Jeder, der seinen Weg gefunden hat und geht, weiß das. Mein Bruder und ich gehen so völlig verschiedene Wege, aber nach vielen Jahren des Irrens und Suchens, geprägt von Liebe und Freundschaft, aber auch von Unverständnis und Streit, haben wir erkannt, dass wir unseren Gott auf unterschiedliche Art gefunden haben und wahrnehmen, er im Kern aber doch derselbe ist. Wir waren uns einig, dass es nichts Schöneres gibt, als in der Dämmerung allein und doch nicht einsam in und mit der Natur zu laufen, sich von ihr tragen zu lassen, sich mit ihr zu messen, seine eigene Kraft von ihr herausfordern zu lassen, sich zu beweisen, sich unschlagbar zu fühlen und gleichzeitig anzuerkennen, dass man immer nur ein winzig kleiner Teil von Mutter Erde ist und in ihr untergeht wie ein Wassertropfen im Ozean. Das Paradox des Lebens ist eben dies: Wenn man anerkennt, dass man nur ein Wassertropfen ist, der im Ozean untergeht, dann erhebt einen die Natur und trägt einen in den Himmel, erfüllt einen mit dem göttlichen Funken der Glückseligkeit, der einen selbst zur Morgendämmerung werden lässt, zum ersten Sonnenstrahl zwischen den Baumwipfeln, zum tiefblauen Himmelskörper, der in Wirklichkeit gar nicht existiert, sondern nur eine Illusion des menschlichen Geistes ist. Wir sprachen darüber, wie die Bäume, wie der Wald uns rufen, uns in ihnen zu verlieren, mit ihnen eins zu werden und dieser Illusion für einen Moment zu entfliehen. Die Bäume nehmen das Gewicht der menschlichen Sorgen vom Herzen, indem sie einen daran erinnern, dass diese Sorgen wie Morgentau von den Blättern abperlen, sobald die ersten Sonnenstrahlen sie erreichen und in der Luft verdampfen lassen, als wären sie nie dagewesen. Wenn man sie loslässt, tropfen sie auf den Boden und nähren die Erde, in der der Baum wächst. Wie schon Hermann Hesse sagte: »Leben ist nicht leicht, Leben ist nicht schwer; das sind Kindergedanken. Lass Gott in dir reden, dann schweigen sie! Bäume haben lange Gedanken, langatmige und ruhige, wie sie ein längeres Leben haben als wir. Bäume sind Heiligtümer. Wer mit ihnen zu sprechen, wer ihnen zuzuhören weiß, der erfährt die Wahrheit!« Beim Anblick des Waldes erkannten Ezra und ich ein ums andere Mal, wie beruhigend und reinigend ihre Schönheit ist. Und während wir unsere zweite Tasse Kaffee tranken, stellten wir fest, dass diese Ruhe ja auch mit einer Einfachheit einhergeht. Die Quelle, den Kern in sich selbst zu spüren und alle Gedanken, die der Gesellschaft entspringen, loszulassen. Zu merken, dass es nicht viel bedarf, um glücklich zu sein: ein bisschen was zu essen und zu trinken und einen gesunden, fitten Körper, um sich auf und mit der Erde zu bewegen. Wahrscheinlich noch nicht einmal das, denn auch ohne einen gesunden, fitten Körper kann man glücklich sein. Aber von leidenschaftlichen Läufern vor einem Marathon kann man wohl kaum eine andere Einschätzung erwarten. Die meisten Menschen sehnen sich nach so vielen Dingen, in denen sie glauben, ihr Glück finden zu können und werden gerade darum nicht glücklich, da sie sich nach so vielen Dingen sehnen. Wenig zu haben und dafür dankbar zu sein und sich daran zu erfreuen – das ist wahres Glück. Gesund zu sein und bei der Morgendämmerung durch den Wald zu laufen, die frische Waldluft einzuatmen, die Vögel zwitschern zu hören. Frei zu sein, da man nichts braucht als das, da man zufrieden ist mit allem, wie es ist, auch mit sich selbst, das ist die höchste Form des Glücks, rein und pur.

Ich erinnerte mich, dass ein Mönch das Geheimnis seiner Glückseligkeit einmal ähnlich formulierte: »Ich erwarte nur das vom Leben, was passiert.« Nichts zu erwarten als das, was passiert und sich daran zu erfreuen: Das ist die Ruhe und Einfachheit, die man von Bäumen lernen kann. Ich fühlte sie selten so sehr wie an diesem Morgen mit meinem Bruder. Nach dem Frühstück duschten wir und zogen uns unsere Laufkleidung an. Aufgeladen mit Energie und Lebensfreude fuhren wir los zum großen Event des Tages. Im Auto hörten wir Mumford & Sons und während wir durch die Wälder fuhren und an Seen vorbei, fühlte ich die Quelle, den Kern in mir tanzen, so wie ein Kind tanzt, wenn es voller Liebe und Aufmerksamkeit bewundert wird. Ich sah die Bäume an und spürte den Wunsch, einfach nur zu laufen, so weit und lange zu laufen, bis ich umkippe vor Erschöpfung. Meinen Körper wirklich zu spüren. Seine Kraft zu spüren und seine Schwäche. Seine Grenzenlosigkeit und seine Grenzen. Und einen Scheiß zu geben auf den scheinbaren Widerspruch. Das Einzige, was ich wollte, war, das Leben zu spüren und das ging eben nur, indem ich das lebte, was von selbst aus mir heraus wollte und alles andere von mir abperlen ließ wie Morgentau von den Blättern meiner Zweige.

Als wir durch die Wälder fuhren, dachte ich daran, wie schön es wäre, irgendwann einmal mit meinem Bruder und meinem Vater in die wilde, unberührte Natur zu fahren und tagelang oder noch besser wochenlang nur zu laufen. Morgens früh aufzustehen, am besten mit dem Sonnenaufgang, zu frühstücken, den ganzen Tag auf und mit Mutter Erde zu laufen und dann am späten Nachmittag eine Feuerstelle zu bauen, zu grillen, lange Gespräche zu führen, nach Sonnenuntergang schlafen zu gehen und tief und selig zu schlafen wie ein Baby. Die Einheit von Körper, Geist und Seele zu spüren. In vollständigem Einklang mit Mutter Erde und dem Universum zu sein. Wir werden dies sicher irgendwann tun.

Als wir am Startbereich des Marathons ankamen, herrschte dort bereits ein buntes Treiben. Die letzten Läufer und Läuferinnen holten ihre Startunterlagen ab, einige frühstückten noch an einer der aufgebauten Buden, andere standen schon voller Aufregung vor den Dixi-Klos Schlange. Die Meisten jedoch machten sich warm für das Ereignis des Tages. Auf der Wiese war eine große Bühne aufgebaut, auf der drei Helfer eine Choreographie präsentierten, die einige Läufer mehr oder weniger im Takt lustig nachhüpften. Es wurden Hüften geschwungen und Arme in die Luft geworfen und der Körper richtig schön durchgeschüttelt. Genau das Richtige, um jeglichen Stress und Anspannungen aus sich herauszuschütteln und sich vom Erwartungsdruck freizumachen und stattdessen einfach den Zauber des Moments, der durch die Vorfreude auf ein Erfolgserlebnis entsteht, zu zelebrieren. Ezra und ich schlossen uns der Gruppe an, tanzten wild und ausgelassen, lachten über uns selbst und die anderen Laufballerinas. Wir schüttelten jegliche Reste von Nervosität aus unseren Köpfen, aus unseren Knochen und Muskeln. Alle Anspannung wich aus unseren Körpern. Wir sogen unsere Lungen mit frischer Morgenluft voll und gingen hinüber zur Startlinie. Wir wünschten einander Glück, Erfolg und vor allem Spaß und umarmten uns, bevor Ezra sich in die erste Reihe stellte und ich etwas weiter hinten einen Platz suchte. Wir hüpften noch kurz auf der Stelle umher, machten die letzten Stretchmoves und dann fiel der Startschuss. Es ist jedes Mal wieder ein Hochgenuss, sich über die Startlinie aufzumachen zu 42 Kilometer Freilaufen. Freilaufen von Gedanken, von Verpflichtungen, von Ego. Einfach nur eins sein mit der Erde und den Bewegungen. Sich selbst spüren. Nicht das Selbst, das man sich in der Zivilgesellschaft erschaffen hat, um in ihr zu bestehen, sondern das, was sich hinter den Masken verbirgt; das wahre, authentische Selbst. Es ging los um einen See herum. Anfangs schien es gar nicht wie ein Marathon, sondern wie ein entspannter 5 Kilometer Lauf in schwedischer Idylle. Doch das änderte sich bald, als es die Straßen rauf und runter ging, als wäre es der Heldenlauf in doppelter Distanz. Dieser Marathon hatte es in sich. Er verlangte einem alles ab. Ganz nach dem Motto: »All it takes is all you got.« Und auch das war gut so. Auch dieser Kampf wollte gekämpft werden. Die Steigungen zehrten an meinen Kräften. Ich erinnerte mich an meinen Wunsch, so weit und so lange zu laufen bis ich umkippe vor Erschöpfung und kämpfte weiter. Irgendwann war der Kopf leer gedacht und alle Energie musste herhalten, um sich auf einen Schritt nach dem anderen zu konzentrieren. Ein Schritt ging noch. Und noch einer. Und noch einer. Wie großartig und erleuchtend sind doch die Lektionen, die man beim Laufen lernen kann! Wie wunderschön und einfach ist doch das Leben! Dann sah ich auch schon die malerische Brücke im Stadtzentrum von Jönköping, auf der sich der Zieleinlauf befand. Es konnte also nicht mehr weit sein. Ich mobilisierte meine letzten Kräfte, um so schnell wie möglich dahin zu gelangen. Zum Glück ging es wieder ein Stück am Wasser entlang und der Sandweg war sehr angenehm zu laufen. Ein bezaubernder letzter Streckenabschnitt. Doch als ich die Brücke erreichte, musste ich zu meinem Entsetzen feststellen, dass die Laufstrecke an ihr vorbeiführte. Es ging noch ein ganzes Stück weiter geradeaus, dann kam ein Schlenker und ich lief über Kopfsteinpflaster zurück in Richtung Brücke. Jeder Schritt auf dem Kopfsteinpflaster schmerzte in den Gelenken, besonders in den Knien, vor allem als es mal wieder bergauf ging. Aber ich kämpfte weiter. Kämpfte mich erneut an dem erhofften Zieleinlauf vorbei zu einem weiteren Schlenker. Wie gut, dass wir Marathonläufer masochistisch veranlagt sind, sonst würden wir diese Tortur wohl kaum mitmachen. Ich gab nicht auf. Ich hatte es so weit geschafft, war so erfolgreich gelaufen und trotz der Schmerzen konnte ich immer noch einen weiteren Schritt tun. Und noch einen. Und schließlich den ersehnten Schritt ins Ziel. Mein Körper war erschöpft und müde, aber mein Geist war klar und meine Seele erfüllt. Ich lebte den Moment, den ich mir vor dem Marathon ausgemalt hatte: Ich spürte meinen Körper. Seine Kraft und seine Schwäche. Seine Grenzenlosigkeit und seine Grenzen. Und ich gab einen Scheiß auf den scheinbaren Widerspruch. Ich spürte das Leben, wie es tief aus dem Herzen kam. Alles andere war mir egal. Ich hatte mich frei gelaufen.

Am nächsten Tag kehrte ich zurück an den Ort, an dem diese Geschichte begann. An den Fluss Hassafall im Wald neben dem Haus meines Bruders. Ich kehrte dorthin zurück mit Antonio, Mika, Ezra, Anika und Levi. Es war ein lauer Sommertag. Wunderbar klare, frische Luft und alles ganz friedlich und ruhig. Im Wald hörte man nur die Vögel zwitschern und den Fluss rauschen. Ich erinnerte mich daran, wie ich fünf Jahre zuvor dort am Ufer gesessen und meditiert hatte. Hatte ich nicht schon damals alles gehen lassen? Oder war vielleicht nie irgendetwas dagewesen, das ich hätte festhalten müssen? War es am Ende nur eine imaginäre Konstruktion meines Geistes? Als mein Bruder hinter einem Baum pinkeln ging, erzählte Anika Levi, dass sein Vater von den =en gefressen wurde und Levi war ganz ängstlich und entsetzt. Als Ezra dann auf uns zugelaufen kam, strahlte Levi ihn an und war sichtlich erleichtert. Sein Vater wurde nie gefressen, er war immer da, auch wenn Levis Geist ihn für einen Moment an eine andere Realität hatte glauben lassen. Danach hatte ich ein gutes Gespräch mit Anika. Wir haben uns über den Krebs unterhalten, an dem sie genau wie ich erkrankt war, und darüber, wie sehr uns durch die Krankheit die Endlichkeit des Lebens und die Vergänglichkeit der Erscheinungen in ihm bewusst geworden sind. Auf einmal haben wir erkannt, dass dies alles von heute auf morgen vorbei sein könnte und gelernt, den wahren Wert der Dinge wahrzunehmen. Vieles verliert an Bedeutung und anderes gewinnt an Bedeutung dazu. Doch das Wichtigste ist das Bewusstsein. In vollem Bewusstsein zu leben und in jedem Moment die Magie wahrzunehmen. Das gibt dem Leben unendlich mehr Schönheit und Glückseligkeit. Und es befreit die Seele, denn es gibt ihr die Autorität und Verantwortung, in jedem Moment aus sich selbst heraus das Richtige zu tun, ohne sich nach irgendwelchen vorgefertigten Strukturen richten zu müssen. Dadurch erhält sie die vollständige Ausdrucksfähigkeit ihrer eigenen Wahrheit, die ihr Anmut verleiht und sie erfüllt. Was von selbst aus ihr heraus will, ist das, was sie zu sich selbst macht und was sie auf ihre einzigartige Weise der Welt zu bieten hat. Erfüllung und Sinn werden zu einem. Dann verschwinden Zeit und Gedanken. So wie bei meiner Meditation am Fluss.

Am Abend, nachdem wir Mika ins Bett gebracht hatten, nahm Antonio mich in die Arme und küsste mich. Ich fühlte seine Nähe so intensiv wie schon lange nicht, gab mich ganz dem Moment hin und unsere Körper verflochten sich im Liebesspiel. Nach dem gemeinsamen Höhepunkt legte ich meinen Kopf auf seine Schulter und lauschte seinem Atem. «Wow, das war Wahnsinn! So etwas habe ich noch nie erlebt. Während wir zusammen schliefen, sah ich dich auf einer Leinwand, wie in einem Film. Du warst eine Künstlerin und hast deine Bilder auf einer Ausstellung präsentiert. Alles war schwarz und weiß und ist miteinander verflossen. Komischerweise bist auch du mit deinen Bildern verschmolzen. Du sagtest mir, es sei noch nicht fertig, aber es war perfekt in seiner Unvollkommenheit.» Ich nahm meinen Kopf von seiner Schulter und sah ihm in die Augen. Das war der Beginn einer neuen Reise.